일식
日蝕

NISSYOKU
By Keiichiro Hirano

Copyright ⓒ 1998 Keiichiro Hirano/Cork
Originally published in Japan by Shinchosha Co., Ltd 1998.
Korean Translation Copyright ⓒ 1999, 2009 by MUNHAKDONGNE Publishing Corp.
All rights reserved.

Korean translation rights is reserved by Munhakdongne Publishing group
under the license granted by Keiichiro Hirano arranged through Cork, Inc..

이 책의 한국어판 저작권은 Cork Agency를 통해
저자와 독점 계약한 (주)문학동네에 있습니다.
저작권법에 의해 한국 내에서 보호를 받는 저작물이므로
무단 전재 및 무단 복제를 금합니다.

이 도서의 국립중앙도서관 출판예정도서목록(CIP)은
서지정보유통지원시스템 홈페이지(http://seoji.nl.go.kr)와
국가자료공동목록시스템(http://www.nl.go.kr/kolisnet)에서 이용하실 수 있습니다.
(CIP제어번호: CIP2009001443)

일식

日蝕

히라노 게이치로 장편소설
양윤옥 옮김

문학동네

일러두기
1. 이 책에 있는 모든 주註는 옮긴이의 주이다.
2. 의고문擬古文으로 이루어진 소설이라서 원서에는 어려운 한자漢字들이 많았다. 그중 그 의미를 훼손하지 않으면서 번역이 가능한 것은 될수록 우리말로 옮겼으나, 그 뜻이 훼손될 우려가 있는 것은 그대로 살려두고 주를 달았다.

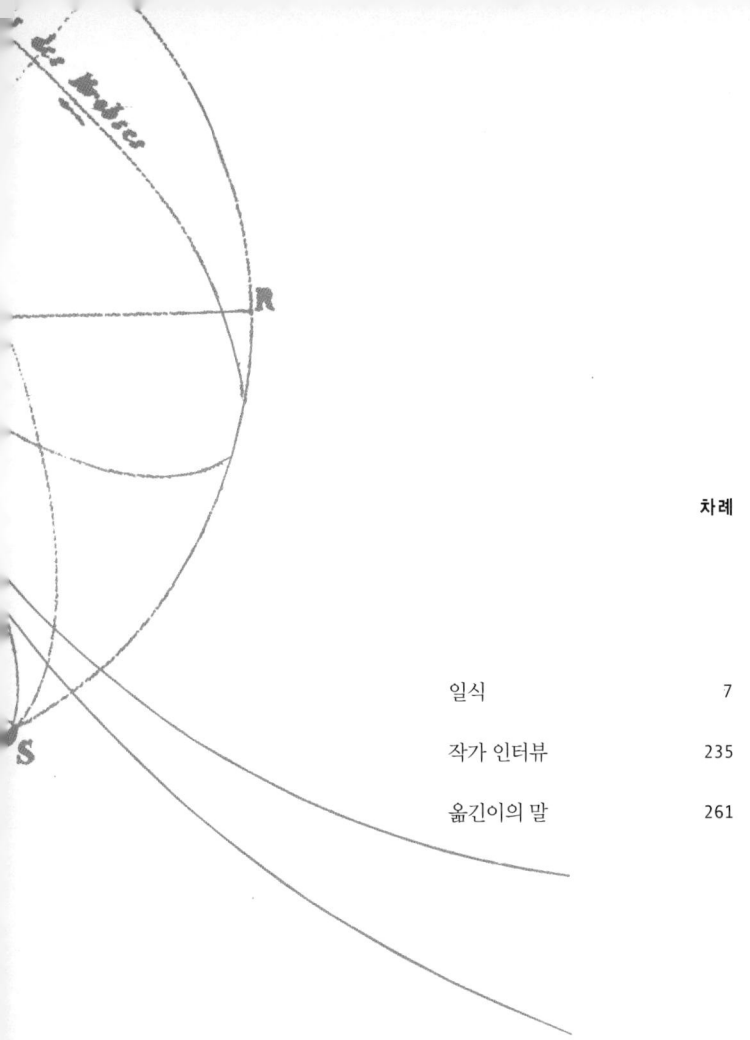

차례

일식	7
작가 인터뷰	235
옮긴이의 말	261

신은 낙원에서 인간을 추방하고,

다시는 근접하지 못하도록

그 땅을 불로 감쌌더니라

— 락탄티우스 『신의 교훈』*

---

* Lactantius(240?~320?), 기독교 변증가. 그의 저서인 『신의 교훈』은 4세기 초 반그리스도적인 글들에 대한 고전적인 철학적 반론으로, 로마 가톨릭 교회 최초로 그리스도인의 생활태도를 체계적으로 설명한 글이다.

지금 내가 기록하고자 하는 것은 개인적인 회상이다. 이를 고백이라 일컬어도 좋으리라. 그리고 고백이라 하는 이상, 먼저 나는 신을 섬기는 자로서 정녕코 거짓 없이 오직 진실만을 말하겠노라는 것을 신의 거룩하신 이름에 걸고 서약해두고자 한다. 이 자리에 굳이 서약을 명백히 해두는 데는 두 가지 의의가 있다. 그 하나는, 이 글을 읽는 독자들에 대한 것이다. 사람들은 심히 괴이쩍은 이 글에 대해 즉각 의심의 눈초리를 던지리라. 나는 이를 비난하지 않는다. 아무리 너그럽게 읽어준다 해도 이 글은 어차피 신뢰할 수 없는 부류에 속하는 것이기 때문이다. 많은 말을 소비해가며 무리하게 믿게 하려 한들, 사람들의 의심의 눈초리는 더욱 깊어지기만 하리라. 그런 까닭에 나는 그저, 신께 진실을 맹세하노라는 한마디를 붙여두고자 하는 것이다. 또 한 가지는, 나 자신에 대한 것이다. 펜이 달릴수록 나는 스스로가 경험한 바를 견디지 못하고, 이를 거짓되게 기술해나가려 할지 모른다. 혹은, 아직도 마음속에 감추고 숨겨둔 것이 하 많아서 중도에 펜을 던져버릴지도 모른다. 그러나 중도에 펜을 던지는 행위 역시 거짓을 서술하는 것과 조금도 다름이 없으니. 이런 점을 저어하는 까닭에, 나는 펜을 달리기에 앞서 감히 서약을 명백히 하고, 이로써 스스로를 경계하고자 하는 것이다.

바라옵건대, 이 서약과 함께 보잘것없는 글이나마 낱낱이 신의 곁에 다다르기를.

1482년 초여름, 파리에서 시작된 나의 혼잣걸음은 기나긴 여로를 거쳐, 리옹에 이르렀다. 회상의 첫발을 떼기에 앞서, 나는 먼저 일이 거기에 이르기까지의 경위를 간단하게 밝혀두고자 한다.

파리 대학에 적籍을 두고 신학 수업을 하던 나는, 당시 내가 지녔던 볼품 없는 장서들 속에 한 권의 낡아빠진 사본을 지니고 있었다. 사본이라고는 하였으나 책으로서의 체제를 제대로 갖추지 못하여, 표지는 없어져버리고 군데군데 빠진 책장이 눈에 띄는데다 특히 선반부는 통째로 떨어져나가버렸으니, 차라리 '사본의 일부'라 하는 편이 어울릴 것이었다. 내용으로 미루어 짐작해보건대 라틴어로 번역된 이교도의 철학서인 듯했는데, 책의 제목조차 떨어져나간 부분과 함께 사라져버려 확실히는 알 수 없었다.

내가 이것을 어떻게 손에 넣게 되었는지, 지금은 기억하지 못한다. 어쩌면 아는 이가 먼 여행에서 가져온 것을 건네받았는지도 모르고, 누구에게선가 빌린 채로 그만 돌려주지 못했던 것인지도 모른다. 내 교유 범위래야 그제나이제나 그리 폭넓지는 못해서 굳이 경위를 밝히고자 한다면 못 밝힐 바는 아니지만, 그다지 중요한 일은 아니니 이쯤 접어두기로 한다.

나는 이 정체 모를 사본에 제법 흥미를 품고 있었다. 노상 손 가까이에 두고 틈틈이 뒤적이곤 하던 끝에, 언젠가는 이 책의 완본을 반드시 구해서 읽어보고 싶다는 바람을 품기에 이르렀다.

책 제목이 이윽고 밝혀졌는데, 1471년에 피렌체에서 상재上梓된 마르실리오 피치노*의 『헤르메스 선집』이었다. 이것을 조사하는 데에도 나는 적지 않은 고역을 치러야만 했다. 지금에 이르러서는 널리 알려져 모르는 이가 없는 이 저명한 책조차도, 당시 파리에서는 극히 한정된 이들만 알고 있는 정도에 지나지 않았던 때문이었다. 그 때문에 어떻게든 완본을 구해보고자 하는 나의 노력은 모조리 수포로 돌아가고 말았다. 결코 만만치 않은 학업에 정진하는 틈틈이 사방팔방으로 손을 써보기는 했으나, 끝내 그것을 손에 넣는 데까지는 이르지 못했던 것이다.

---

* Marsilio Ficino(1433~1499), 이탈리아의 철학자. 플라톤 아카데미의 학장으로서 플라톤, 플로티노스의 연구와 번역에 종사하면서, 플라톤 철학과 기독교의 일치를 주장하였다. 저서 『영혼불멸에 관한 플라톤 신학』이 있다.

그런데 이 이야기를 어디선가 귀동냥하여 들은 한 동학同學이 내게 리옹에 가볼 것을 권유했다. 그가 이르기를, 파리에서는 아무래도 그 책을 손에 넣을 수 없을 테지만 지중해 각국과의 무역이 왕성한 리옹에서라면 아마도 '그 방면의 문헌'도 어렵지 않게 입수할 수 있을 거라고 했다. 그러면서 그는 덧붙였다. 자네 사정을 살피건대 험한 알프스를 넘어 멀고 먼 피렌체까지 가는 건 참으로 어렵겠지만, 리옹까지라면 그다지 힘들 것도 없지 않겠는가.

 이 조언이 얼마만큼이나 신뢰할 만한 것이었는지는 알 수 없었다. 지금은 오히려 그 조언이 몹시 의심스럽기까지 하다. 왜냐하면, 피치노의 사상이 생포리앵 샹피에에 의해 리옹에 흘러든 것은 이보다도 훨씬 나중의 일이었기 때문이다.

 그러나 당시의 나는 그 말의 진위에 대해 확인할 길이 없었다. 내게는 그것을 따질 만한 충분한 지식도 시간도 없었던 것이다. 그런 까닭에 나는 가슴속에 다소 의혹을 품으면서도 아무튼 이 동학의 조언을 따르기로 하고, 학사 학위 취득을 기회로 삼아, 단신으로 파리를 뜨기로 뜻을 정했던 것이다.

 ― 이것이 내가 리옹으로 여행하게 된 직접적인 계기였다. 그러나 이런 표면적인 사정만으로 저간의 모든 내막을 얘기했다

고는 할 수 없다. 여기서 다시금 약간의 더 깊은 속사정을 부기하고자 하는 바이다. 이제까지의 이야기는, 기껏 내가 리옹으로의 여행길에 오르게 된 한 접점에 대해서만 말한 데 지나지 않기 때문이다.

……앞서 나는 '그 방면의 문헌'이라고 기술했다. 이것은 이미 백 년도 더 전부터 지중해 지역의 몇몇 도시에 흔히 나돌던, 부흥한Renaissance 이교도의 철학서들을 가리키는 것이다. 피치노의『헤르메스 선집』은, 그중 가장 저명하고 가장 중요한 것 중의 하나였다. 내가 리옹에 갈 것을 결심한 것은 분명히, 앞서 밝힌 그대로『헤르메스 선집』을 손에 넣기 위해서였다. 그러나 그곳에서 이런 유의 문헌을 몇 권 더 입수할 수 있을지도 모른다는 은근한 기대감도 있었던 게 사실이었다.

고대의 이교 철학에 대해, 나는 상당한 관심을 가지고 있었다. 불경不敬에 대해 용서를 구하며 감히 말하자면, 나의 이교 철학에 대한 관심은, 13세기에 성 토마스*가 품고 있었을 어떤 절

---

* Thomas Aquinas(1224~1274), 이탈리아 출생. 스콜라 철학의 대표적인 철학자이자 신학자. 도미니크 회 수도사. 알베르투스에게 사사(師事)한 그는 기독교적으로 발전시킨 아리스토텔레스의 철학을 신학의 토대로 삼아, 신앙과 이성의 조화를 역설하였다. 은총은 자연을 파괴하는 일 없이 완성된다고 생각하여, 자연적 이성(理性)에 의한 신의 존재 증명이 가능하다고 설정하

박한 위기감과 똑같은 유의 의식을 나 또한 품고 있었던 데에서 유래한 것이었다. 그것은 말하자면 우려였다. 성 토마스가 아리스토텔레스의 철학을 우리의 신학으로써 극복한 것과 같이, 나는 새삼 부흥하여 세상에 활개를 치고 있는 이교 철학들을 주의 거룩하신 이름 아래 질서 있게 정리할 필요를 통절하게 느끼고 있었던 것이다. 나의 불안은 단지 플라톤과 그에 이어지는 알렉산드리아 학파의 수용 문제에만 귀속되는 것일 수는 없었다. 무시무시한 입을 벌린 채 일시에 밀려드는 거대한 노도怒濤는, 앞서 밝힌 헤르메스 트리스메기스투스Hermes Trismegistus**에 관한 저작著作은 말할 것도 없이, 그 밖의 유상무상有相無相의 마술이며 철학까지도 탐식하고, 마침내는 우리의 발치 바로 아래까지 넘보고 있었던 것이다. 내가 우려하던 것은 그 무질서한 범람이었다. 강을 거슬러오르는 물이, 비늘을 반짝이는 물고기 떼를 몰고 오고 우리에게 풍성한 윤택함을 베풀어주기도 하는 것은 분명한 사실이었다. 그러나 걷잡을 수 없는 기세로 일단

고, 그 위에 계시 철학을 세웠다. 중세 최대의 철학자로서 가톨릭 발전에 지대한 영향을 미쳤다. 그의 대표적 저서인 『신학대전』은 총합과 통합이라는 의미의 summa 체계의 집대성이다.

** 그리스 신화의 헤르메스와 이집트 신화의 토트가 결합한, 헬레니즘 시대의 신. 연금술의 창시자로 알려져 있다.

땅 위까지 넘쳐오르면, 반드시 그 물결은 무수한 밀더미를 썩게 하고 말 터였다. 이교도들의 사상 또한 이와 다를 바 없었다. 우리는 그들의 범람 때문에 신앙이 위기에 떨어지는 것을 막지 않으면 안 되는 것이다. 그 홍수가 우리의 질서를 다 집어삼키고 심저深底에까지 파들어오는 것을 막지 않으면 안 된다. 즉시, 그리고 신속하게. 그런 까닭에 나는 신학과 철학의 총합이라고 할, 이미 고색창연한 빛을 띠기 시작한 예전의 이상理想을 복원시켜 다시금 그 의의를 새로이 하고 더 나아가 그것을 실현하는 것만이, 이 현세에서 내게 주어진 유일한 사명이라고 굳게 믿고 있었던 것이다.

……지금에 이르러 그 당시를 회고하노라니, 나 역시 약간의 쓸쓸한 소회를 품지 않을 수 없다. 그도 그럴 것이, 나의 이러한 강한 의지에 대해 파리의 동학들은 참으로 냉담하였던 것이다.

냉담의 첫번째 이유는, 그들의 낙관적인 억측 탓이었다. 그들 대부분은 내가 설파하여 마지않는 이교 철학의 위협 따위는 한낱 기우에 지나지 않는다고 생각하고 있었다.

어떤 자는 이렇게 냉소했다.

"그렇다면 자네는 이단 심문관이 되는 게 좋겠군. 마침 고생 끝에 도미니크 회 수도사가 된 참이니 말일세."

이 당치 않은 충고는 물론 내가 바라는 바와는 거리가 멀었다.
이단 심문 제도를 부정할 마음은 없었지만, 이미 그 당시부터 실패만을 거듭하던 그 제도에 어떻게 이교 철학의 범람을 저지할 힘을 기대할 수 있단 말인가. 금전만을 목적으로 하는 마녀 재판이 횡행하고, 일부에서는 그것을 속세의 권력에 위탁하는 일마저 주저하지 않는 게 현실이었다. 물론 나는 모든 실태가 다 그렇다고는 말하지 않겠다. 그러나 백보를 양보하여 그 제도가 정상적으로 운영되었다 하더라도, 사람들을 이단으로 끌어들이는 사상 그 자체가 방치되어 명맥을 온전히 유지하고 있다면, 이단자를 잡아들여 분형焚刑에 처한다 해서 문제가 해결되었다고 할 수는 없으리라.
처음부터 나의 바람은 이교 철학의 배척에 있는 것이 아니라, 앞서 밝힌 바와 같이 그것을 우리 신학의 지붕 아래 흡수하고 종속시키는 것이었다. 실제로 이교도들의 철학적 고찰은 어떤 부분에 있어서는 진실이었다. 단지 그 무지함 탓에 때때로 걷잡을 수 없는 오류에 빠져들고 마는 것이다. 따라서 우리는 그들 사상을 우리의 교의에 비추어서 낱낱이 검토하고, 그 오류 부분만을 뽑아 철저히 논박해가야 할 것이었다.
이같은 주장은 본디부터 내가 어느 사상의 완전한 방축放逐

이란 불가능하다고 생각하고 있었기 때문이었다. 철학적 정당성을 그대로 품은 채 방축된 사상은, 그 정당성 때문에 반드시 부활하는 법이다. 그리고 그것은 잘못된 부분까지도 정당한 것으로 함께 포함하지 않고서는 소생할 수 없는 것이다. 그런 까닭에 우리는 그러한 오류를 철저하게 판독하면서 이단의 철학을 '총체로서' 우리의 교의 아래 무릎 꿇게 해나가야만 한다. 오류를 배척함으로써 '우리의 교의 바깥에' 그런 사상들이 방치되는 것을 더욱 부채질해서는 안 된다. 예를 빌려 말하자면, 독을 품은 물이라 하더라도 질 좋은 포도주로 바꿔나가지 않으면 안 되는 것이다. ─ 나는 이것이 가능하다고 믿고 있었다. 성서의 가르침이야말로, 참으로 그것을 가능하게 할 거대함과 심원함을 전적으로 갖추고 있기 때문이었다.

그러나 이러한 나의 말을 반격의 수단으로 삼아, 또 어떤 자는 이렇게 반론했다.

"그건 자네의 오만이라고 할 수밖에 없네, 과연 자네의 말대로 성서의 가르침은 심원하지. 그에 비하면 무지한 자, 이교도들의 철학은 수많은 오류를 품은 것일 거야. 그러나 그 잘못을 논박하기 위해, 자네는 이 거대한 세계에 대해 뭔가 한 가지라도 확실하게 말할 수 있는 것이 있나? 일개 미소한 피조물에 지나지 않는 자네가, 신께서 창조하신 이 완벽한 세계의 질서를 '이해'하고, 그것을 설파할 수 있노라는 건가? 하물며 그것을 통해 신을 이해하고자 합네 하는 것은!……"

이러한 견해에 과연 그렇다는 듯이 고개를 끄덕이는 자가 한둘이 아니었다. 내가 앞서 진부하기 짝이 없는 포도주의 예를 인용한 것은, 이들이 판에 박은 듯이 정해놓고 위의 보나벤투라*의 유명한 말을 끄집어냈기 때문이었다.

그러나 나는 이것을 경건함이라고 여길 수는 없었다. 어쩌면 거기에는 냉소로 비뚜름해진 저들의 입술을 내가 지독히 모멸하고 있었던 것도 한몫 거들었기 때문인지도 모른다. 자신의 긍지에 상처를 입지 않으려고, 창백하게 시든 살덩이의 한 부분, 얇은 입술을 비뚜름히 치켜올리고 주위 몇몇 동학의 동의를 확인하는 눈짓을 주고받으며, 자네 따위 참으로 아무것도 아니야, 라는 몸짓을 하는 그들의 태도가 내게는 마음속 깊은 곳으로부터 역겹게 느껴졌던 것도 사실이었다. ─ 그러나 그들의 그 같은 말은 지식의 부족함을 감추려는 비굴함과 학문에의 태만

---

* Bonaventura(1217~1274), 이탈리아 출생. 중세 프란체스코 회 총회장을 지낸 수도사. 토마스 아퀴나스와 어깨를 견줄 대학자로서, 광원(光源), 방사(放射), 휘조(輝照)라는 빛의 3단계를 통해 형상을 설명하였다.

을 여실히 드러내는 것일 뿐이라고 내가 느꼈던 것은, 근본부터 따져 말하자면 우리 사이의 주장의 상위相違에서 유래하는 문제였다.

당시 내가 처한 입장을 한마디로 밝히기는 어렵다. 그러나 표면적으로는 반년 정도의 짧은 순례길이라는 이름을 달고 있었지만, 학사 학위를 따자마자 교수직에 내정된 내가 그다지 만류를 뿌리칠 일도 없이 순례에 오르는 것을 허락받은 점을 보자면 대충 그 사정을 짐작할 수 있으리라. 이러한 내 멋대로의 신청은, 규칙대로 하자면 받아들여질 수 없을 터였다. 그러므로 길 떠남에 대한 허락은 받았지만, 다시 돌아온 후 내가 둘 적籍에 대한 보장 따위는 참으로 불확실한 것이었다.

내가 대학에 적을 두었던 15세기 후반에는 보편 논쟁도 거의 종언을 고하고, 이미 유명론唯名論*이 학계를 석권한 참이었다. 물론 파리 대학이라고 그 예외는 아니어서, 내가 소속한 도미니크 회의 동학들 중에도 유명론을 신봉하는 자들이 많이 있었다. 이 사실은 적잖이 나를 실망에 빠트렸다. 왜냐하면 내가 이 대

---

* 보편 문제를 결정하는 방식(보편은 이름일 뿐이다)에서 유래한 말인데, 일반적 의미로는 스콜라 철학의 주류인 실재론에 강력하게 반대하는 조류를 가리킨다.

학에 적을 두고, 나아가 이 회의 수도사가 된 것은, 성 토마스에 대한 존경이라는, 단지 그 일념에 따른 것이었기 때문이었다. 아베로에스주의*와 그의 인도를 받은 궤변에 가득 찬 이중 진리설**의 응어리가, 르페브르 데타플***이라는 예외가 있었다고는 하지만, 아리스토텔레스 그 자체에의 과도한 불신으로 남아 있는 한편에서, 오컴****주의를 신봉하는 자들에게도 아리스토텔레스는 그 교조를 타파해야 할 구사상의 상징이었고, 성 토마스가 구축한 summa***** 체계와 같은 사상에 대해서도 그들은 거의 똑같은 견해를 내세우고 있었던 것이다.

나는 나이에 어울리잖게 시대에 뒤떨어진 진기한 토마스주의자로 불렸지만, 그렇다고 해서 완전히 고립되었던 건 아니었

---

* 이슬람교 철학자 아베로에스의 아리스토텔레스 해석에 영향을 받아 중세 후기와 르네상스 시기에 나타난 서구 기독교 철학자들의 가르침. 기본 신조는 이성과 철학이 신앙 및 신앙에 바탕을 둔 지식보다 우월하다는 것이다.
** 진리에는 계시에 의한 종교적 진리와 이성의 진리가 있다고 주장하는 학설.
*** Jacques Lefevre d'Etaples(1455?~1536), 프랑스의 인문주의자. 신학자. 번역가. 종교적인 연구를 옛날의 스콜라 철학으로부터 분리시키려 노력했으며, 그의 학문활동은 종교개혁기의 성서 연구를 촉진시켰다.
**** William of Ockham(1287?~1347?), 영국 태생. 후기 스콜라 철학의 대표적 학자. 유명론의 주창자.
***** 토마스 아퀴나스가 저작한 『신학대전』. 총합 통합 사상의 집약체.

다. 당시 파리 대학에는, 소수파이기는 했지만 『성 토마스 신학의 옹호』를 저작한 카프레올뤼스*의 작업을 계승하여 토마스주의**의 재흥에 힘을 쏟는 이들이 있었던 것이다. 그들과 교제하면서, 이따금 나는 최소한 반세기만 빨리 태어났더라면 하는, 가당치도 않은 감회를 품기도 했다. 카프레올뤼스가 서거한 것은 1444년 4월 6일이었다. 그리고 근년에 뛰어난 토마스 주석서를 저술한 추기경 카예타누스의 탄생은 1469년 2월 10일이었다. 내가 리옹으로의 여행길에 올랐던 해에, 추기경은 겨우 열세 살의 소년이었던 셈이다. ······이 두 가지 사실을 놓고 보자면, 내가 토마스 연구에 흘려보낸 나날은, 어쩌면 이 두 커다란 봉우리 사이의 계곡을 흐르는 가냘픈 시냇물 같은 것이었는지도 모른다.

— 그렇지만 나는 단순히 토마스주의자라고 여겨지는 것에 충분한 만족감을 느낄 수 없었다. 물론 성 토마스 신학에 대해 항상 외경의 마음을 품고는 있었지만, 그 한편으로 어딘지 모르

---

* Jean Capreolus(1380?~1444), 토마스주의자들의 황태자로 불렸던 도미니크 회 수도사.
** 토마스 아퀴나스에 의해 정립된 철학과 신학의 체계. 교회의 교의체계를 합리적으로 정초하고, 모든 지식을 신학적 철학체계 속에 배치하는 것이 토마스주의의 주된 관심사였다.

게 확실한 만족감을 얻을 순 없었다. 보다 근본적인 세계에 대한 이해, 말하자면 신에 대한 이해를 시도해보기 위해서는, 역시 그를 뛰어넘지 않으면 안 되리라는 생각을 막연하게나마 품고 있었던 것이다. 그러므로 젊은 날의 나는 사람들의 평판과는 달리, 편협하다기보다는 오히려 몹시 애매한 사상을 품고 있었던 듯싶다. 예를 들면, 오컴에 대해서는 끝내 그 주장을 받아들일 수 없었지만, 스코터스*의 연구에 관해서는 부분적인 것이기는 했지만 의외로 친근감을 느꼈었다. 또한 이교 철학의 극복이라는 과제를 위해서는, 쿠자누스**의 신학에서도 분명하게 상응하는 영향을 입었던 것이다.

여행길에 오르겠노라는 나를 향해 떨어진 비난 중의 하나는, 내가 자칭 토마스주의자라고 주장하면서도 그에 대한 책무는 제대로 수행하지 않는다는 것이었다. 그들은 내가 다시 돌아올지 말지조차 미심쩍어하고 있었으니, 나의 여행을 기껏해야 연구에서 도피하려는 행위에 지나지 않는다고 간주하고 있었던

---

* John Duns Scotus(1265?~1308), 오컴과 함께 14세기에서 15세기 전반에 걸쳤던 후기 스콜라 철학의 대표적 학자.
** Nicolaus Cusanus(1401~1464), 독일의 추기경. 수학자. 철학자. 신과 우주에 관한 인간 지식의 불완전성을 역설했다.

것이다. 그러나 이것은 나의 여행이 일종의 영웅적 결단에 의한 행위라는 소문과 거의 같은 정도로, 정곡을 꿰뚫지 못한 것이었다. 이유는 앞서 밝힌 대로이다. 성 토마스에 관해서 말하자면, 나는 지금까지도 나 자신의 사상 대부분을 summa에 힘입고 있을 정도이므로 영향 운운에 대해서는 논할 필요조차 없지만, 조금쯤 냉정한 입장에 서서 보자면, 당시의 나는 뜻밖에도 그 학설 자체보다는 오히려 그의 혁혁한 업적에 대해 소박한 동경을 품고 있었을 뿐이라는 생각이 든다. ……이것은 조금 자조가 지나친 것인지도 모르지만, 어쨌든 당시 나의 사상은 성숙하지 못했었다. 나는 그 미흡함을 채워줄 수 있는 것이 이교 철학의 어딘가에 있으리라고 생각하고 있었다. 나로서는 내 손을 거치는 고대 이교 철학의 발견과 연구를, 비단 사람들을 이단으로부터 구제하는 것만이 아니라, 새로운 신학의 구축을 위한 하나의 계기로 삼고자 했던 것이다. 그리고 아리스토텔레스의 철학을 우리의 교의에 적용함에 있어 참으로 그러했던 것처럼, 그 내용을 '바르게' 해석하는 것이 가능하기만 하다면, 아직 파악하지 못한 이교의 철학은 신에 이르는 새로운 길의 표지판까지도 될 수 있으리라고 믿고 있었다.

……지금까지 이야기한 것이, 내가 여행길에 오르게 되기까지의 대충의 경위이다. 나는 이를 서술하는 데 제법 많은 말을 소비하고 말았다. 허나, 이는 피할 수 없는 일이다. 앞으로의 기술을 이끌어나가는 데 있어, 독자를 위해서도, 또 나 자신을 위해서도, 이를 정확히 해두는 것이 반드시 필요하다고 생각한 때문이다.

　이제부터는 날짜를 따라 내 여행의 족적을 짚어나가고자 한다.

　리옹에 도착하여 며칠을 지낸 나는, 내가 찾는 문헌을 입수하는 것이 예상 이상으로 곤란하다는 것을 깨달았다. 문헌이 쉽사리 눈에 띄지 않는다는 근본적인 이유도 있었지만, 몸을 의탁한 리옹의 수도원에서는, 이름하여 순례자인 내게도 탁발과 설교 등 사목 활동에 대한 의무가 부과되어 적지 않은 시간을 이 의무를 수행하는 데 소비해야 했던 것이다.

　뜻한 바대로 일이 풀리지 않아 초조함만 더하고 있던 중에, 리옹 주교를 알현하고 후덕한 응대까지 받는 요행을 만난 것은 열흘 남짓의 날들을 보낸 뒤였다. 나와 같은 방을 쓰던 수도자가 팔을 걷어붙이고 나서서 주선해준 덕분이었다.

　주교는 가식 없는 이였다. 한눈에 바로 느낄 수 있는 온후한 인품에 하얀 피부의 아름다운 용모를 지니고 있었다. 초조함과 알현의 기쁨, 피곤함이 뒤섞여 조금 정신나간 자처럼 중언부언하는 내 말을, 그는 얼굴 한번 찡그리는 법 없이 귀기울여주었다. 이윽고 내 말이 일단락되자, 주교는 그토록 중요한 문헌을 입수하기 위해서라면 아무래도 피렌체까지 발길을 옮기는 게 좋으리라는 말을 떨궈주었다. 주교의 생각은 이러했다. 과연 자네가 말하는 대로, 여기에 머물면서 피렌체를 왕래하는 상인에게 부탁을 해둔다면, 다소 시간이 걸리더라도 문헌을 손에 넣을 수는 있겠지. 게다가 마르실리오 피치노의 『헤르메스 선집』 한 권만이라면 내게도 일부 소장본이 있으니, 그것으로 족하다면 사본을 뜨면 될 것이야. 그러나 자네를 위해서는 꼭 자네 발로 피렌체에 가서 스스로의 눈으로 그곳에서 일어나는 일들을 확인하는 것이 좋을 것일세. 만일 여기서 또 새로이 여행을 도모하기가 버거운 형편이라면, 내가 말 한 필은 주선해보도록 하겠네. ─나는 이따금 고개를 끄덕여가며 그의 말을 경청하고 있었다. 그중에서도 마지막 말은 나로서는 예상조차 할 수 없던 것이어서, 황송함과 함께 그 후의에 깊은 감동을 느끼지 않을 수 없었다. 그러나 무엇보다도 나를 앙분昻奮하게 한 것은 뒤이어 들려준 피렌체에 관한 여러 가지 이야기들이었다. 주교는 용무차 몇 차례 로마에 가던 도중 피렌체에 들른 일이 있었노라며, 플라톤 아카데미며 그에 관련된 자들에 대해, 또한 신학과 철학에 관한 것뿐만이 아니라 회화며 문학, 게다가 사람들의 생활 풍습이며 신앙의 질에 이르기까지, 간간이 탁월한 고증을 섞어가며 폭넓은 정보를 들려주었다.

주교는 말을 이었다.

"……그러니까, 알프스 이남에는 이쪽과는 완전히 다른 세계가 펼쳐져 있는 게지. 단, 이렇게 말하면 사뭇 매력적으로 들릴지 모르겠으나, 실제로 나는 그 세계가 좋은 것인지 어떤지 판단을 내릴 수가 없다네. 알프스의 수많은 산맥들이 새로운 세계에 대한 장애물이 되고 있는 것인지, 그게 아니면 지금 우리의 세계를 위한 방패가 되고 있는 것인지, 나로서는 가볍게 단언할 수가 없더란 말일세. 그런 까닭에, 더욱이 자네가 이를 직접 확인해오기를 바라는 것이네……"

주교의 참으로 침착한 어투는 몽매한 사조로 머릿속이 버글거리고 있던 내게 너무도 신선하게 울렸다. 그리고 그 말이 지닌 심원함은 그 말을 들은 당시보다도, 많은 세월이 흐른 지금 이 16세기라는 시대에 이르러, 더욱 확실하게 몸에 스미도록 절실히 느껴지는 것이다.

주교가 들려주는 말을 들으면서, 차츰 나는 여행길에 겪은 고

생 따위는 다 잊어버리고, 당장이라도 피렌체를 향해 출발하고 싶은 마음이 솟아오르기 시작했다.

말을 마치던 주교는 얼핏 무엇인가를 떠올린 듯이 눈을 똑바로 뜨고 내 얼굴을 찬찬히 들여다보고는, 조용히 이런 질문을 던졌다.

"그런데, 혹시 자네는 이른바 연금술*이라는 것에 흥미가 있는가?"

주교가 하는 질문의 뜻을 얼핏 헤아리지 못한 채, 나는 말없이 고개를 갸웃했다.

주교는 말을 이었다.

"있잖은가, 황금을 만드는 기술 말일세."

"예…… 물론, 알고는 있습니다만……"

---

* 고대 이집트에서 일어나 아라비아를 거쳐 유럽에 전해진 원시적인 화학 기술. 근대 화학의 기초가 성립되기까지 천여 년간에 걸쳐 중세 유럽을 풍미했다. 비금속을 금이나 은과 같은 귀금속으로 변화시키거나, 불로불사의 만능약을 제조해내는 것을 시도했다. 성공을 거두지는 못했으나, 수많은 종류의 화학 물질을 취급하는 기술 및 자연과학을 발달시키는 데 지대한 공헌을 하였다. 특히, '현자(賢者)의 돌'이라 하는 것은 연금술의 마지막 단계에서 얻어지는 물질로서, 갖가지 물질을 금으로 변화시키거나, 만병을 낫게 하는 힘을 가졌다고 하여, 서양 중세의 연금술사들이 탐구해 마지않던 것이다. 이를 '철학자의 돌'이라고도 한다.

"실은 여기에서 조금 떨어진 마을에 벌써 오래 전부터 연금술을 시험하는 자가 있다네, 실제로 몇 번인가 성공을 거두었다고는 하네만, 조금 괴이하다 할 인물로, 그제나저제나 가난하기 짝이 없는 생활을 근근이 이어가면서 연금술에 몰두하고 있는 모양이더군. 나는 단 한 번밖에는 만난 일이 없지만, 자연 철학에 관한 해박한 지식은 도저히 나로서는 따라갈 재간이 없을 정도이고, 자네가 말하는 이교의 철학에도 상당히 정통하다 하네. 물론, 확실한 신앙심을 지닌 이야. 괜찮다면, 피렌체에 가기 전에 그 사람을 한번 찾아가보면 어떻겠는가? 분명 큰 도움이 되리라고 생각하네만……"

주교는, 뜻밖의 말에 어리둥절해 있는 내 얼굴을 살피면서 덧붙였다.

"그 마을은 여기에서 남동쪽으로 이십 리 정도 내려간 곳에 있네. 요즘 말로는 개간촌이라네. 비엔의 교구 내에 있으니까, 피렌체로 가는 길에서 그리 멀지도 않지."

잠시 생각하던 나는 망설일 것 없이, 주교에 대한 신뢰와 그 연금술사라는 인물에 대한 적지 않은 흥미에 이끌려, 그 말에 따르기로 마음을 정했다.

그리고 이틀 뒤 그리스도의 성체성혈 대축일을 지낸 후, 나는 리옹을 뒤로하고 홀로 그 마을을 향했다.

  리옹에서 개간촌으로 향하는 길목에서, 내 가슴속을 드나들었던 생각들을 여기에 상세히 기록할 수는 없다. 그 사유의 편린들은 어느 하나 제대로 정리된 형태를 맺는 것이 없이, 이런저런 사유가 서로 착종하고 어느 틈에 끊겼는가 하면 문득 다시 떠오르고 곳곳에서 파탄을 일으키면서, 하지만 마치 막 비 그친 탁한 강물의 수면이 햇빛에 번뜩이듯이 뭔가 알듯 말듯 움트기 시작하는 사상이라 할 것만을 흐릿하게 예감하게 하면서, 어둑어둑하고 우울한 혼돈을 이루고 있었다.

  오가는 이들이 끊이지 않는 번잡한 큰길을 걷는 동안에는 그다지 느끼지 못했던 여수旅愁가, 문득 엄습해왔다. 나는 그동안 어떠한 사유의 경로를 걸터듬었던가, 남프랑스의 아름다운 자연 속에 어쩌자고 마니교摩尼教*와 같은 이단이 창궐하기에 이르렀는가, 굳이 대답을 구하자 할 것도 없이 곰곰 생각해보기에

---

* 3세기에 '빛의 사도' 또는 지고의 '빛을 비추는 자'라 알려진 마니가 페르시아에서 창시한 이원론적인 종교 운동. 이 세상 삶은 참을 수 없을 만큼 고통스럽고 극도로 악하며 신의 본성을 나누어 가진 영혼이 악한 물질세계에 떨어졌지만, 진리에 대한 영적인 지식을 통해 구원에 이른다고 주장한다.

이르러 있었다.

마니교 교의의 핵심을 이루는 것은, 말할 것도 없이 이 세계에 대한 가열한 증오감이었다. 그 증오감은, 한편으로는 사람들을 방탕으로 유혹해내고, 다른 한편으로는 거세조차도 두려워하지 않는 극단적인 금욕에로 향하게 하는 것이었다. 나는 알비 파Albigenses*니 카타리 파Cathari**니 하는 이단이 과연 이 지방에까지 북상했는지는 알 수 없었다. 방탕도, 극단적인 금욕도, 정도의 차이는 있다 해도 장소를 가리지 않고 넘쳐 있던 그 시대 특유의 질병과도 같은 것이었으므로, 리옹의 가난한 신자들은 굳이 살펴볼 것도 없이 늦건 빠르건 결국 그 비슷한 증상을 보였으리라. 그러나 나에게 새록새록 의아하기 짝이 없던 것은, 왜 하필이면 이 남부 지방이 아니면 안 되었던가, 어째서 이렇게 빛이 휘황한 토지가 아니면 안 되었단 말인가 하는

---

* 12~13세기 프랑스 남부에서 발생한 카타리 파의 분파. 로마 가톨릭 교회와 대립하여 반(反)성직자 파를 결성하고 당시 성직자들의 부패를 비판했다. 금욕생활과 성적제도를 비판하는 이들의 설교는 많은 사람들에게 감명을 주었다. 이 운동은 인노켄티우스 3세가 교황에 오르기까지 백 년 동안 계속되었다.
** 청정파(淸淨派)라고도 불린 기독교 이단 종파. 12~13세기 서유럽에서 번성했다. 신(新)마니교의 이원론(세상에는 선과 악이라는 두 가지 원칙이 있으며, 물질세계는 악하다는 이론)을 믿었다.

것이었다. ─ 나는 헛되이 생각을 굴려보았다. 전쟁 탓일까. 페스트 탓일까. 아니면 그저 동방에 가깝다는 지리상의 조건 탓일까……

사유는 돛을 잃은 배처럼, 더듬어 닿을 곳을 찾지 못한 채 위태롭게 그 행방이 끊어지려 하였다. 그때, 후끈 달아오른 흙 냄새가 문득 스며들었다.

나는 발을 멈추고, 이마에서 흐르는 땀을 훔치며 하늘을 올려다보았다.

"태양 탓인가?!"

……절로 혼잣말이 흘러나왔다. 하늘을 올려다본 순간, 저 먼 곳에 걸린 위열偉烈한 태양이 눈에 들면서, 홀연 그같은 이단은 처음부터 모두 저 눈부신 원을 근원으로 하여 일어난 것이 아닐까 하는 의혹이 일었던 것이다. 이 햇빛 때문에, 이 무시무시하게 타오르며 반짝이는 거대한 빛 때문에, 거기에 감추어진 어떤 암울한 예감 때문에 사람들은 대지를 증오하게 된 것이 아닐까. 육신을, 이 무거운 고통스러움을 모멸하게 된 것이 아닐까.

그러나 이렇게 생각하자마자, 나는 이내 너무도 불쾌한 어떤 적막감이 끓어오르는 걸 느꼈다.

"……아니, ……아니, 그럴 리 없어, 그렇지 않아…… 절대로……"

나는 극심하게 쫓기고 있었다. 마음속에 꿈틀거리는 동경이라고도, 증오라고도, 그 어느 쪽이라고도 할 수 없는 생각에. ……그리고 허망하게도 방금 전에 입에 담았던 내 말을 스스로 비웃을 수밖에 다른 도리가 없었다.

나는 고개를 숙여, 빛을 직시하느라 먹먹해진 시선을 땅에 떨구었다. 시선은 길 위를 더듬었다. 그때 돌연, 길가의 바윗돌에 현란하게 빛나는 한 점이 눈에 들어왔다.

다가가 보니, 밀알 한 개만한 허연 거미였다. 땅바닥에 무릎을 꿇고 앉아 찬찬히 얼굴을 들이대고서야 간신히 내 망막 안에 그 모습이 잡혀들었다.

그 섬세하고도 단단한 지체肢體, 그 정밀靜謐*, 그 요기妖氣. ─그것은 오랜 세월 공들여 빚은, 한낮의 어지러움이었다.

---

* 고요하고 편안함.

마을에 들어선 나는 장화조차 벗지 않은 행장 그대로, 교구 사제가 있는 곳을 찾아갔다.

내가 곧바로 교회로 향하는 것을 주저하지 않았던 것은, 리옹에서 주교가 내려준 서찰을 품에 지니고 있었기 때문이었다. 교구가 서로 다른 주교가 써준 이 서찰은, 이곳 사제에게 내 편의를 부탁하는 추천서인데, 주교가 비공식적으로 개인적인 후의를 베풀어준 것이었다. 주교는 이 서찰을 내게 주면서, 불안해하는 내 마음을 안다는 듯이 웃으며 말했다.

"그렇게 걱정하지 않아도, 그 사람이라면 자네에게 아주 잘 대해줄 것이네."

교회는, 마을 전체를 바깥 세상으로부터 수호하려는 듯이 북서쪽 입구에 세워져 있었다.

성당의 옆쪽에는, 본당에 비해 터무니없을 정도로 넓은 묘역이 조성되어 있었다. 성글게 심어졌으나 모두가 무성히 자란 나무들 틈을 누비듯이, 묘지가 일대에 되는 대로 산재해 있었다. 나뭇가지들이 핏줄처럼 허공에 뻗어 있고, 그 가지들을 잎사귀들이 풍부한 살집으로 감싸듯이 뒤덮고 있었다. 그 아래 색색깔의 이끼를 뒤집어쓴 묘비들은, 얼핏 보면 그 핏줄과 살집의 그늘에 쭈그리고 앉아 있는 노인네들처럼 보였다.

묘역의 모습을 다시금 세세히 들여다보자 한 가지 사실을 깨달을 수 있었다. 그것은 새 무덤일수록 단장이 조잡하고, 오랜 세월 풍화되어 묘석이 녹슨 듯한 옛 무덤이 외려 훌륭하게 보인다는 것이었다. 들으니, 그 새 무덤들 대부분이 로마 교황청 대사大赦*가 있던 해의 바로 이듬해부터 이 도피네 지방에서 맹위를 떨친 페스트의 희생자 묘지라고 했다. 한바탕 거센 바람이 말라빠진 낙엽을 단번에 쓸어가버리듯이 일시에 너무도 많은 사람들이 죽었기 때문에, 살아남은 자들은 무덤을 제대로 세울 여가도 기력도 지니지 못했을 터였다.

실제로, 아직 덜 여문 듯이 보이는 무덤들 중에 번듯한 석비가 세워진 곳은 그리 많지 않았다. 그저 썩어가는 나무 말뚝이 무언가를 전해주는 표지판 노릇을 하고 있을 뿐이었고, 그조차 없이 잡초가 우거진 모양새로 겨우 무덤의 흔적이라고 미루어 짐작이나 해볼 수 있는 곳도 있었다.

당시의 묘역 상황을 전해주는 일화가 마을에 떠돌고 있었는

---

* 고백성사를 통해 죄를 용서받은 후, 그 잠벌(暫罰, 현세나 연옥에서 일정 기간 당하는 유한한 벌)을 교회가 면제해주는 것을 말한다.

데, 나에게 그 이야기를 들려준 사람은, 여기에서 무덤 파는 일을 했노라는 사내였다.

  사내가 말하는 바에 따르면, 돌이 되었든 나무가 되었든 아무리 어줍잖은 것이라 해도 묘표가 남아 있는 것은 그래도 죽은 이에게 참으로 다행스러운 일이라 했다. 페스트가 만연하여 끝내 어떻게 손써볼 수도 없게 되었을 즈음에 이르러서는, 죽은 이를 모조리 쓸어모아 공동으로 매장했기 때문이었다. 자루로 얼굴만 겨우 덮어씌운 시체들을 묘역 안쪽에 파놓은 커다란 구덩이에 던져넣어두고, 시체로 가득 차게 되면 흙을 덮어 메웠다는 것이다. 그러던 어느 땐가, 사내가 노상 하던 대로 새로운 시체를 가득 싣고 가보니, 구덩이 속의 자루 하나에서 심하게 부패하여 뺨의 살은 떨어지고, 저렇게 큰 것이던가 싶은 잇바디를 통째로 드러낸 유골의 얼굴이 삐쭉 드러나 있었다. 얼굴에 덮어씌웠던 자루가 풀렸던 것이다. 사내는 하 기가 막혀서 한동안 말없이 그것을 쳐다보고 있었는데, 함께 시체를 실어왔던 다른 사내가 그 솟아오른 얼굴을 향해 말을 던졌다.

  "그렇게 좋은가? 다시 돌아와서 그리도 좋은 게야?"

  이 사소한, 하찮다고도 할 농담이 마을에서는 꽤나 오랫동안 사람들 입에 오르내렸다 했다.

나는 별다르게 이 이야기를 우스갯거리로 생각지는 않았지만, 그렇다고 나쁘게도 생각하지 않았다. 그 말은 과연 심한 농담인지는 모르지만, 그러나 거기에는 분명히 단지 심사 사나운 말투 이상의, 깊디깊은 실의와 그에 저항하고자 하는 진지한 씩씩함이 담겨 있기 때문이었다. 그 불경스러움, 자리에 어울리지 않는 그 장난기를, 나는 오히려 좋아할 수밖에 없었다. 어쩐지 그것을 이해할 수 있을 것 같았던 것이다.

성당에서 먼저 눈길을 끄는 것은 서쪽 정면에 걸린 다섯 척 정도의 장미창薔薇窓이었다. 건물의 앞면은 이 창을 한가운데에 앉히고, 그 주변을 위엄 있는 첨두형尖頭型의 공벽拱壁이 둘러치고 있었다. 벽면에는, 그 틈을 누비듯이 플랑부아양 식 문양이 새겨져 그 하나하나이 곡선이 딤쟁이닝굴저럼 엉클어지면서 위쪽을 향해 기어오르고 있었다. 그 아래, 단 하나 있는 출입문이 보였다. 그 문은 얇직한데다 아무 조각도 새겨져 있지 않지만, 문 위의 팀파눔에 뚫린 벽감壁龕에는 주의 상이 서투른 솜씨로 희미하게 새겨져 있었다. 납 지붕은 성당 내부의 궁륭 모습을 고스란히 드러내는 형상을 하고 있었다. 이것을 떠받치듯이 양 옆구리에는 견고하고 단단한 공벽이 튀어나와 있어, 그 덕분에 박아넣은 의장意匠이 간신히 흘러떨어지지 않고 벽면에 붙어 있는 듯이 보였다. 전체적으로 어수선한 인상을 주었지만, 벽촌 작은 마을의 교회가 이런 정도의 성당 규모를 갖춘 것은 오히려 뜻밖이라고 해도 좋을 정도였다. 특히 나는 플랑부아양 식의 문양을 시작으로 해서 여기저기에 건축상의 유행의 영향을 받은 곳을 흥미롭게 바라보았다. 단지 아깝기 짝이 없는 것은, 건물 자체의 빈한함과 너무나 작은 규모에 있었다. 그 때문에, 제대로 지었더라면 반드시 지녔을 장엄함을 박탈당하고, 결국 짙은 분화장을 한 난쟁이처럼 조금은 서글픔을 자아내는 골계미滑稽昧를 그대로 드러내고 있는 것이었다. 이 성당 위의 하늘은 너무도 멀고 멀었다. 대저 거대함이란, 그 자체만으로도 하나의 위대한 가치 아닌가. 이는 너무도 단순하고, 뜻밖에도 심오한 진리이리라. 실로, '감축된 거대함'이란 얼마나 많은 것을 잃고 마는 것이랴.

  이 성당의 남쪽 옆구리, 앞서 말한 묘역으로 통하는 작은 길 중간에 마을 사람들이 무리를 이루어 모여 있는 것이 보였다. 얼굴들을 살펴보니 남녀노소가 다 섞여 있고, 그중에는 아직 철도 덜 든 어린아이를 데려온 이도 있었다. 나뭇잎 사이로 들이치는 햇빛이 그들의 머리 위에 눈부시게 쏟아지고 있었고, 성당 높이 걸린 십자가의 그림자는 그 날비늘 같은 빛무리를 밑에 깔고 길다란 몸을 가로누이고 있었다.

"……여러분은 그러므로 신께서 욥에게 내려주시었던 시련을 잊어서는 안 됩니다……"

한낮의 열기에 부풀어오른 매미 소리가 간헐적으로 쏟아지는 틈틈이, 사람들이 둘러싼 안쪽에서 남자의 거센 목소리가 울려퍼지고 있었다. 마른 나무를 내려치는 듯한 높고도 맑은 목소리였다. 그 목소리의 주인을 지켜보는 마을 사람들의 얼굴은, 바로 지금 이 순간 신앙에 새로이 눈을 뜨기라도 하듯이, 창백하고 잔뜩 굳은 채로 저마다 한결같을 듯한 후회와 불안과 희망을 가득 담고 있었다.

나는 울타리처럼 둘러선 사람들 틈새로 설교자의 모습을 얼핏 훔쳐보았다. 옆으로 나란히 늘어선 세 사람 중, 강론하고 있는 이는 한가운데에 선 장년의 수도사였다.

그는 마을 사람들을 향해 커다란 몸짓을 섞어가면서 강론을 이어가고 있었다. 그의 시선은, 쉴새없이 내뱉는 말을 한 마디 한 마디 확인하기라도 하려는 듯이 한 사람 한 사람의 얼굴을 응시하면서 쉬임 없이 옮겨졌다. 그의 둘로 나뉜 턱 골에 땀방울이 맺혀 금세라도 떨어질 듯이 바르르 떨리고 있었다.

"주께서는 사도들을 향해 명하셨습니다. '지갑 속에 금이며

은이며 돈을 넣은 채 걷지 말라. 여행을 위해 등에 질 부대도, 두 벌 속옷도, 구두도, 지팡이도, 가져가서는 안 된다'……"

그의 눈두덩 깊은 곳에 침잠한, 신앙심으로 가득한 눈동자가 그때 잠시 내게 머물다 이내 옮겨갔다. 그동안에도 그의 강론은 끊이지 않았다. 그의 이 사소한 눈길을 눈치채고 내 쪽을 돌아본 이가 두셋 있었지만, 별다른 관심 없다는 듯 곧바로 시선을 돌렸다. 다른 이들은 그런 눈치조차 채지 못하는 듯, 변함없이 그를 향한 채 빨려들듯이 강론에 귀를 기울이고 있었다.

그들을 바라볼수록, 나의 뇌리에 점차 불신이 싹트는 것을 금할 수 없었다. 일개 설교자에 대한 존경이라고 하기에는, 마을 사람들의 그것은 도가 지나친 것 같았던 것이다. 물론 강론을 듣기 위해 이렇게 모이는 것 자체는 바람직한 일임에 틀림없었다. 그러나 설교자의 일거수일투족에 완전히 감응해 들어가는 듯한 그들의 태도가 내게는 의아하게만 느껴졌다. 나는 한 설교자 개인에 대한 인간적인 경애에 의한 신앙을 정당한 것으로 인정하고 싶지 않았던 것이다. 그것은 필경 신앙과 비슷한 뭔가 다른 것이 아닌가 싶은 생각이 들었던 것이다……

잠시 후, 발길을 돌린 나는 왔던 길을 다시 돌아 성당 서쪽 입구를 향했다.

스카풀라리오Scapulalio*와 띠 아래로 늘어진 로사리오Rosario**
등을 통해, 나는 설교자가 프란체스코 회의 수도사가 아니라 나
와 같은 도미니크 회 수도사라는 것을 알 수 있었다.

성당 입구 앞에 이르러, 나는 다시 그들 쪽으로 눈길을 돌렸
다. 그의 쨍쨍한 목소리는 여전히 귓전에 와 닿았지만, 사람들
의 울타리와 건물 목소리에 가려 그의 모습은 보이지 않았다.

성당에 들어서는 나를 맞아준 것은 부제副祭였다. 나는 리옹
주교가 써준 서찰을 보이면서 그에게 사제를 만나고 싶노라는
뜻을 전했다.

부제는 서찰에 눈길을 던졌다.

"……자, 잠깐 기다리시구려."

서찰을 앞뒤로 돌려가며 살핀 뒤에 그는 의아한 기색으로 나

---

* 수도복의 일부로서, 목으로부터 입어 앞뒤로 무릎 아래까지 내려오는 긴 사각천. 중세 도미니크 회에서는 검은색 스카풀라리오를 입었다.
** 열 번의 성모송과 한 번의 주의 기도와 영광송을 한 단(端)으로 하여 실에 펜 묵주알을 만지면서 기도문을 암송하는 전례의 기도. 성모마리아와 하느님께 바치는 기도이다. 여기에서는 이에 쓰이는 묵주를 이른다.

를 쳐다보면서 이렇게 말하고는 안으로 사라져갔다. 그의 비뚤어진 저고리 깃만큼이나 어딘지 모르게 칠칠치 못한 어투였다.

혼자 남은 나는 의자에 앉아 제단을 올려다보았다. 쓸데없는 허세를 부린 듯한 외견과는 달리 성당 안은 소박하고, 특히 제단은 단정하게 꾸며져 있었다.

나는 잠시 긴 숨을 내쉬었다.

성당은, 초여름의 열기를 몰아내고 그 내부를 돌의 차디찬 기운으로 가득 채워놓고 있었지만, 내 옷 속에 여전히 감도는 몸의 열기는 뜨거웠다. 등 쪽이 갑자기 식으면서 땀에 젖은 의복이 거머리처럼 살에 철썩 들러붙었다.

나는 의자에 몸을 깊이 파묻고 눈을 감았다. 피로가 눈꺼풀 위에 뜨겁게 고여들었다. 귀를 기울이면, 강론 소리가 높은 궁륭을 향해 몇 겹이고 겹쳐지면서 흐릿하게 부풀어가는 것을 알 수 있었다. 격앙된 설교자의 목소리는 돌담에 여과되어, 귓전에 속삭이듯이 내밀하게 울려퍼지고 있었다. 목소리라고도, 음이라고도, 울림이라고도, 무엇이라고도 표현하기 어려운, 어떤 미묘한 공기의 떨림이었다. 멍하니 그것을 들으면서, 나는 문득 설교자의 얼굴을 떠올렸다. 입 밖으로 발설하기 이전의 그의 신앙심이란, 밖으로 나타나는 것과는 달리 의외로 지금 들리는 것처럼 침착한 것인지도 모른다. 다른 이들이 모르는 저 안쪽의 그의 신앙심이란, 어쩌면 의외로. —그것이 무언지 모르게 내게 기이한 느낌을 불러일으켰다.

그럭저럭 한참을 기다려도 사제가 나오는 기척이 전혀 없어서, 나는 지루함에 몸을 맡긴 채 두서없는 사색에 빠져들기 시작했다.

—설교자는 도미니크 회 수도사이다. 그리고 그는 지금 회칙에 따라 민중을 위한 사목 활동을 열심히 행하고 있다. 같은 수도회에 소속되어 있다고는 해도, 그와 나 사이에는 분명하게 격차가 있었다. 원래 나는 면학 수도자로서, 탁발이나 사목 활동 같은 의무를 대부분 면제받고 있었기 때문이다.

일반 도미니크 회 수도사에 대해, 나는 항상 어떤 의념疑念을 품고 있었다. 그 의념은, 세간에 널리 유포되어 여기저기서 은근히 쏘삭거리는 염소담艷笑譚류의 풍설에 따른 건 전혀 아니다. 모모某某라는 마을의 아무개라는 부인네가 도미니크 회의 설교 수도사에게 '아무래도 적절하다고는 할 수 없는 애긍哀矜*

---

* 불교의 보시(布施)에 해당하는 가톨릭 용어. 수도자에게 금전이나 물건을 베푸는 행위.

을' 베풀었노라는 따위의 이야기는 분명 적잖이 들려온다. 그러나 그것은 다른 수도회에 있어서도 거의 같은 양상이었다. 프란체스코 회가 되었건 아우구스티누스 회Augustinus*가 되었건, 그런 유의 이야기는 조금도 드물 것이 없는 소문이었다. 나는 그런 이야기를 하자는 것이 아니다. 문제라고 해야 할 것은 차라리 그들이 가지고 있는 심히 치졸하기 짝이 없는 청빈淸貧의 이상에 대한 것이다. 파리에 있을 때부터 나는 사실 이따금 이에 대해 동학들과 토론을 하고, 그때마다 실망을 얻어왔다. 그것은 그들 대부분이 민중을 신앙으로 이끌어들인다는 것에 대해 너무나도 애매한 의식밖에 지니지 못하고 있었기 때문이었다.

'가난한 그리스도에의 추종'을 앞세우며, 복음서의 몇 안 되는 구절에 따라 원시 사도적인 생활을 개시한 것은 우선 성 프란체스코**였다. 그의 회심回心의 '직접적인 계기'는, 종군하

---

* 로마 가톨릭 교회에서 남자와 여자로 구성된 수도회. 대신학자 성 아우구스티누스가 작성하고, 430년 그가 죽은 후 널리 보급된, 신앙생활에 대한 교훈집인 규율서에 기초한 종규를 갖고 있다.
** San Francesco(1182?~1226?), 프란체스코 수도회의 창립자. 이탈리아 아시시 출생으로, 아시시의 성자 프란체스코라고도 불린다. 겸손과 복종, 사랑과 청빈의 계율에 따라 수도생활의 이상(理想)을 스스로 실천하였다.

여 포로가 되었을 때 경험한 나병 환자와의 교류였다고 전해진다. 이 이야기는 디다쿠스*의 권고에 따라, 처음부터 이단의 절복折伏**을 염두에 두고 청빈으로 옮긴 성 도미니크***의 경우와는 판이하게 사정을 달리하는 점이다.

그런데, 성 프란체스코에 대해 나는 '우선'이라고 기술했다. 이 말은 성 도미니크와의 비교에 있어서만 정당하다. 왜냐하면, 그 당시 청빈의 이상을 설파했던 것은 성 프란체스코 단 한 사람만이 아니었기 때문이다.

청빈의 이상을 가진 이들의 대부분은 이단이었다. 엄밀하게 살펴보면, 그중에 두 개의 주요한 운동이 있었음을 알 수 있다. 하나는 카타리 파를 중심으로 한 마니교 신앙이고, 다른 하나는 민중의 단순한 복음 해석이 산출해낸 가나의 신앙이었다. 그리

---

* Didacus(?~1207?), 스페인어로는 디에고 데 아세베스 Diego de Acebes. 스페인 오스마의 사제. 사제 참사회 원장.
** 중생 교화의 한 방법. 악인이나 악법을 위력 설법 기도로써 꺾어 승복하게 하는 것. 상대어는 섭수(攝受). 섭수란, 자비심으로 중생을 받아들여 구제하는 것이다.
*** San Dominicus(1170?~1221), 도미니크 수도회의 창립자. 스페인에서 태어나, 아우구스티누스 회에 입문. 로마 교황 인노켄티우스 3세의 명을 받아 알비 파와 카타리 파 등의 이단자 설복을 위해 파견되었다. 도미니크 수도회는 정통 신앙을 옹호하고, 학문과 청빈을 중시하며, 설교로써 이단자를 개심시키는 것을 목적으로 하였다.

고 감히 말하자면, 그 시기엔 이미 마니교와 가난의 신앙 운동이 한창인 때였고, 성 프란체스코가 세상에 알려지기 시작한 초기에는 그는 뒤늦게 등장한 또 한 사람의 청빈자에 지나지 않았던 것이다.

……일부러 밝혀둘 필요는 없겠으나, 이렇게 말함으로써 성 프란체스코의 위업을 부정할 작정은 털끝만큼도 없다. 예를 들면, 발데스 같은 이가 이단시되는 다른 한편에서 성 프란체스코의 설교가 교황의 윤허를 얻기에 이르렀다는 사실은, 결코 단순한 우연이 아닐 것이리라. 물론, 당시의 교황 인노켄티우스 3세가 보았다고 하는, 예의 꿈 때문도 아닐 것이다. 두 사람 사이의 현격한 차이는 시대뿐만이 아니다. 이것은 성 프란체스코가 교황도 교회도 부정하지 않았다고 하는 한 가지 일만을 놓고 보더라도 용이하게 알 수 있는 것이다.

―일부러 그러자고 애쓴 것도 아니건만, 나의 사고는 다시금 마니교의 이단에 봉착하였다. 나는 그 천박한 교의를 일일이 상세하게 서술하려는 의도는 갖고 있지 않다. 단지 이런 이야기를 하고자 할 따름이다. 그 당시, 이단자로서 청빈의 이상을 가장 충실하게 실천하고 있었던 것은 다름아닌 마니교도 중의 이른바 '완전자'였다는 사실이다.

나는 여행의 도상에서 민중들이 이단으로 추락하는 이유를 멍하니 생각해보곤 했는데, 그 하나가 우리들 교회의 타락에 있다는 것은 거의 의심할 수 없는 일이리라. 이것은 너무도 중요한 것이다. 그러나 더 분명한 사실은, 이단 융성의 최대 원인은 그 교의에 명백하게 존재하는 매혹 때문이었다. 생활의 절망이 사람들로 하여금, 세계는 어리석은 신에 의해 창조된 악이다, 라고 하는 저들의 가르침을 향해 돌진하게 했다는 것은 두말할 것도 없다. 그리고 그와 동시에, 그 '완전자'라 일컬어지는 자들에 대한 깊은 공감이 사람들을 이단으로 흘러들게 했던 것이다. 그들이 실천으로 보여준 철저한 금욕에 대한, 단순하고도 소박한 존경심이었던 것이다.

나는 앞서, 당시의 이단 운동을 주요한 두 기지로 나눌 수 있다고 했다. 거기에 정통 신앙을 더하면, 정사正邪 합해서 세 개의 신앙이 있었던 셈이다. 그러나 이러한 신앙들을 받아들일 대상으로 단연 손꼽힐 민중은, 교의보다는 오히려 교의를 창도하는 사람 자체를 선택의 기준으로 보았다. 피폐한 그들은, 세 가지를 나란히 놓고 견주어서, 스스로의 욕구를 충족시키는 데 가장 유력하다 할 자들을 추종하였던 것이다. 어쩌면 그것이 마니교의 '완전자'들이었는지도 모르고, 또 리옹의 가난의 신앙자들이었는지도 모른다. 어느 것이 되었든, 최초로 눈 밖에 벗어난 것은 우리의 타락한 사제들이었다.

성 프란체스코는, 그리고 성 도미니크는, 아마도 이런 사정을 확실하게 이해하고 있었으리라. 사람들이 그 두 성인을 향해 보낸 존경의 눈길은 마니교의 '완전자'들을 향한 그것과 전혀 다른 점이 없었던 것이다. 성 프란체스코와 성 도미니크는 도리어 그 점을 몸으로 수용해들였다. 성 도미니크는, 죽음에 이르기까지 스스로 나아가 청빈의 이상을 실천하고 무구無垢의 정결을 지키는 한편으로, 교황에 대해 견고한 순종의 뜻을 이어나갔다. 성 프란체스코는 스스로의 청빈의 이상을 철저히 관철해내고, '완전자' 조차도 평신도들로부터 받고 있던 생활의 보장을, 최소한의 생필품의 조달과 병들었을 때의 원조만으로 엄격하게 한정하였다. 걸식자와 같은 모습으로, 스스로의 몸을 돌보지 않고 정주지를 버리고 나날의 양식을 위해 노동에 참여하고 탁발을 행하며 민중을 향해 강론했다. 때로는 성흔聖痕의 고통에 괴로워하며, 그리스도가 살아가신 종적을 더듬어 각지를 돌며 복음의 말씀을 전파하였다. 민중은, 이 두 사람의 생활에 아무런 사심 없는 무구함으로 강한 감동을 느꼈다. 그러나 애석하게도, 그들은 그와 똑같은 유의 순진무구함으로 복음서의 그리스도의 일생에도 감동했던 것이다.

무어라 형용할 수 없는 순진무구함! 무어라 형용할 수 없는 빈천貧賤함!

사람들은 끝내 그리스도의 의미를 깨닫지 못했다. 내가 가장 견디기 힘든 것은, 그들이 신께서 이 땅에 내려오신 의미를 기껏해야 생활규범의 체현을 위한 것 정도로밖에는 생각하지 못하는 것이었다. 그들은 인간 그리스도를 사랑하고, 인간 그리스도의 생애를 사랑했다. 그리하여 그리스도에게서 탁월한 인격자의 모습밖에는 보지 못했던 것이다.

"누구라도 우리 주 예수 그리스도를 육체로서 보나 영을 통하여 신성神性으로서 보아, 그리스도가 참으로 하느님의 아들이라는 것을 믿지 않는다면 지옥에 떨어지리라."

성 프란체스코는 이렇게 말했다. 그리고 이후의 탁발 설교자들은 민중을 향해 질리고 물리도록 끝없이 이렇게 말하지 않으면 안 되었던 것이다.

필경, 우리 기독자基督者들에게 단 하나 중요한 것이 있다면, 그것은 그리스도가 신성을 지녔다고 하는 것뿐이리라. 이 의심할 바 없는 사실이 얼마나 자주 간과되어왔던가. 우리는 이제야말로 다시금, 하느님의 육화肉化의 의의를, 전능하옵신 하느님께서 육체를 받아 여인의 태내를 빌려 태어나시고, 스스로 창조하신 이 세계에서 인간으로서 살고 죽었다 하는 것의 의의를 강조하지 않으면 안 된다.

바울로는 말한다.

"내 마음속으로는 하느님의 율법을 반기지만, 내 몸속에는 내 이성의 법과 대결하여 싸우고 있는 다른 법이 있어 나를 사로잡아 종으로 삼으려는 것을 보는도다."(로마서 7장 22절)

"나는 마음으로는 하느님의 법을 따르지만, 육체로는 죄의 법을 섬기는도다."(로마서 7장 25절)

— 참으로, 바울로의 사상은 의심의 여지 없는 영원의 진실이다. 그러나 그럼에도 우리는 언젠가는 멸망할 이 육신肉身과 세계를 사랑하지 않으면 안 되는 커다란 이유를 확실하게 가지고 있는 것이다.

세계는 신에 의해 창조되었으며, 그뿐 아니라 신은 육신을 받으셨던 것이다.

생각해보라. 신께 이 세계가 참으로 기피할 것이었더라면, 어찌하여 신께서 스스로, 일체를 초월하신 신 스스로, 우리 미소하기 짝이 없는 피조물의 모습 그대로, 피조물과 함께 동일한 세계 동일한 시간을 살지 않으면 안 되었을 것인가.

우리는 어떠한 이유로도 이 세계를 증오할 수는 없다. 왜냐하면 세계는, 신께서 접하셨던 그 순간에, 처음의 창조로부터 다시 한번 참으로 위대하다 할 가치를 얻었을 터이기 때문이다. 신이 스스로 강림하여 살았다 하는 단지 그 한 가지 것으로써, ─오직 그 위대하신 자애 때문에도, 우리는 이 세계를 사랑하고 또 사랑하지 않으면 안 되는 것이다.

바울로는 말한다.

"신은 당신의 아들을 죄 많은 인간의 모습으로 보내어 그 육신을 죽이심으로써 이 세상의 죄를 없애시도다."(로마서 8장 3절)

─이를 오독誤讀해서는 안 되리라. 그러나, 십자가에 매달리셨던 것은 '단지 육신만이 아니었다'. 거기에 있었던 것은, 신이었고 인간이었던 그리스도의 모든 것이었다.

……그리하여 우리는 고뇌한다. 그것은 우리 기독자들이 한편으로는 주의 인도하심을 받아 영적인 생활에 충실하면서, 다른 한편으로는 육신의 생활도 부정할 수 없기 때문이다. 수많은 도미니크회 수도사들에 대한 나의 불만은 바로 이 점에 있었다. 그들은 이런 고뇌를 알지 못한 채 청빈만을 설파하고, 그 실천을 강력하게 권고하여 마지않는 것이다. 그리고 스스로 그 길을 보여주면서, 교의를 향해서가 아니라 그들 자신에게 직접적으로

쏟아지는 감명을 이용하여 민중을 회심시키려 하는 것이다.

이러한 수도사들에게 인도되어 마니교도와도 같이 기묘한, 염세적인 생활을 영위하는 자들을 나는 수없이 알고 있다. 그들이 실천하는 청빈은, 거의 육체와 세계에 대한 증오로부터 비롯되었다고 해도 지나친 말이 아니다. 그러니 이 세계는 거부해야 할 악이라고 하는 어리석은 가르침을 신봉하는 자들에 대해, 쓸데없이 누가 더 청빈하고 누가 더 빈곤한가를 다투는 것에 무슨 의의가 있을 것인가. 그렇게 하면 물론 확실하게 이단을 방축하고 사람들을 방축하고 사람들을 회심시키는 효과를 거둘지도 모른다. 그러나 그 결과로서 새로이 더 근본적인 부작용이 발생하는 것이니, 참되게 믿음을 쏟아부어야 할 주의 진실의 가르침은 벌써 본래의 심원함을 잃고 퇴색하고 변질된 천박한 것으로 떨어지는 것이다. 그 지점에서 사람들이 참된 신앙으로 각성해갈 것인가. 어쩌면 그럴지도 모른다. 단지 내가 그 낙관적인 기대를 믿지 않는다는 것뿐일지도 모른다. 그러나 청빈은 포교를 위한 수단이어서는 안 된다. 그것은 단지 그리스도를 탐구한다 하는 우리의 궁극적인 목적으로서만 의의를 가지는 것이다. 성 도미니크가 신을 탐구하고자 하는 하나의 방법으로서 청빈을 어떻게 이단자들로부터 배웠건, 그가 이러한 본의를 자각하지 못했을 리는 없다. 그리고 무엇보다도 청빈의 생활을 실현하기 위해서는 항상 그리스도의 육화(肉化)를 염두에 두지 않으면 안 되는 것이다. 그에 대한 의의를 확실히 하여, 이 세계를, 이 육신과 물질의 세계를, 사랑하지 않으면 안 되는 것이다.

…… 내가 얼마나 오래 이런 사유에 빠져 있었는지는 알 수 없다. 그저 멍하니 사제를 기다리고 있었다면 꽤 길게 느껴졌을 시간이었을지 모르나, 사유에 빠져 있었던 터라 시간의 흐름을 느끼지 못했다.

문득 정신을 차리고 보니 나는 어느샌가 눈을 뜨고, 제단 위에 높직이 걸려 밝게 빛나는 십자가를 물끄러미 바라보고 있었다.

그 십자가의 배후에서 색색의 스테인드글라스가 선명한 빛을 내뿜고 있었다.

이윽고 부제가 다시 나타났다. 나는 그의 안내를 받아 성당 밖으로 나섰다.

부제는, 영접에 시간이 걸려 미안하다는 변명 비슷한 말을 두세 마디 입속에서 중얼거렸지만, 나는 그가 늦은 것에 대해서는 마음이 쓰이지 않았다. 대신 그때 내 감각이 집중된 것은 그의 옷자락에서 풍기는 포도주 냄새였다. 달콤하기는 했으나 어딘가 한물간, 콧속에 들큰하게 괴어드는 그런 종류의 냄새, 그것이 더운 바람을 타고 뜨뜻미지근한 공기에 배어들며 주변을 떠돌고 있었다.

　곁에 나란히 서서 걸으며, 나는 그의 얼굴을 훔쳐보았다. 잔뜩 굳은, 갑작스레 준엄한 표정으로 고쳐 지은 얼굴이었다. 나이는 나보다 스무 살 정도 많을까. 그렇게 나이든 것처럼 보이지도 않는데, 머리에는 벌써 상당한 백발이 섞여 있었다.

　나는 그의 노력이 하도 가상해서 한동안 그 준엄한 얼굴을 쳐다보고 있었다. 그러나 금세 어이가 없어져서 시선을 돌리자니 나도 모르게 작은 한숨이 흘러나왔다. 그때까지도 전혀 줄어들 줄 모르는 채 그에게서 풍풍 풍기는 포도주 냄새를 맡고 있노라니, 그의 자못 경건합네 하는 얼굴 곳곳에서 마치 어설프게 마감질한 술통이 줄줄 새듯이 곤혹스러움이 비어져나올 것만 같앉기 때문이었다.

교회 안쪽의 수도원에 이르렀을 때였다. 안에서 세 명의 젊은 여인들이 허겁지겁 뛰쳐나와 우리 쪽을 향해 다가오고 있었다. 모두 기다란 흰옷을 입은 여인들이 치맛자락을 바람에 건들거리며 방정을 떠는 꼬락서니가 말이 진흙을 튀기며 건중거리는 것 같았다. 도홧빛으로 불그레한 얼굴에 웃음을 흘리며 뭔가 키드득거렸다. 흐트러진 머리에는 담쟁이넝쿨을 본뜬 듯한 작은 머리장식이 비스듬히 꽂혀 있었다. 부제가 당황하며 타이르듯이 무어라 말을 건네자, 이런 교회에서 튀어나올 일이 없을 듯싶은 여인네들은 서로 얼굴을 마주보며 잠시 입을 다무는가 싶더니, 이내 웃음을 터트리며 새살거렸다. 그중 한 여인은 부제의 곁을 스치는 참에 그의 볼을 톡톡 치고 갔다. 넓은 옷소매 사이로 드러난 여인들의 어깨가 나뭇가지 사이로 비쳐드는 빛에 희끄무레하게 번들거렸다.

수도원 안에 들어선 나는 2층으로 안내되었다. 동요를 감추지 못하는 부제에게, 나는 일부러 말을 붙이지 않았다. 이런 유의 인종과 접촉하게 될 때, 약간은 오만하다고 할 만큼 과묵함을 지킬 수 있는 것이 나의 별것 아닌 미덕 중 하나였다.

계단을 다 올라가 안쪽 방 앞에 이르자, 부제는 문 밖에서 소리를 하고 대답을 기다렸다. 문이 열렸다. 나타난 것은 사제였다.

사제는 내 얼굴을 바라보지도 않고 그대로 돌아서서 등을 보이며 창가 의자를 향해 흔들흔들 걸어가더니, 천천히 몸을 돌리고는 의자에 앉았다. 책상에 팔꿈치를 괴고는 천천히 눈꺼풀을 들어올리는데, 그러고도 한참 뒤에야 그의 두 눈동자가 제자리를 잡았다.

나는 부제에게 떠밀려 방 안으로 발을 들였다. 간단하게 이름과 신분을 밝히고, 리옹 주교로부터 받은 서찰을 꺼내어 사제에게 건넸다. 사제는 아무 말 없이 내 얼굴을 지켜보면서 서찰을 한 손으로 받아들었다. 그리고 서찰에 눈길을 내려 흘깃 뒤쪽을 확인하고는 다시 내 얼굴을 올려다보았다. 사제는 의자에 앉아 있었으니, 나를 '올려다보았다'는 게 실제적인 묘사가 되겠지만, 내가 받은 인상으로는 '내리깔아보았다' 해도 그리 틀리지 않으리라. 나를 향한 사제의 눈길은, 하찮기 짝이 없는 물건을 바라보듯 서찰의 뒤쪽을 흘깃 넘겨다보던 때의 눈빛과 전혀 다른 점이 없었던 것이다.

방 안을 살필 여유가 생긴 것은, 사제가 마지못한 듯 겨우 서찰을 읽기 시작한 후였다.

내 시선은 먼저 안쪽을 향했다.

사제의 등뒤로, 서편을 향해 열린 창 유리가 기울어가는 햇빛에 반짝이고 있었다. 창은 조그마했고, 그곳을 통해 들어온 빛은, 병에 갇힌 뜨뜻미지근한 물처럼 방 안에 머물고 있었다. 산그림자는 이 시간에는 아직 방까지 침범해 들어오지 못하는 모양이었다. 실내에 놓인 물건들은 아주 자그마한 그림자들을 끌고 있었는데, 그 작은 어둠들이 내 쪽을 향해 뻗은 채 차게 식은 용암처럼 딱딱해져 있었다.

창의 양 켠은 조금 어두웠다. 오른쪽에는 포도주가 담긴 오래된 술통이 있었고, 왼쪽에는 반닫이가 있었다. 술통 앞부분에 나 있는 술을 따르는 구멍에 나무마개가 아무렇게나 비스듬히 꽂혀 있었다.

그 구멍 아래에 손바닥만한 크기의 얼룩이 더께져 있었는데, 해를 거듭하며 거무스레해진 적동색 얼룩 위에 바로 직전에 흘러내린 포도주가 아직도 마르지 않은 채 농혈膿血처럼 묻어 있었다. 마치 치유되지 않은 채 딱지가 생긴 찰과상 같았다. 나는 그 얼룩을 보고서야 비로소 실내에 가득 찬 포도주 냄새를 깨달을 수 있었다. 좀전에 부제의 옷깃에서 풍겨나던 바로 그 냄새였다.

새삼 뒤이어 나의 감각은 홀연 잠에서 깨어나기라도 하듯이, 세부에 드러난 사제의 타락한 생활의 흔적을 발견해내기 시작했다.

술통 바로 옆, 이끼가 낀 것처럼 켜켜이 먼지가 쌓인 나무 선반에는 뱀 비늘 같은 문양이 새겨진 가죽부대가 옆으로 누운 채 역시 포도주를 토해내고 있었다. 얼룩투성이의 가죽부대는 손때에 닳고닳아 납처럼 둔한 광택을 띠고 있었다. 그 옆에 보자기를 아무렇게나 덮어놓은 음식 바구니가 보였다. 보자기 틈새로 치즈가 보였다. 크림이 보였고, 사과며 자두 같은 과일이 보였다. 호두가 보였다. 병에 담긴 요구르트가 보였고, 꿀이 보였다. ……모두가 먹다 남긴 것들이었다. 보자기 속 안쪽 깊숙이 있는 것들은 보이지 않았다. 자물쇠가 달린 반닫이 안에는 물론 더 많은 것들이 채워져 있을 터였다. ─덧붙여, 여기에 열거한 먹거리들은 어찌 보면 그렇게 사치스러운 것이 아니라고 여겨질지 모르지만, 적어도 나는 이 먹거리들 중 어느 한 가지만이라도 이처럼 풍성하게 쌓여 있는 꼴을, 이후 마을에 머무는 동안 어디 한군데에서도 보지 못했다. 지난해부터 이어진 냉해 때문에, 이 지방을 포함한 알프스 이북 전 지역에 걸쳐 먹을 것이라곤 씨가 말라서 사람들은 나날의 끼닛거리조차 궁한 판이었던 것이다. 물론 사제가 그런 사정을 모를 리 없었다. 보자기를 덮어 감추려고 한 것은 어쩌면 약간의 죄의식이나마 느꼈던 소이일까, 아니면 남의 입에 들어갈까 저어한 탓인가. ─어느 쪽이 되었건, 이 지방에서 이런 먹거리를 입에 넣는 사치를 부여받고 있는 건 사제 한 사람뿐이었다.

그 비슷한 풍경이 방 안 곳곳에 널려 있었다. 포도주에 푹 재워 살짝 구운 빵조각이 바닥 한 귀퉁이에 뒹굴고 있었고, 잘게 부서진 달걀 껍질이 먼지를 뒤집어쓰고 있었다. 왼쪽으로 눈을 돌리니, 고급 깃털 이불이 덮인 침대가 있었다……

사실 이런 예를 여기에 줄줄이 늘어놓을 것도 없다. 애초 그런 풍경을 일부러 찾아내려 애쓸 것도 없이, 사제의 불그스레하게 부푼 눈두덩과 듬성듬성한 수염이 자라 있는 아래턱을 감싼 두툼한 비곗살만으로도 대강의 사정은 짐작할 만했기 때문이다.

─대충 서찰을 읽은 사제는 그것을 한쪽에 내려놓고는 물었다.

"니콜라라고 했던가, ……자네는 자크 일행은 아닌 게로군?"

"자크……?"

"그래, 자크 미카엘리스. 자네하고 같은 도미니크 회 사람이지. 오늘도 아침부터 저 아래서 시끄럽게 떠들고 있더군. 바로 그자 말일세."

나는 사제의 말을 그제서야 겨우 이해했다.

"아뇨, 그분은 잘 모릅니다. 서찰에 어떻게 적혀 있는지는 모르겠습니다만, 저는 오늘 처음으로 이 마을에 도착한 참입니다. 제 목적은 사목 활동에 있는 것이 아닙니다. 탁발을 행할 예정도 없습니다."

사제는 다시 나른하게 몸을 늘여 책상에 팔꿈치를 대고는 아무러한 관심도 둘 바 없다는 듯이 내 쪽을 멀뚱히 보며 말했다.

"그러고 보니 그런 내용이 적혀 있었지. 뭐, 아무러면 어떤가. 마법사 영감을 만나고 싶거들랑, 마을 동편에 사니까 자네 맘대로 찾아가서 만나고 오면 되는 게지. 나한테 미안해할 건 없네. 아, 그리고 서찰은 일단 받아는 두네만, 이 서찰을 받을 사람으로 씌어 있는 건 내가 아니네. 전임자의 이름으로 되어 있단 말일세. 나는 유스타스일세. 내가 이 마을에 온 것이 햇수로 칠 년이 되는데, 그 전임자는 죽었다고 듣고 있네."

나는 적잖이 어리둥절해서 사제의 말을 듣다가 차츰 혐오감이 이는 것을 금할 수 없었다. —그러나 그것은 너무나도 범용한 혐오감이었다. 사제의 타락한 모습이 너무도 진부하기 짝이 없었던데다, 그를 향한 나의 혐오 역시 세상에 흔하게 널린 것과

일식 59

똑같은 진부한 혐오일 뿐이었다. 그리고 그와 동시에, 리옹 주교로부터 미리 들었던 사제의 위인됨과 실제로 만난 눈앞의 인물의 됨됨이가 너무나 달랐던 이유를 비로소 깨달을 수 있었다.

우뚝 선 채 아무 말도 하지 않는 내게, 사제는 취기에 전 눈길을 책상 위로 돌리며 귀찮은 듯이 내뱉었다.

"자아, 볼일을 마쳤으면 이제 그만 나가주게. 이래보여도 나는 적이 바쁘다네."

나는 간단한 예를 마치고 그 방을 뒤로하고 나왔다.

문 안쪽에서 중얼거림이 들려왔다.

"흥, 걸식 수도사 주제에."

마을을 두 지역으로 가르며, 작은 강이 흐르고 있었다. 작은 강이라 함은, 남동쪽의 산중에서 흘러나와 북서쪽의 평야로 똑바로 이어지는, 한 줄기 좁은 내川를 가리키는 것이다. 물론 북서쪽의 평야 끝에서 뚝 끊기는 것은 아니고, 비슷한 규모의 내 몇 개와 만나서 이윽고 론 강으로 흘러드는 것이었다. 여행 중에 나는 수없이 이런 강줄기들을 안내판 삼아 길을 찾아들곤 했었다.

마을의 숙사는 이 작은 강을 끼고, 교회의 맞은편에 세워져 있었다.

　이 숙사는 부제가 안내해준 곳이었다. 나는 그에게 두세 가지 잔소리를 들은 후에야, 겨우 행장을 풀 수 있었다. 도시에서 한참 떨어진 변경의 작은 마을이어서인지, 이름하여 숙사라고는 해도 평소 이용하는 사람은 거의 없는 모양이었다. 1층은 마을 사람들이 모이는 주막이었다. 그 곁에 목욕실도 갖춰져 있었다. 2층에는 겨우 방 세 개가 있을 뿐이었다.

　내게 배당된 것은 2층에 있는 방 하나였다. 나머지 두 방은 숙사 주인의 방과 창고로 쓰이고 있었다.

　여행하는 동안, 나는 '걸식 수도사'에게는 어울리지 않을 이런 곳에 어쩔 수 없이 잠자리를 정할 수밖에 없는 경우가 자주 있었다. 이곳에서도 수도사를 받아들일까 말까 망설인 것은 오히려 숙사의 주인 쪽이었다. 그것은 지극히 당연한 일이었다. 농삿일을 마친 마을 사람들이 누구의 눈치도 볼 것 없이 하루의 피곤함을 푸는 곳에 수도사가 함께 머물고 있다는 건 아무래도 마음 편치 않은 일이리라. 하물며 목욕실에 관해서는 논할 것도 없었다. 숙사에 머물고자 청하면, 그리 좋은 얼굴로 맞아주지 않는 것은 노상 겪는 일이었다. 그러나 내게 픽 다행스러웠던 것은 이곳 주인이 대단히 깊은 신앙심을 가지고 있노라고 자임하는 사람이라는 점이었다. 특히 그는 자크 미카엘리스를 존경하고 숭앙하는 이들 중 하나였다. 주인은, 내가 자크와 같은 도미니크 회 수도사라는 것에 기꺼워했다. 이로써 처음 품었던 주저의 념을 털어버리고, 나로 하여금 숙박할 수 있게 해주었다. 나와 자크 사이에, 이리해서 서로 말을 나눠보기도 전에 하나의 인연이 생긴 셈이었다.

이튿날 아침, 세수와 양치를 마친 나는 2층으로 통하는 조그만 계단을 오르다 비틀거리며 벽에 몸을 기대야만 했다. 리옹으로부터의 여로는 생각 밖으로 지난했었다. 설상가상으로 도적이 출몰한다는 소문이 돌아 노정을 무리하게 서둘렀던 것이다.

별수 없이 나는 그날 하루를 방에 드러누워 지냈다.

날이 밝아 다음날 정오가 지날 즈음, 몸이 여전히 좋지 않았지만 마을을 산책할 요량으로 무거운 몸을 무릅쓰고 숙사를 나섰다. 무슨 대단한 질병에 걸린 것도 아니고 그저 과로한 탓에 가벼운 병치레를 하게 된 것뿐이었지만, 밖에 나가 돌아다니기에는 아직 조금 무리한 상태에서 내린 결단이었다. 여기에는 두 가지 이유가 있었다. 하나는, 나의 건강을 염려한 숙사의 주인이 너무도 빈번하게 내 상태를 살피러 오는 통에 도리어 귀찮을

지경이 되었던 것이다. 주인의 태도는, 갑작스레 귀한 손님을 맞아들였다는 듯이 야단법석을 떨며 있는 정성 없는 정성을 박박 긁어내놓는 거짓된 응접이라고 할 것까지는 없었지만, 수도사를 공들여 간병해주고 그로써 스스로 만족감을 얻고자 하는 기색을 너무도 노골적으로 드러내는 것이었다. 나는 결국 그것을 심히 지겹게 느끼지 않을 수 없었다. 또하나의 이유는, 여행의 도상에서 병으로 드러눕는 일 자체에 대한 불안 때문이었다. 이는 여행을 끝마치기까지 내가 해방될 수 없었던 하나의 초조감에서 유발된 것이었다. 초지初志를 끝까지 마쳐내지 않으면 안 된다는, 너무도 단순한 초조감이 그것이었다. 대체로 인간은 누구나 목적이라고 하는 것에 대해, 평소 이같은 초조감을 많든 적든 품고 있으리라. 그러나 그같은 초조감이 여행의 도상에서는 각별히 극심하게 느껴지는 것이다. 생각건대 이는 본래 목적과는 직접적인 관계가 없는, 여행 그 자체가 미리 갖추고 있는 불안이 어느 틈엔가 목적 달성을 하지 못할까 우려하고 두려워하는 심정과 결합하여, 서로 어우러져 과장되는 탓이리라.

어찌됐든 나는 더이상 방에 가만히 누워 있는 것도 견딜 수 없게 되어, 조금 이른 점심을 마치고는 숙사를 나서서 행선지도 정하지 않은 채 마을 안을 휘적휘적 걷기 시작했다. 아직도 머리가 몽롱한 상태여서, 이런 상태로 예의 연금술사를 방문할 마음은 일지 않았다. 그래도 걸음을 한 발 한 발 떼어놓는 사이에 이윽고 기분이 좀 나아져서, 얼마 후에는 마을 풍경을 찬찬히 살필 여유도 생겨났다.

먼저 나의 흥미를 끈 것은 지형에 관한 것이었다. 마을이 작은 강에 의해 둘로 나뉘어 있다는 것은 앞서 말한 대로이다. 그중 남서쪽의 토지는, 강을 지름으로 하여 반원 상태로 펼쳐져 있었다. 교회가 있는 곳은 이쪽이었다. 한편 북동쪽의 토지는 그 강을 빗변으로 동쪽으로 기운 직각삼각형의 형태를 이루고 있었다. 숙사는 이쪽 편에 있었다. 마을 전체는 비스듬히 주름이 잡힌 꽃조개 같은 형상을 하고 있는 것이었다.

저편 남서쪽 마을 주위에는, 그 원주를 따라 긋듯이 완만한 경사의 산이 솟아 있었다. 산이라기보다는 구릉이라는 편이 옳으리라. 그곳에는 가축이 많이 방목되고 있었다. 또 한편, 이편 북동쪽은 약간 동으로 기운 곳에 직각의 정점이 있고 그 뒤를 빽빽한 숲이 지켜주고 있었다. 이 정점에 해당되는 곳에 한 채의 석조 가옥이 있었다. 나중에 숙사 주인에게 물어본 바에 의하면, 그 집이 예의 연금술사의 거처인 모양이었다. 숲은 다시, 마을을 향해서는 직각의 정점인 연금술사의 거처로부터 삼각형의 두변을 따라가듯이 바짝 좁아지고, 숲 뒤쪽을 향해서는 그 뒤에 우뚝 솟은 석탄암 질의 산기슭까지 울창하게 뒤덮고 있었다. 이 산은 마을 주위를 에워싼 것 중에서는 가장 험준해 보였다. 앞쪽에 군데군데 산의 뼈대가 허옇게 드러나 있어, 멀리에서 보면 양떼처럼도 보였다.

마을의 지형은 대충 이러했다. 지형에 대해 말한 김에 한 가지 덧붙이고자 한다. 이는 내가 이날 산책길에서 발견한 것인데, 아직도 이따금 이상하게 생각하는 점이다. 즉, 마을의 작은 강에 걸린 다리에 대한 것이다.

이제까지의 기록에서는 나는 좀 조심성 없이, 본디 강의 길이가 한정되어 있는 듯이 서술했다. 그러나 강은 앞서 말한 대로 마을 밖으로 계속 이어져 있다. 내가 묘사한 마을 내에서의 강이란 엄밀히 말하자면, 마을의 남동쪽 숲의 출구로부터 북서쪽의 교회에 이르기까지의 길이를 말한다. 내가 반원의 지름이라고 한 것도, 직각삼각형의 사변이라고 한 것도, 모두 그 마을 내에서의 강 길이를 두고 한 말이다.

그런데 이 강 길이, 즉 선분線分의 한가운데 지점에 다리가 걸려 있었다. 그리고 이것 외에는 마을에 더이상 다리라고는 없었다.

다리는 돌이 아니라 숲에서 잘라온 나무로 만들어진 것이었다. 대체로 강이라고는 하였으나 가느다란 물줄기에 지나지 않았으므로, 다리를 놓지 않더라도 그냥 건널 만한 곳이 몇 군데인가 있었다. 실제로, 나는 교회에서 숙사로 건너올 때 다리를 이용하지 않았었다. 그러나 이것은 여름철을 맞아 천의 수위가 뚝 떨어져 있었던 덕분이었다. 이른봄, 산 쪽에서 설해수雪解水가 쏟아져내려올 때에는 그처럼 쉽사리 건널 수는 없었을 것이었다. 거기에다가, 농사일을 하기에 이 다리는 심히 불편하기 짝이 없어 보였다. 내가 본 바로 마을에는 아직도 삼포제三圃制의 흔적이 남아 있어, 괭이나 호미라면 어찌어찌해본다지만, 공동 작업에 쓸 무거운 카루카 같은 커다란 농기구를 옮기자면 일일이 다리를 통하지 않을 수 없을 것이기 때문이었다. 그러자면 다리가 한두 개쯤은 더 걸려 있어야 마땅할 터였다.

이 일이 궁금해서, 저녁 무렵 숙사에 돌아와 주인에게 물어보았다. 그러나 신심 깊은 주인은 뭐, 어쩌다보니 그렇게 된 것이라고 간단히 대답할 뿐 그만 입을 다물고 말았다. '신심 깊은 사람'이라고 특별히 부기한 것은, 훗날 내가 이 다리에 관한 토착적인 이교도 전승傳承을 다른 이에게 들어서 알게 되었기 때문이다.

이 전승의 내용을 여기에 상세하게 기록할 수는 없다. 내가 알게 된 것은, 단지 다리 위에서 이따금 사자死者의 영과 조우遭遇

하는 이가 있다는 것뿐이다. 그러나 이런 전승은 오히려 도회지의 십자로에 얽혀서 적잖이 떠도는 이야기였다. 하긴 다리를 육로陸路의 연장으로 치고 강을 무리하나마 수로水路로 간주한다면, 그것으로 십자로 중의 하나라고 부를 수 있을지도 모른다. 그러나 나는 이에 만족할 순 없었다. 이 강에는 작은 배 한 척 띄울 여유도 없으니 수로라고 할 수도 없었고, 그보다 우선 이 설명으로는 어째서 마을에 다리가 단 하나밖에 없는가 하는 원래의 의문에 대한 충분한 대답이 될 수 없기 때문이다.

마을에 머무는 동안, 나는 가끔 뒤적뒤적 이 일을 생각하곤 했다. 다리에 관한 나의 흥미가 그 후로도 전혀 식을 줄 몰랐던 것은, 이로부터 하루하루 날을 더해갈수록 몇 가지 새로운 사실들이 발견되었기 때문이었다. 이를테면 앞서 말한 대로 다리가 정확하게 측량이라도 한 듯이 선분의 중심에 놓여 있었던 것이다. 따라서 이 다리를 중심점으로 삼아 선분을 지름으로 하는 반원을 그리면, 그 궤적은 남서쪽 마을 주변의 선과 거의 일치하였다. 이때 북동쪽은 어떤가 하면, 나머지 반원의 궤적은 숲속에 숨어버리지만 단 한 군데 그 궤적과 접하는 지점이 있었다. 그것이 연금술사의 거처가 위치한 곳이었다. 다리에 관련된 또하나의 사실이 있었다. 다리 위에서 교회를 바라보다가 그대로 시선을 돌려 연금술사의 집에까지 이르면, 그 각도가 대충 백이십 도라는 걸 알 수 있었다. 그 때문에, 다리와 연금술사의 집과 숲의 출구에 있는 선분의 시작점은, 하나의 정삼각형의 각 정점에 해당하는 것이었다.

    나는 당시 이런 사실이 단지 내 상상 속의 기하학적 유희의 결과에 지나지 않는다고는 생각하지 않았다. 아니, 지금도 그렇게 생각하지 않는다. 그것이 인위적인 것인가 아니면 우연한 일인가는 알 수 없다. 하지만 앞으로 내가 만날 사건들에 비춰 본다면, 나뿐만 아니라 훗날 이 글을 읽는 이들 역시 반드시 여기에 무언가 의미가 있다는 것을 인정하고 싶어지리라. 사실 나는 마을에서 보낸 혼란했던 나날의 외중에서 이리저리 궁리하던 때보다, 오히려 조금 시간이 지나 냉정하게 이를 뒤놀아보게 됐을 때 더욱 강렬하게 거기에 있을 법한 의미를 생각하게끔 되었던 것이다. ― 이러한 사유의 흔적이 확실하게 드러내고 있는 점은, 나의 관심이 다리 그 자체로부터 점차 다리와 연금술사의 거처와의 관계로 옮겨갔다고 하는 것이다. 그 관계는 물론 다리에 얽힌 마르지 않는 흥미의 일부분에 지나지 않았지만, 그러나 내가 특별히 그 점에 마음이 쏠린 것도 그다지 이상하다고 할 것은 아니리라. 이 점을 설명하자면, 앞으로 이어질 사건들을 주목하는 수밖에는 없지만……

그러나 이날의 산책이 나에게 잊기 힘든 사건이 된 것은, 이런 여러 가지 지형상의 발견 때문이라기보다 오히려 어떤 해후 때문이었다.

마을을 여기저기 돌아다니다가 강을 따라 옮기던 나의 걸음은 결국 숲의 입구에까지 이르렀다. 그쯤에서 이제 그만 숙사로 돌아가려고 나는 발길을 돌려 걸음을 옮기기 시작했다.

해는 이미 기울어, 마을 일대가 불타오르듯이 붉게 빛나고 있었다. 발길을 돌린 지 얼마 지나지 않아, 문득 사람이 없을 터인 등뒤에서 희미한 발걸음 소리를 들었다. 처음에는 그저 무심히 들어넘기고 두세 발 떼어놓자니 다시 발걸음 소리가 들렸다. 이번에는 소리가 이쪽을 향해 다가오는 것까지 느낄 수 있었다. 나는 그제야 몸을 돌려 작은 강 너머의 숲속으로 눈길을 던졌다. 숲은 울창한 나무들에 두툼하게 뒤덮인 채 어둠 속에 잠겨 있었다. 그 어둠 속에서 이따금 들려오는 요기 띤 금수禽獸의 울음소리 저 밑바닥에서 매미 소리가 평상시와는 다르게 기이한 무거움을 담고 울려왔다……

그리고 한 사내가 숲에서 모습을 드러냈다. 초로의 사내였다. 숲의 어둠으로부터 차츰차츰 빛에 젖어들며 드러나는 그의 얼굴에서 아직도 눈가에 머문 어둠의 흔적이 당장이라도 뚝뚝 떨어지려 하고 있었다. 그리고 그 안쪽 깊숙한 곳에 차디차게 마른 칠흑의 두 눈동자가 보였다. 나는 한순간에 그의 모습에 매료되었다. ─강인하고도 총명한 사고가 끊임없이 흐르고 있는 흔적을 뚜렷하게 드러내는 수려한 이마. 힘차고 웅장하게 펼친 맹금 송골매의 양 날개와도 같은 눈썹. 세속사를 모멸하는 듯한 위엄 있는 높은 콧마루. 양쪽 콧날개의 깊은 선으로부터 좌우의 광대뼈를 제압하듯이 새겨진 깊은 주름살. 담대하게 다문 길쭘한 입. 아랫면이 넉넉한 짧은 턱. ……압도하는 듯한 장대한 체구에 걸음새에도 어딘지 모르게 당당한 정취가 풍겼다. 차림새는 검소함을 제일로 치는 듯 전체가 검은색이었다. 사내의 풍채는 어느 하나를 잡고 보아도, 삽시 세끼를 끓여먹기에 바쁜 속인으로서는 범접하기 어려운 고고함, 자신만의 편협한 의지를 굽히지 않는 괴팍함과 세상 누구와도 교합하지 않는 성격을 여실히 드러내고 있었다. 비굴이란 미진微塵만큼도 눈에 띄지 않았다. 오히려 주위의 기氣까지도 다 빨아들일 듯한 위엄이, 발목까지 닿도록 몸을 감싼 그의 긴 외투처럼 견고하게 전신을 휘감고 있었다.

─나는 감동으로 온몸에 전율이 이는 것을 느꼈다. 내가 살아온 어떤 시간 어떤 장소에서도, 나는 이전에 그토록 고절高節한

인간의 모습을 본 적이 없었다. '정신의 위대함'이라는 막연했던 관념을 그렇게도 생생하게 실체로써 드러내 보여준 인간의 모습을 결단코 본 적이 없었던 것이다.

잠시도 머무는 일 없이 흐르는 작은 강을 끼고, 사내는 건너편에 나는 이쪽 편에 있었다. 얼굴빛이 창백해져 우뚝 멈춰 선 나를 노려보듯이 일별하고는, 사내는 그대로 등을 돌려 자신의 거처로 사라져갔다.

한참 후에야 나는 퍼뜩 깨달았다. 그가 누구인가를. ─그렇다, 그가 연금술사였다.

⁂

다음 날 새벽 이른 시간에 나는 전날의 흥분이 가시지 않은 채 잠에서 깨어났다. 몸은 아주 가뿐해져 있었다. 아직 식지 않은 침상을 정돈하며 나의 사고思考는 어제의 해후를 되짚고 있었다.

유스타스 사제를 만났을 때 그랬던 것처럼, 연금술사의 모습 또한 리옹의 주교에게 미리 들은 이야기를 통해 상상했던 것과는 너무도 달랐다. 그러나 이번에는 실망한 것이 아니라, 적지 않은 기대까지 품게 된 것이었다. 나는 그 점에 안도감을 느꼈다. 사실 이 개간촌까지 오긴 했지만, 솔직히 말해 그때까지도 주교의 말을 반신반의하고 있었던 게 사실이었다. 물론 어제의 해후로 그런 의구심이 완전히 풀린 것은 아니었지만, 일부러 믿으려고 애써야 했던 주교의 말이 이제는 절로 신뢰할 만한 것으로 여겨졌던 것이다.

—그러나 이런 생각과 동시에 나는 홀연 불안감이 싹트는 것을 금할 수 없었다. 어제 숙사 주인과 나누었던 이야기가 머릿속에 떠올랐기 때문이었다.

저녁 무렵 숙사에 돌아와 내가 보고 온 것을 이야기하자, 주인은 그 사람이 분명 연금술사임에 틀림없을 거라고 대답했다. 그때 처음으로, 나는 그의 이름이 피에르 뒤페라는 것을 알았다. 누군가를 소개할 때면 대개는 성명을 일러주는 것이 상례일 터인데, 이상하게도 리옹 주교도 이곳의 사제도 연금술사의 이름은 입에 올리지 않았었다. 이름자를 알게 된 참에 더불어 나는 그의 위인됨에 대해 주인에게 묻고, 그를 방문해도 될 것인지 어쩐지도 물어보았다.

그는 일언지하에 대답했다.

"그자를 만나러 간다고요? 그만두시는 게 좋을 겁니다. 찾아가봤자 쫓겨날 게 뻔해요. 그 괴팍스럽기 짝이 없는 인간이 사람을 얼마나 싫어하는지, 이 동네에서는 조무래기들까지 다 알 정도로 뜨르르하지요. 저만 해도 이 마을에 산 지 꽤 오래되어가지만서도, 여태까지 단 한 번도 말을 나눠본 적이 없다니까요. 아니, 제 쪽에서 먼저 말을 붙여보았자 제대로 대답이 돌아올 리 없지요. 기껏 다리품 팔아가며 거기까지 올라가봐야 봉변이나 당하고 돌아올 텐데, 니콜라 수사님도 참, 뭐하러 그런 작자를 찾아갑니까?"

나는 그의 말에 당혹하지 않을 수 없었다.

"하지만 저는 그 사람을 만나보려고, 단 하나 그 목적으로 이 마을에 왔습니다만……"

내 말이 주인에게는 상당히 뜻밖이었던지 한참 동안 말없이 내 얼굴을 지켜보더니, 이윽고 천천히 입을 열어 물었다.

"니콜라 수사님도 그 비술秘術인지 뭔지를 배우려고 그러십니까?"

"예, 할 수만 있다면 배우고자 합니다."

"그, ……그렇습니까?"

순간 주인의 얼굴에 모멸의 빛이 비쳤다.

"그렇다면 더군다나 그만두시는 게 좋을걸요. 마을 젊은이들 중에도 몇 놈이 욕심이 뻗쳐서 그 기술의 비밀을 배우려고 뻔질

나게 피에르 문간을 드나든 적이 있습지요만, 모두가 문 앞에서 쫓겨나버렸지요. ……그러니 그 작자, 누구에게건 가르쳐줄 맘이 전혀 없다는 거죠, 그건. ……참말로 그렇다니까요. 그러니 니콜라 수사님도…… 그건 그렇고, 저는 수사님이 그자를 찾아가 설교를 하시려는 줄로만 알고 있었는데……"

이 말에 나의 긍지는 적잖이 상처를 입었다. 여기에 이르러서야 나는 숙사 주인의 생각을 겨우 읽어낼 수 있었던 것이다. 주인은 내가 피에르를 방문하는 것이 탐욕 때문이라고 생각하는 모양이었다. 그건 물론 주인 멋대로의 억측이었다. 나는 오해를 바로잡아주고자 했다. 그러나 무슨 말로 오해를 풀어야 할지 알 수가 없었다.

내가 피에르를 만나려 하는 것은, 그 비술에 통달하여 그로써 학문의 연마에 도움이 되게 하려 함이었다. 황금을 얻자는 따위, 나로서는 처음부터 생각조차 하지 않았던 일이었다. 그런데도 지금 그 점을 주인에게 설명하려니, 어디서부터 어떻게 말을 꺼내야 할지 생각을 정리할 수가 없었다. 연금술이라는 것이 그저 악마의 술법이라 하여 배척해야 하는 것이 아니라 어엿한 자연학의 대상이라는 것을, 벽촌 작은 마을의 숙사 주인에 불과한 이 사내에게 어떻게 설명하면 좋을 것인가, 나는 갈피를 잡을 수 없었던 것이다.

나는 우선, 원래 나를 여행길에 오르게 한 이교 철학의 문제에서부터, 끈기 있게 순서를 밟아 설명할까 생각했다. 그러나 이것은 너무도 많은 말이 필요한데다가 그가 제대로 받아들일 수 있을 것 같지도 않아서 바로 단념했다.

다음에, 연금술을 스콜라 철학Scholasticism*의 원리상에서 설명해주고, 그 가능성이 반드시 부정될 만한 것은 아니라는 점을 이해시키면 어떨까 생각해보았다. 그러나 이것 역시 팽대한 설명을 요하는 것이었고, 주인이 자연학에 관해 상당한 지식을 지

---

* 스콜라는 원래 학교라는 의미. 중세 유럽의 교회 및 수도원 부속의 학교와 대학의 교사들이 연구한 학문의 사조를 가리킨다. 갖가지 영역에 걸쳐 있지만, 철학과 신학이 그 중심을 이루었다. 그리스도 교회의 교의를 이성적으로 변증하는 데 주안점을 두었으며, 이를 위해 주로 아리스토텔레스의 철학을 채용하였다. 대표적인 인물은 토마스 아퀴나스. 그후 플라톤의 철학을 도입하였고, 후기에는 신비적 경향을 보이기도 하였다. 세밀한 개념의 구별을 중시하는 형식 논법을 발달시켰다. 초기(9~12세기)의 대표적 학자는 에리우게나, 아벨라르, 안셀무스. 전성기(13세기)의 주역은 토마스 아퀴나스와 그의 스승이었던 알베르투스, 보나벤투라. 후기(14~15세기)의 학자들은 플라톤을 새로이 이론에 도입하였으며, 스코투스, 오컴 등이 유명하다. 이 글의 주인공은 14세기를 살면서 한 세기 전인 13세기의 토마스주의를 신봉하여 아리스토텔레스의 이론을 정통으로 하는 summa체계에 이끌리며, 당시 새로이 플라톤의 이론을 도입한 오컴의 유명론에 반감을 느끼는 한편, 같은 유파인 스코투스의 이론을 받아들이는, 초유파적인 입장에 서 있다.

니지 않은 바에는 아예 처음부터 이해가 불가능한 이야기이기도 했다.

마지막으로 생각한 것은, 대大 알베르투스*를 예로 들어 실제로 과거의 위대한 기독자들이 연금술의 연구에 관여했었다는 사실로 주인을 납득시키는 방법이었다. 이는 가장 단순하고 성공을 거둘 가능성도 크다고는 생각했지만, 주인에게 먼저 대 알베르투스에 대한 설명부터 해줘야만 한다면 기대하던 결과를 바랄 수 없었다.

─ 결국 나는 답답한 마음을 견딜 수 없었지만, 그대로 침묵하지 않을 수 없었다. 주인은 나의 침묵을 자신의 물음에 대한 긍정이라고 생각했던지, 얼굴에 모멸의 빛이 역력한 채 볼일이 있노라며 안으로 들이가고 밀았나.

어제 저녁에 주인과 있었던 그런 일들을 떠올리면서, 나는 어이가 없다는 생각에 한숨을 내쉬었다. 그렇다 하나, 그러한 일이 어디 한두 번이었던가.

---

* Albertus(1200?~1280), 독일의 스콜라 철학자. 아리스토텔레스의 철학을 그리스도 교의에 이용할 수 있음을 최초로 인정하였다. 그의 광범위한 지식은 철학, 신학, 자연과학의 각 분야에 걸쳐 있어, 그의 사상을 계승 발전시킨 토마스 아퀴나스와 함께 중세 유럽을 풍미한 스콜라 철학의 기초가 되었다.

내가 주인에게 어떻게든 설명해보려 생각했던 이러저러한 방법은 어차피 아주 짧은 순간 나의 뇌리를 스쳐 지나갔을 뿐이었다. 별것도 아닌 그저 노상 겪는 그런 사소한 불쾌감에 대해 무슨 큰일인 것처럼 여기에 낱낱이 적어본 것은, 내가 세상 사람들에게 있는 그대로 받아들여지지 않는 것이 항상 너무나 애석했기 때문이었다.

세상 사람들과 섞여 살면서 누군가와 이야기를 나누게 될 때, 상대방과 그 이야기가 전혀 통하지 않게 되면, 나는 새삼스럽게 말이라는 것으로 상대방을 이해시키려 애쓰지 않게 되었다. 그것은 단지 머리가 번잡스러워지기 때문만은 아니다. 이를 위해 낭비되는 팽대한 말들이 내게는 너무도 쓸데없는 것으로 여겨졌던 때문이다. 내 가슴속에 감춰진 이 체념은, 이해시키고자 하는 정情을 쾌불쾌快不快의 정에 간단히 연결시키고 만다. 일상적인 단 한줌의 쾌快를 위해 많은 말을 사용하는 것을, 나는 치졸하게 여기는 것이다. 더불어 세상 사람들의 무지가, 그들을 이해시킬 수 있다는 나의 희망을 근원부터 끊고 만다. 내가 세상 사람들에게 교만하다는 소리를 듣게 되는 것은 바로 이러한 심정 탓이었다. 그러나 감히 반박하자면, 이러한 교만은 별스럽게 단지 나라는 사람에게만 있는 것일 리는 없었다. 왜냐하면 나보다도 훨씬 학식이 뛰어난 이에게는, 나를 이해시키려는 노력이 또한 내 경우와 똑같이 허무한 것이리라고 상상할 수 있기 때문이다.

어쨌거나 피에르를 만나겠다는 마음에는 전혀 변함이 없어서, 나는 오후가 되기를 기다려 홀로 숙사를 나섰다. 주인은 마뜩잖은 얼굴로 나를 배웅했다. 나 역시 전혀 불안하지 않은 바는 아니었다. 그의 충고는 접어두고라도, 어제 내 눈으로 확인한 인상을 통해 짐작건대 피에르라는 인물이 갑작스런 방문객을 밝은 얼굴로 맞아들여주리라고는 도저히 생각할 수 없었기 때문이었다.

숲을 따라 한참 걷자니, 나지막하게 솟은 땅 위에 한 채의 석조 가옥이 보이기 시작했다. 그것이 피에르 뒤페의 거처였다. 파리에서라면 그리 드물지 않은 규모의 건물이었지만, 이런 시골에서는 교회를 빼고는 석조 가옥이란 겨우 두셋 손꼽을 정도밖에 없었고, 그 외에는 모두 흙벽에 초가지붕을 얹은 허술한 지음새의 집들이었다. 나는 어제 멀리서 보았던 첫인상 그대로의, 담백한 그 집의 모습에 마음이 끌렸다. 으레 있을 법한 담쟁이 한 줄기조차 없이 깨끗한 담벽에, 남북으로 하나씩 조그맣게 창이 뚫려 있었다. 그나마 사람들의 눈길을 피하듯이, 창은 아주 조금씩만 열려 있었다. 장식이라고 할 만한 것은 아무것도 없었다. 가축의 모습도 보이지 않았다.

집은 정확하게 서쪽을 향해 세워져 있었다. 정면 출입문으로부터 똑바르게 한 줄기 샛길이 뻗어, 집 주위를 둘러싼 정원에서 그 길만이 풀 한 포기 없이 하얗게 떠올라 있었다. 길 끝에 나무대문이 있었다. 집을 빙 돌아 빈틈없이 둘러쳐진 울타리가 거기에서 하나로 만나는 것이었다.

이윽고 집 앞에 닿은 내가 그곳에서 한참 동안 들어서기를 주저했던 것은, 단지 그런 분위기 때문만은 아니었다. 나의 발길을 그곳에서 주춤거리게 한 것은, 집의 뒤편에까지 바짝 다가든 울울창창한 숲의 위용이었다. 하늘을 향해 가지와 잎사귀를 뻗은 일군의 거목이, 그때 내 눈에는 훨훨 타오르는 화염처럼 비쳤던 것이다.

그것은 군이 표현하자면, 어딘지 전적全的이고, 신성하고, 나아가 너무도 거대하여 파멸적인 힘의 횡일橫溢이었고, 팽배하는 위령威靈의 용솟음이었다. 나는 소돔이며 고모라를 잿더미로 만들어버린 유황의 거대한 불길, 음탕을 소멸하려는 심판의 거대한 불길을 보는 것만 같았다. 바닥에 음울하게 가라앉은 숲 그늘은 죽은 살덩이로부터 분출되는 검은 연기와도 같았고, 무성한 굵은 가지의 끝 부분은 이제서야 때늦게 정화하여 승천하려 몸부림치는 인간 죄악의 마지막 요기 띤 번뜩임과도 같았다. ······눈앞에 환출幻出한 그 광경을, 나는 그 순간 실제로 마주하고 있는 듯한 착각을 확실히 느꼈던 것이다.

환영의 충격은, 나를 어떤 사고思考로 이끌어갔다. 나는 악의 실재에 관한 우리의 교의를 의심했었다. 악이 단순히 선善의 결여에 대한 명명에 불과한 것이라면, 어찌하여 그에 대한 속죄를 위해 이처럼 '순간적'이고 '무시간적'인 심판이 필요하단 말인가. 어찌하여 기나긴 운동의 끝에 얻을 수 있을 터인, 그 본성의 존재와 완성을 기다려주지 않는단 말인가. ······나는 다리가 후들거렸다. '피조물은 악으로서는 존재할 수 없는 것'이라면, 이 불길이 다오르면서 남겨주려는 것은 단지 인간의 타락만은 아닐 터였다. 그것은 '선악' 모두를 공히 잉태하고 있는 이 세계의 근원적인 질서이며, 이 세계 그 자체일 터였다. 아니, 단지 세계만이 아니었다. 눈앞에 펼쳐진 화염의 엄청난 무시무시함은, 세계와 시간 둘 다를 걸터듬어 집어삼키려 하고 있었다. 그 불길의 넘실거림과 눈앞이 아득해지는 휘황함 속에, 어떤 순간적인 도달의 암시와 재생의 극적인 예감을 섬광처럼 터트리면서. ─세계의 '전적인 도달과 재생'. 그리고 나는 그 짙은 초록 불길의 와중에서 희미하게 나 자신의 모습을 훔쳐본 듯한 느낌이 들었던 것이다……

나의 이 이상한 체험은 참으로 무시간적으로 얻어진 것이었다. 그것은 거의 찰나의 목격이었으며, 찰나의 전율이었다. 나는 정신을 퍼뜩 차리고, 방금 겪은 기억 속의 광경이 품은 불가사의한 강력함과 거기에 함께 따랐던 사유의 족적을 너무도 괴이하게 느꼈다. 그것은 타오르고 남은 열기와도 같이, 숲 저 깊은 곳의 젊은 나무들의 울창함과 서로 어우러져, 바로 지금 이 순간 목격했을 뿐인 환영이 그저 환영에 불과한 것만은 아니라는 것을 넌지시 암시해주는 것 같았다. ……사실, 이 체험은 너무도 암시적이었다. 돌이켜 생각하면, 이 북동쪽의 숲에는 분명한 어떤 힘이, 우리의 세계와는 격절된 어떤 이상한 힘이 깊숙이 숨겨져 있었던 듯이 여겨지는 것이다.

문을 두드리고 피에르를 기다리던 나는 그 때문에 도리어 약간의 침착함을 얻을 수 있었다. 그것은 꼭 가위눌리던 무시무시한 악몽에서 깨어난 뒤의 안도감 같은 것이었다.

잠시 후, 누구냐고 묻는 낮은 목소리가 문 안에서 들려왔다. 나는 내 이름을 댔다. 그리고 파리로부터의 여정을 거쳐 이곳을 찾기에 이른 경위를 간단히 말했다. 피에르는 느릿느릿 문을 열었다. 외투를 걸치지 않은 점을 빼고는 어제와 다름없이 기다란 검은 옷차림새로 몸을 감싸고 있었다. 머리는 깨끗이 뒤로 넘겨져 있었고, 예의 특별한 이마에는 은근하게 땀이 배어 있었다.

그를 마주하자 나는 적잖이 당황하고 말았다. 피에르 뒤페는 문 앞에 선 채, 아니나 다를까 말 한 마디 건네는 법 없이 냉철한 눈으로 찬찬히 내 얼굴을 지켜보고만 있었다. 나는 아무튼 그의 관심을 끌기 위해, 파리에서의 토마스 연구 건에 대한 이야기부터 꺼냈다. 그리고 이어서 아리스토텔레스에 대해 언급하고, 자연학에 관한 몹시도 논지가 불명확한 의견을 늘어놓았다. 피에르는 변함없이 무표정인 채로 입을 꾹 다물고, 내 중언부언을 듣고 있었다. 결국 내 말이 바닥나자, 그는 무언가 짚이는 데가 있다는 표정으로 시선을 떨어뜨렸다가 다시 눈을 들었다. 그리고 이윽고 몸을 돌려 안으로 들어갔다. 나는 한동안 망설이다가, 문을 그냥 열어둔 것을 응낙의 표시로 받아들이기로 하고 그의 발길을 따라 안으로 들어섰다.

어둑신한 방 안에서 최초로 내 눈에 들어온 것은, 이름은 많이 들었으나 오래도록 그 실물은 볼 수 없었던 이른바 철학자의 알〔卵〕, 바로 연금로鍊金爐였다. 그리고 나서 나는 노상 하던 버

룻대로 책장이 어디 있는가를 찾아냈고, 그곳에 줄줄이 꽂힌 책들을 들여다보았다.

북쪽 벽의 대부분을 차지하고 있는 책장은 상하 여섯 단 정도로 나뉘어 그 한 칸 한 칸에 빈틈없이 책이 들어차 있었다. 그 수는 너무도 방대한 것이어서 여기에 그 모든 서책을 일일이 기록하는 것은 불가능하지만, 그저 몇 권 정도만 예를 들자면 이런 것들이었다.

성 토마스와 대 알베르투스에 의한 아리스토텔레스의 『자연학』, 『생성소멸론』, 『분석론 후서後書』의 주석류註釋類, 보에티우스*가 번역한 포르피리오스**의 『아리스토텔레스 범주론 입문』, 아베로에스가 서술한 아리스토델레스의 주석서, 뱅상 드 보배***의 『자연의 거울』 등등. 또 한편에는, 카르키디우스가 번역한 플라톤의 『티마이오스』, 로저 베이컨****의 『대저작大

---

* Boethius(470?~524), 로마의 철학자. 플라톤과 아리스토텔레스의 저작에 주석을 달고 번역하는 데 힘을 기울였다.
** Porphyrios(234?~305?), 그리스의 신플라톤주의 철학자.
*** Vincent de Beauvais(1190~1264), 프랑스의 학자. 역사, 자연, 교리의 세 부분으로 되어 있는 그의 저서 『거대한 거울』은 18세기까지 가장 훌륭한 백과사전이었다.
**** Roger Bacon(1224?~1294), 영국 프란체스코 수도회 철학자. 실험과학을 지지한 중세의 대표적 인물. 수학, 천문학, 광학, 연금술을 연구했다.

著作』『연금술의 거울』, 라이문두스[*]의 『성전聖典』, 플라멜^{**}의 『상형우의도象形愚意圖의 서書』, 아라비아인 게베르^{***} 저작의 『연금술 대전』, 그리고 『신학대전』과 『형이상학 주해』를 비롯한 성 토마스의 일련의 저작, 게다가 본래 이번 여행길에 나를 닦아세운 피치노의 『헤르메스 선집』……

―서책들을 일별하자마자 곧 깨달을 수 있었던 것은, 피에르의 장서가 이러저러한 주의입네 파입네 하는 것과는 도무지 아무런 관계 없이 수집되었다는 점이었다. 위에 적었던 책들은 내가 마음대로 골라 열거한 데 지나지 않지만, 진서 기서류珍書奇書類는 별도로 하더라도 플라톤에 비해 아리스토텔레스에 관한 서책이 많았던 것은, 연금술 그 자체의 성격과 시대의 제약 때문이었으리라. ―그러한 분석을 내리기 이전에, 이런 시골 한 귀퉁이에 이런 정도의 장서가 있다는 것 자체가 경탄할 만한 일이었다. 제명題名을 알 수 없는 양피羊皮의 고서며 사본류도 상당히 많았다. 나는 그것들을 보면서, 그가 이 마을에 자리잡기

---

* Raymundus(1185?~1275), 카탈로니아의 도미니크 회 수도사.
** Nicholas Flamel(1330~1418), 프랑스의 유명한 연금술사.
*** Geber(721?~815?), 아랍의 연금술사로 본명은 자비르 이븐 하얀 Jâbîr ibn Hayyân이다. 수많은 연금술서를 저술했으며, 아랍 화학의 아버지로 일컬어진다.

까지의 편력을 떠올리지 않을 수 없었다. 이 모든 책들은, 어떠한 수단을 강구하더라도 이런 벽촌에 그대로 정주한 채로는 수집이 불가능할 것이기 때문이었다.

책장에 이어 벽을 따라 시선을 돌리니, 동편에 한 폭의 그림이 걸려 있었다. 하얀 일각수가 그림 속에 담겨 있었다. 그림 속의 짐승은 훨훨 불길이 일고 있는 호수에 다리를 반쯤 담근 채 고개를 숙이고 있었다. 일어서려는 것일까, 아니면 엎드리려 하는 것일까, 앞다리를 조금 구부리고 뿔을 비스듬히 떨군 모습은 호리낭창 어여뻐서 요요嫋嫋하게도, 또한 씩씩하고도 늠름하여서 웅용雄勇하게도 보였다.

액자 아래로는 탁자가 있었다. 벽을 따라 두 개의 접시가 달린 촛대 한 벌과 몇 개나 되는 납촉이 세워져 있었고, 그 앞에는 두세 권의 고서가 펼쳐진 채 포개지듯이 놓여 있었다. 납촉은 맑은 흰빛이었다. 우리가 평상시에 쓰는, 수지를 굳힌 양초가 아니고 진품 밀랍으로 만들어진 것으로 보였다.

눈을 남쪽 벽으로 돌리자, 창문 위에 십자가가 걸려 있었다. 그 아래 달려 있는 나무선반에는, 약품명을 적어넣은 갖가지 색깔의 병들이 정연하게 늘어서 있었다. 모두가 유리로 만들어진 그 병들은, 바닥은 둥글고 입구가 통 모양을 한 것이며, 삼각추를 이룬 것, 원추형을 한 것 등, 그 각각의 기묘한 모양새가 어떤 침착하고도 내밀한 정취를 풍기며 조용히 자리잡고 있었다.

창문으로 희미하게 빛이 비쳐들었다.

그 순간 문득, 나는 돌의 침묵을 떠올렸다. 이 약품들에서 소문에 떠도는 현자의 돌이라는 것이 탄생된다고 한다면, 이 정적은, 결합하여 응고되기 이전의 돌의 침묵일지도 몰랐다. 견강하고, 외계를 엄하게 거절하며, 항상 내부를 향하는, 한도 끝도 없이 언제까지라도 꽉 차 있는 돌의 침묵. 지금은 아직 결합되지 못하여 각각의 유약한 모습만을 몸에 걸치고 있으나, 오로지 그 침묵만은 그대로 드러내고 있는 것이었다.

그러나 이는 약품에만 존재하는 것이 아니었다. 방 안에 있는 모든 것이 침묵에 잠겨 있었다. 서적도, 그림도, 불길도, 공기도, 증류기도, 연금로도, 그 외 무언지 모를 기이한 기구류도, 마침내는 그 약품들과 똑같이 돌로서 결실을 맺고, 똑같은 침묵 속에 한덩어리를 이룰 것이었다. 흘러넘치는 경질硬質의 정적, 그것은 말하자면 그 방 곳곳에 널린 돌의 침묵이었다.

그리고 아직 채 맺지 못한 그 침묵의 중심에 피에르가 있었다.

방 안에 들어선 후부터 나도 모르게 그 모습에 홀려 있던 나를 그냥 내버려두고, 피에르 뒤페는 어느샌가 작업에 돌아가 있었다. 나는 그것을 알아차리지 못했었다. 잘 생각해보니, 처음에 연금로를 보았을 때부터 벌써 그 곁에 피에르의 모습이 함께 있었던 것 같기도 했다. 나는 그것을 거의 느끼지 못한 채 지나쳐버린 것이었다. 아니, 지나쳤다기보다는 인식하였으면서도 피에르를 한 개인으로서 의식하지 못했던 것이다. 기묘한 말이 되겠지만, 나의 눈에는 피에르가 '연금로의 한 부분'으로 비쳤던 것이다.

피에르 뒤페는 의자에 앉아 몸을 앞으로 숙이고 지그시 연금로를 응시하고 있었다. 손을 대는 기척은 없었다. 연금로에서 새어나오는 불꽃의 번쩍임이 그의 얼굴에서 춤추고 있었다. 이따금 그것이 콧날개 옆이며 광대뼈 사이의 주름에 묘한, 깊디깊은 그늘을 새기고 있었다. 실제의 표정은 조금도 변함이 없지만, 그 순간만은 내가 아직 알지 못했던 또하나의 다른 표정이 드러나는 것만 같았다. 불꽃은 그의 피부에 깊숙이 배어들어 이미 분별해내기 힘들 만큼 결합되어 있었다. 그렇다 하여, 그 결합으로 인해 이질감을 느끼게 하지는 않았다. 마치 불길이 그의 얼굴을 비추고 있는 것이 아니라, 그의 내부로부터 현현하고 있는 것만 같았던 것이다.

……나중에 알게 된 것이지만, 내가 마을에 머물던 동안 피

에르는 소위 알베드(白化) 작업을 하던 중이었다. 이것은 연금술의 대 작업 중에서 니그레드(黑化)라 불리는 최초의 과정에 이어지는 두번째의 과정이었다. 이 과정의 작업을 끝내고 다음 단계인 루베드(赤化) 과정에 성공하면, 목적하던 현자의 돌을 얻을 수 있는 것이다. 이전에는 백화와 적화 사이에 키토리니타스(黃化)라 불리던 또하나의 과정이 있었다고 알려져 있지만, 피에르는 그것을 인정하지 않았다. 이는 한편으로는 전통적인 유황-수은 이론을 고집하는 것과는 다르게, 경험에 준하고 실증을 존경하는 그의 또다른 면모를 드러내는 것이었다.

한참 동안 작업을 들여다보고 있노라니, 갑작스레 어린 시절 저잣거리의 시계포에 갔던 때의 일이 떠올랐다. 그때도 나는 지금과 똑같이, 미세한 기계와 그것을 골똘히 들여다보던 직인(職人)의 모습을 눈을 동그랗게 뜨고 지켜보았다. 사내의 노련한 손 안에서 바늘이 돌아가고 다시 돌아오고, 분해되었다가 정지하고, 조립되어 또다시 움직이기 시작하던…… 그것이 내게는 너무도 불가사의하게 여겨졌던 것이다.

나는 그때, 어떤 이름 붙이기 어려운 외경심을 품었었다. 그것은, 그저 시계의 치차(齒車)를 다루는 그의 기술을 향한 것만은 아니었다. 어리고 미숙했던 나의 연상(連想)은 시계와 시간을 똑같은 것으로 여기고 있었다. 말하자면 그 직인의 손 안에 시간 그 자체가 있었던 것이다.

어린아이가 할 수 있을 만한 생각이라고는 믿기 어려운 이야기일까. 어쩌면 그럴지도 모른다. 사실 내가 본 것들이 어느 만큼이나 확실한 것이었는지는 모르지만, 거기에서 느꼈던 감상은 어차피 나중에 두고두고 덧붙여지고 수정되었던 것이리라. 나는 아마도 당시로서는 귀한 물건이었던 치차 시계를 어린애다운 호기심과 경탄을 가지고 쳐다보았을 뿐인지도 모른다. 기실, 시간이라는 것이 내 마음대로 다뤄지는 것이 아니라는 점에 대해 내가 초조감을 느끼게 된 것은 그보다도 훨씬 뒤의 일이기 때문이다.

······그러나 어찌되었든, 그때 내가 피에르의 모습에서 그 옛날에 시계 직인에게서 보았다고 믿었던, 시간을 지배하는 자의 모습을 느꼈던 것은 확실했다. 피에르의 연금로를 대하는 태도에는, 감히 말하자면, 우리가 미사를 행하고 성체를 배령拜領하는 때와 같은 의식적인 엄격함과 '경건함'이 있었다. 그것은 평상적인 삶을 넘어 무언가 숭고한 존재와 접촉하고 있는 듯한, 바로 그 모습이었다.

나로서는 그 점이 여전히 불가사의였다. 피에르로부터 받았던 그와 같은 감명은, 현자의 돌이라는 미지의 물질에 대한 성취에의 예감에 직접적으로 그 원인이 있는 것이 아니었기 때문이다. 내가 피에르에게서 보았던 이 초절超絶의 수준 높음은, 말하자면 불모로 끝나고 말지도 모르는, 그 작업이라는 행위 자체에 의해 닦여진 것이었기 때문이다.

나는 잠시 생각에 잠겼다. 원래 이 행위는 목적을 이루지 못하면, 그 자체로서는 아무런 의미를 갖지 못할 터였다. 내가 묘한 기분을 느낀 것은, 단순히 수단에 지나지 않는 작업이라는 행위가, 목적과 떨어져서 하나의 '본질적인' 가치를 가진 듯이 비쳤기 때문이었다. 연금술사가 작업과 함께 인격상의 단련도 중시한다는 말은, 귀에 익게 들어오던 이야기였다. 나는 이를 위한 그들의 구체적인 단련 방법을 술술이 늘어놓지는 않겠다. 그러나 그들이 믿는 바에 따르면, 그 단련은 대부분 작업이 진전되면서 그와 함께 실현되는 것이었다. 대체로 연금술이라는 것은 현자의 돌을 손에 넣고, 만물을 황금으로 변성시키는 것을 그 종국의 목적으로 삼는다는 데는 의심의 여지가 없다. 그러나 그를 위한 작업 자체가 원래의 목적과는 격리되어 하나의 수양의 술術로서 쓰일 수 있다면, 본디 황금의 탐구라는 것이 그야말로 허풍에 지나지 않는다 해도, 아니 그 목적이 결코 이루어질 수 없는 허망한 것이라면 더욱더, 연금술이라는 것을 즉시 부정하는 것은 성급한 결론이라고 해야 하지 않을까. 물론 거기에는, 연금술이 이단의 업業인가 아닌가 하는 검토를 거쳐야 한다는 점이 전제가 된다. 그것은 앞으로의 과제이다. 그러나 나는 거기에 어느 정도 기대하고 싶은 마음이 들었다. 이런 심정을 어떻게 설명해야 할지는 알 수 없다. 허나, 적어도 지금의 나에게는 눈앞의 피에르의 모습을 아주 잠깐 일별하는 것만으로도, 그것이 완전히 정당한 기대로서 긍정될 것만 같은 마음이 들었다. 내게는 그 모습에 생생하게 드러난 부분이, 그저 그의 개인적인 자질에서만 유래하는 것이 아니라, 작업이라는 행위를 통해서 비로소 쟁취된 것이라는 생각을 하지 않을 수 없었기 때문이었다.

내내 선 채로 그곳에 머물던 나는, 이러한 생각을 품음과 동시에 다른 한편에선 말로 할 수 없는 답답함을 느끼고 있었다. 자연학으로서의 연금술은, 여전히 내가 그 상세한 부분까지 알 수 있을 만한 것이 아니었지만, 그렇다고는 해도, 이 이교적인 비술에는 우리의 세계가 조금씩 상실해온 어떤 근원적인 강력한 매력이 확실히 존재하고 있는 것처럼 느껴졌기 때문이었다. 그것이 무엇인지는 아직 알 수 없었다. 그러나 나는 어찌하여 예전의 저 대 알베르투스가 홀리기라도 한듯이 이 비술의 연구에 몰두했었는지 이해할 수 있을 듯한 기분이었다.

어느 정도의 시간이 흘렀는지 기억나지 않는다. 우리는 말 한 마디 나누지 않고, 어둑신한 그 방에서 낙조를 맞기에 이르렀다. 이윽고 석양이 비치자, 그때까지 그대로 연금로 곁에 붙어 앉아 있던 피에르는 천천히 내 쪽을 돌아보았다. 그러고는 닷새 후에 다시 한번 찾아오라는 한 마디 말을 던지고는, 처음보다 훨씬 초췌해진 듯한 얼굴빛으로 의자 깊숙이 온몸을 내맡겼다. 나는 그의 말을 따랐다. 문 앞에 이르렀을 때, 나는 얼핏 뒤를 돌아보았다.

고적한 방 안에 연금로의 불길만이 환하게 빛나고 있었다.

피에르의 집을 나온 지 얼마 지나지 않아, 한 사내가 내게 다가와 말을 붙였다. 그가 기욤이었다. 기욤은 마을에서 대장간 일을 하며 사는 중년의 사내였다. 키는 작고 용모는 몹시 추한 데다 다리까지 절름거리는 장애자였다. 농사일에 종사하지 못하고 대장간 일을 업으로 삼은 것도 이 다리의 기형 때문이라

했다.

 기욤은 처음 보는 타지 사람인 나를 붙들고, 피에르의 거처에 들렀던 이유를 꼬치꼬치 물었다. 그리고 어느 정도 이유를 알 만하게 되었던지, 그다음에는 갑작스레 말을 바꾸어 피에르의 위인됨을 과장되게 칭찬하기 시작했다. 찬사의 말이 너무나 졸렬하고 생각만 그저 앞서서 도무지 무슨 말을 하려는지 그 본취지를 알 수 없을 지경이었지만, 나는 오히려 그 점 때문에 피에르에 대한 그의 존경의 정도가 얼마나 강한지를 짐작해볼 수 있었다.

 그러고 나서도 한참 동안, 나는 저녁노을을 온몸에 받으며 만면에 흉터투성이인 이 사내의 언제 끝날지도 모를 이야기에 귀를 기울이고 있었다. 기욤의 말은, 피에르의 집에 출입할 수 있는 사람은 이 마을에서 오직 자기 하나뿐이며, 먹을 것을 사서 나른다거나 그 밖의 잡일도 모조리 자신이 자청해서 도맡고 있노라는 것이었다. 그러고는 차마 입에 담기 곤란할 정도로 험하게 마을 사람들을 욕하면서 그때마다 나를 향해 일일이 동의를 구하고, 또 한편으로는 피에르의 비술은 진짜로 거짓이라곤 눈곱만큼도 없는 진실한 것이고, 실제로 나날의 살림살이를 그 비술에 의해 얻은 황금으로 꾸려가고 있노라고도 말했다.

기윰의 말투에는 얼핏 실직함이 담겨 있는 듯했지만, 그 틈틈이 비굴함이 엿보이는데다가 나에 대한 은근한 견제가 채 은폐되지 못한 채 여기저기에서 불거지고 있었다. 그의 말소리는 목구멍 속에 찢어진 우피牛皮를 붙여두기라도 한 듯이 듣기 사나운 목쉰 소리였는데, 곁에 흐르는 강의 맑디맑은 졸졸거림에 뒤섞여 마치 그 강에 던져진 허섭스레기와도 같이 여기저기 거치적거리면서 내 귀를 파고들었다.

태양은 아직 다 지지 못한 채 산마루에 걸려 있었다. 기윰의 갈라터진 입술 양 귀퉁이에 작은 거품이 되어 뭉쳐진 타액이, 그 붉은 저녁 해를 받아, 마치 피를 빨아 불그레하게 퉁퉁해진 이(蝨)들이 버글거리는 것처럼 보였다.

그때, 등 뒤에서 돌연 여인네의 목소리가 들려왔다.

"여보, 어지간 작작 좀 해. 또 그놈의 악마 같은 영감태기 이야기를 지껄이고 있지! 그런 작자하고 어울려서 좋은 꼴 못 볼 거라고 몇 번이나 말해야 알겠어! 얼른 집에 와서 좋은 일 하잡시고 장이라도 돌봐주면 좀 좋아."

기윰의 아내인 모양이었다. 그 말에 기윰은 느닷없이 불같이 화를 내며 욕설을 퍼부었다.

"입 닥쳐, 이 바람둥이 여편네야! 함부로 주둥아리 놀리지 말어! 이것 좀 봐라, 수사님께서 어쩔 줄을 모르시잖아! 너 같은 건 냉큼 돌아가서 밥이나 채려놓지 못해!"

그러고는 내 기색을 살피면서 혼잣말인지 뭔지 모를 말투로 사죄의 말을 늘어놓았다.

"워낙 어리석은 여편네래서…… 아이구 참말로 뭐라 용서를 빌어야 좋을지, ……제기랄 저놈의 여편네, 집에 돌아가면 그냥 놔두나봐라…… 어휴, 참말로 챙피를 떨어도 어지간히 떨어야지, ……하, 이것 참, 참말로 죄송하구만요, 저 여편네 대신 지가 이렇게 사죄를 드리니 부디 용서해주십쇼……"

너무도 지나치게 고개를 주억거리는 기욤을 얼핏 바라보고는, 나는 고개를 돌려 여인의 목소리가 들리는 쪽으로 눈길을 던졌다.

여인은 여전히 자기 집 문 앞에 버티고 서 있었다. 건중하게 크고 살집이 좋은 여자였다. 입술은 농익을 대로 익어서 터져버린 과일처럼 되는대로 벌어져 있었다.

그리고 별 생각 없이 시선을 돌리던 내 눈에, 그 아주 잠깐의 틈새에, 언뜻 들어온 것이 있었다. 나는 이끌리듯이 다시 집 쪽을 돌아보았다.

기욤의 집 옆에 커다란 나무 두 그루가 가지를 벌리고 서 있었고, 그 사이에서 끊임없이 왕복운동을 하는 무엇인가가 있었다. 자세히 보니, 그네를 타고 노는 한 소년이었다.

그 풍경에, 나는 일순 전율했다. 소년은 할 수 있는 한 커다랗게 입을 벌리고 소리도 없이 웃고 있었다. 그네를 힘껏 구를 때마다 소년의 머릿결은 놀란 듯이 춤을 추었다. 눈은 둥그렇게 홉뜨고, 목에는 가느다란 핏줄마저 돋아 있었다. 그러나 거기에 기쁨이라는 것이 전혀 담겨져 있지 않았다. 아니, 기쁨만이 아니었다. 어쩌면 인간의 감정이라는 것으로부터 기묘하게 격리된 곳에서, 그저 웃는 얼굴만이 물에 뜬 달처럼 불쑥 떠올라 쾌활하게 번득이고 있는 것 같았다.

소년은 나뭇가지를 부러뜨리기라도 하려는 듯한 기세로 몸을 힘껏 내밀며 끊일 새 없이 그네를 굴러대고 있었다. 앞을 향해 힘껏 내밀었던 몸은 허망하게 다시 돌아가, 마치 끌어당겨진 화살처럼 뒤쪽으로 밀려나 덜컥 걸렸다. 그리고 다시 놓여나왔다. 그러나 결코 어딘가로 떠나지 못하는 화살이었다. 그 찰나에 반드시 붙잡히기라도 한 듯이 다시 뒤로 끌려가버리는 것이었다. 그리고 다시 놓여나온다. 끌려간다. 놓여나온다……

한동안 그 모습을 바라보던 나는 뭔가 견딜 수 없어 눈을 돌려버렸다. 그 '유희'가 어쩌면 영원히 계속될 것만 같은, 있을 수 없는 상상이 나로 하여금 다시 한번 전율케 했던 것이다.

몸을 돌리자, 기욤이 멀뚱히 서 있다가 고개를 떨구었다. 그리고 입가를 부들부들 떨면서 말을 흘렸다.

"······벙어리입죠······"

※

숙사로 돌아오자, 1층 주막은 벌써부터 마을 사람들로 북적이고 있었다.

해는 일찌감치 떨어지고, 한창 흥이 오른 주막의 불빛만이 창문으로부터 새어나와 주위를 적시고 있었다.

마을 사람들은 나를 보자마자 일제히 소리를 낮추었다. 주막 문을 들어서서 내 방을 향해 가는 동안, 나는 이 모멸에 가득 찬 침묵을 견디지 않으면 안 되었다.

계단참에 막 한 발을 들여놓는 겨를에, 이윽고 한 사람이 입을 열었다.

"어이, 수사님. 아무리 수도자라지만 가끔 한 번씩 우리랑 함께 술도 마시고, 목욕도 함께 하십시다요."

주막 여기저기에서 실소가 터져나왔다. 사내는 처음부터 대답을 기다릴 작정도 아니었던지 이내 말을 이었다.

"수사님은 그 괴팍한 위인을 만나기 위해 갖은 고생을 다해가면서 이런 마을까지 오셨다문서요? 참말로 고생이 많구만요, 안 그래요?"

사내의 말을 뒤쫓아 또다른 사람이 뭔가 큰 소리로 말하고, 다시 몇 사람인가가 한꺼번에 뭐라고 일제히 떠들어대는 바람에 말소리는 알아들을 수 없이 뒤섞여버렸다.

"그 피에르란 자를 찾아갔었다면, 분명 기욤하고도 만났을 거구만?"

"기욤?"

"누구야, 기욤이란 게."

"모르겠는데, 기욤이 누구야?"

"기욤 말야."

"아, 글쎄 누구냐니까."

"아, 대장장이 기욤."

"아하, 그 절름발이 반편!"

주막 안에 왁자하니 홍소가 일었다. 몇 사람인가가 계속해서 '절름발이, 절름발이' '반편, 반편'을 함께 외쳐댔다. 여기에 박자를 맞추어 탁자를 두드리는 자도 있었고, 바닥을 발로 구르는 자도 있었고, 그릇을 두드리는 자도 있었다.

나는 계단에 막 들이밀었던 발을 되돌려 그들을 돌아보았다. 소란은 멈추지 않았다. 왁자지껄한 소동 속에서 한층 소리 높여 떠드는 자가 있었다.

"이봐, 이보라구, 수사님께서 잘 알아들으시게 설명을 똑똑하게 해드려야 되지 않겠어? 아, 저렇게 깜짝 놀라시질 않는게벼?"

그러자 주막의 한가운데에 있던 사내가 벌떡 일어서며 응답했다.

"아, 그러니까 반편이라고 하는 것은 말요, 마누라를 딴 놈에게 뺏긴 사내를 가리키는 것이라고. 그게 어디더라. 그렇지, 구약 시편 제153편에 적혀 있습지요, 잉."

주막의 모든 이들이 다시 배를 움켜쥐고 웃어댔다.

"거짓된 말!"

"아뇨, 성 아르눌에 맹세코 참말입니다요……"

뒤이어 사내는 말의 박자를 바꾸어, 이번에는 자크의 설교를 흉내내가며 기욤에 관한 항간의 소문을 누누이 늘어놓았다. ─ 그 대강은 이러했다. 태생이 불구인 기욤은 오래도록 아내를 들이지 못하고, 마을 변두리에서 대장간을 해가며 근근이 생계를 이어나가고 있었다. 어느 날, 마을에 집시라나 뭐라나 하는 여자 하나가 흘러들었다. 대체 어디서 굴러먹었는지 알 수 없는 여자로 분명코 창부든가 뭐 그 비슷한 여자일 거라는 소문이 돌았지만, 확실한 것은 아무도 알 수 없었다. 단지, 어딘지 모르게 사람을 대번에 홀린다고 할까 뭐랄까 아무튼 그런저런 매력이 있어서, 그 탓에 마을에서는 금세 모르는 사람이 없게 되었다. 이 여자가 어떠한 사정으로 그리되었는지는 모르겠으나, 마을에 들어온 지 얼마 지나지 않아, 기욤 밑에 붙어살게 되었던 것이다. 물론 마을 사람들은 모두가 놀라자빠질 뻔했다. 그러나 그렇게 해서, 그럼 그 여자는 이제 기욤의 마누라가 된 것이다, 라고 모두가 인정하게 되었을 때, 그들을 다시 한번 놀라자빠지게 한 일이 벌어졌다. 여자가 그로부터 얼마 지나지 않은 터에, 이번에는 마을에 막 부임한 사제 유스타스와 간통한 것이었다. 이것이 기욤을 반편이라 부르게 된 까닭이었다. 여자는 나중에 아이를 배었는데, 낳아놓고 보니 벙어리에 백치였다. 이 아이가 바로 좀전에 그네를 타고 놀던 소년, 장이었던 것이다.

이러한 이야기를, 해학을 섞어 눈을 뒹굴려가며 잔뜩 흥을 돋우어 풀어놓은 사내는 이렇게 그 매듭을 지었다.

"그러니깐두루 장은, 저 술주정뱅이 사기꾼 사제 놈의 자식

임에 틀림이 없습죠. 그것도 신의 깊으신 뜻이라우. 말하자면 신벌神罰입지요. 아-멘."

일동은 박수갈채를 보냈고, 다시 한번 홍소가 터졌다……

그날 밤, 나는 꿈을 꾸었다.

여행길이었는데, 인기척 없는 한 줄기 길의 저쪽 편에서, 검은 사람들 한 무리가 이쪽을 향해 다가오고 있었다. 찬찬히 살펴보니, 나병 환자들의 행렬이었다.

나는 퍼뜩 걸음을 멈추고 길 한쪽 가에 물러서서, 그 선두에 서서 가는 여자의 얼굴을 살펴보았다. 미풍에 흔들리는 면사포 자락 사이로, 불처럼 진한 풍염한 입술이 터질 듯이 붉었다. 피부는 희고 맑아 병의 흔적이라고는 조금도 보이지 않았다.— 나는 곧바로 그 여자가 기음의 아내라는 걸 깨달았다. 그리고 문득 그들의 손 안에 들려 있는 요령鐃鈴에 시선이 가 닿았을 때, 처음부터 그것은 아무 소리도 내지 않았다는 것을 깨달았다. 나병 환자들은 한 걸음씩 내디딜 때마다 저마다 손에 쥔 요령을 크게 휘둘러대고 있었으니, 그 소리 없는 적막은 참으로 기이하다고 아니할 수 없는 풍경이었다. 그런데 어느 순간 그들은 내 곁에 이르러 문득 발을 멈추었다. 그러고는 너울 속에 감춰둔 얼굴들을 쳐들더니, 내게 다가와 내 눈앞에 요령을 세차게 흔들어대기 시작했다. ……그러나 이상하게도 소리는 울리지 않았다. 애가 타서 죽겠다는 듯이 그들은 더욱 힘차게 흔들어댔다. 그러나 여전히 소리는 울리지 않았다. 이를 보고, 여인은 천천히 입가를 비틀며 음탕한 웃음을 터뜨렸다. 그것을 신호로 삼기라도 하듯이, 그들은 일제히 요령을 머리 위로 쳐들어 한층 더 세차게 흔들기 시작했다. 요령의 안쪽에 끊임없이 덜렁덜렁 흔들리는 심(芯)이 보였다. 배(梨) 모양을 한 자그마한 심이었다. 오른편을 치고 왼편을 치고, 다시 오른편 왼편, 오른편 왼편……그런데도 소리는 여전히 울리지 않았다. 내 눈앞에 들이미는 이 광경을 꼼짝없이 보고 있자니 나는 거의 미칠 것만 같았다. 거세고도 끊일 줄 모르는, 그러나 소리라고는 전혀 없는 그 운동은 내게 육박해 들어와 어떤 기억 속의 광경을 끄집어내려 하고 있었던 것이다.

그것으로부터 도망치기 위해, 나는 두세 걸음 뒤로 주춤 물러섰다. ─그와 동시에 등 쪽에서 내 어깨를 치는 자가 있었다. 그리고 귓전에 속삭이는 소리가 들려왔다.

"……벙어리입죠……"

……꿈은 거기에서 끊겼다.

다음 날, 나는 생각지도 않던 자크 미카엘리스의 방문을 받았다.

자크는 교회에서 강론을 끝내고, 시내로 돌아가는 동행인들을 배웅한 다음, 혼자서 숙사를 찾아온 모양이었다. 무언가에 잔뜩 지쳐 망연해 있던 나는 그가 제안하는 대로 마을 남서쪽 언덕으로 나갔다.

하늘은 몹시도 맑고 푸르렀다. 남서쪽 언덕 위는 마을 전체를 조망하기에 딱 좋은 곳이었다. 그 기묘한 지형도, 마을 사람들의 모습도, 한눈에 다 들어왔다. 그중에는 이쪽을 향해 공손하게 인사를 보내는 자도 있었다. 그들은 모두 자크를 신망하는 자들이었다.

풀밭에 자리를 잡고 앉아, 우리는 잠시 으레 하는 인사치레를 나누었다. 나는 그가 대화를 이끄는 대로 여행길의 그저 그런 이야기를 했고, 자크는 내게 자신의 경력을 들려주었다. 그는 나보다 십 년 연상이었다. 툴루즈 대학을 나와 지금은 비엔의 수도원에 몸을 담고 있노라고 말했다. 사목 활동을 위해 이 마을을 찾은 지, 거의 일 년 남짓 되어가는 모양이었다.

자크는, 강론하던 모습 그대로 대단한 요설가饒舌家였다. 한바탕 자신의 현재 생활에 대해 늘어놓고는, 이번에는 말머리를 마을로 돌렸다. 이에 이르러 그의 말투는 갑자기 거칠어졌다. 특히 마을 사람들의 신심 없음에 대해서는 상당히 심한 말로 불만을 털어놓았다.

"……지금은 그나마 한참 좋아진 편이지요. 내가 처음 마을에 발을 들였을 때에는 미사도 제대로 올리지 않는 상황이었으니까. 하긴 지금도 일주일에 한 번, 그것도 삼시과三時課*부터 시작되는 미사가 겨우 한 번 있을 뿐이지만…… 아무튼, 그 즈음은 지독한 상태였어요. 어쩌다가 미사가 한번 열린다 해도, 젊은 사람들은 연애할 짝이나 찾아볼까 하는 꿍꿍이속으로 교회를 찾는 판이었으니까요. 엄숙한 성체 배령이 행해지는 도중에 사담私談을 나누질 않나, 저희들끼리 밀회 약속을 하질 않나, 별별 인간이 다 있었어요. ……그 모든 것이 저 유스타스라는 사제의 타락한 꼬락서니가 큰 원인이라는 건 틀림없는 사실이지요. 저기를 좀 보세요."

---

* 교회에서 정해놓은, 신자가 모여 기도하는 시간 중의 하나. 삼시과는 아침 9시경의 기도 집회이다. 정오 12시경의 기도 집회인 육시과와 오후 3시경의 기도 집회인 구시과가 있다.

자크는 남루한 옷을 걸치고 뛰노는 마을 아이들을 손가락으로 가리켰다.

"사제가 그 모양이니까, 마을 아이들이 모두 문맹이에요. 위신자僞信者라는 말이 있습니다만, 그자야말로 그 말에 그대로 상응하는 자입니다……"

그의 말에 건성으로 고개를 끄덕거려주면서, 나는 멍하니 어제 마을 사람들로부터 들었던 기욤의 아내와 유스타스 사이의 이야기를 떠올리고 있었다.

자크는 다시 마을 사람들의 악습을 낱낱이 들춰가면서, 분노를 삭이지 못하겠다는 듯이 그 하나하나를 통렬히 매도하였다. 나는 그의 말을 들으면서, 나보다 오히려 자크 쪽이 훨씬 더 마을 사람들을 모멸하고 있다는 걸 깨닫고 놀라움을 금할 수 없었다.……그것은 너무나 투박하고도 노골적인 모멸이었다.

— 나는 언제부터인지 모르게 저 먼 건너편에 눈길을 던지고 있었다. 서쪽에서 흘러온 구름이 천천히 마을의 상공을 가로지르고 있었다. 대지는 파도에 젖어드는 모래밭처럼 그 그늘에 물들어가고 있었다.

……그리고 내 눈길의 끝에, — 장이 있었다.

벙어리 소년은 어제와 똑같이 힘차게 그네를 구르고 있었다.

내가 있는 곳에서 소년의 안색까지 살필 수는 없었지만, 지금도 분명 소리 없는 웃음을 짓고 있음에 틀림없으리라.

기욤은 백치라고는 말하지 않았다. 어쩌면 무심한 마을 사람들 몇몇이 생각 없이 내뱉은 거짓 욕설에 지나지 않을지도 모르지만, 나는 마을 사람들의 그 말을 그대로 믿었다. 그러나 연민의 정은 조금도 일지 않았다. 내가 품고 있었던 것은 오히려 공포였다. 거리낌 없이 다 말하자면, 무언가 답답하기 짝이 없는, 도무지 풀 길 없는 증오감이었다. 무목적無目的이고 무익한 그 '유희'를, 나는 어떻게도 용서할 수 없었다. 이 세계에서 단지 그 한 점點만이 기묘하게 질서로부터 일탈하고, 무수한 연관으로부터 튕겨져나가 고립하고 있는 것만 같았다. 좀벌레가 의복을 파먹듯이, 질서에 작은 구멍이 뚫리는 것만 같았다. 그리고 악은 마침내 선과의 매듭을 풀고 떨어져나가, 우주의 완전성으로부터 탈락해버린 것이 아닌가 의심스럽기까지 했다. 그것이 내게는 너무도 불쾌했던 것이다.

나는 암울한 사색에 홀려 있었다. 분명하게, 장의 웃는 얼굴은, 웃고 있다는 것을 드러내는 저 어두컴컴한 입은, 무언가 모르게 불길한 이계異界로 통하는 동굴처럼 느껴지고, 또한 그 구멍의 건너편으로부터 신의 창조를 조롱하는 불쾌한 소리의 메

아리가 끊임없이 울리고 있는 것처럼 느껴졌다. 내가 하려고 하는 이러저러한 학문적인 노력은 오로지 이 한 점 때문에 송두리째 불모의 것이 되고, 마침내 물거품으로 돌아가는 것이 아닐까 하는 막연하고도 두려운 예감까지 들었다. 그러나 돌이켜 생각해보면, 그 '어두운 구멍'으로부터 주욱 늘어진 얄푸름한 색깔의 기묘하리만치 기다란 혀를 떠올리자, 나는 의외로 이러한 갖가지 불쾌감은 처음부터 내가 해결해야만 할 문제에 '본질로서' 이미 예비되어 있었던 것이 아닐까 하는 의구심이 들었다. '이계'란 어쩌면 이 세계의 안쪽에, 가장 깊이 감춰진 곳에 있는 것이 아닐까. 우리가 일상적으로 세계라고 믿고, 살고, 해석하려 해온 바의 피상적인 층 아래에, 그보다도 훨씬 풍요롭고 복잡한 층이 자리잡고 있음으로써, 그로써 신의 창조의 의도가 보다 확실하게 드러날 수 있는 거대한 층이 길게 드러누워 있는 것은 아닐까. ─그리고 지금 나로 하여금 그 또하나의 층을 슬몃 넘어다볼 수 있게 해주는 것이 다름아닌 저 소년이 아닐까.

참으로 '질서'라는 것이, 장으로 인해 훼손되고 손상되고 있는지도 모른다. 그러나 우리가 '질서'라고 믿어온 것이 단순히 그 피상적인 층에 있어서의 질서에 지나지 않는다고 한다면, 그리고 나의 학문상의 노력 운운하는 것 또한 그쪽을 대상으로 해서만 행해져 왔던 데에 지나지 않는다고 한다면, 장이라는 소년은 신이 우리에게 그것을 고지하시고자 뚫어놓은 자그마한 바람구멍 한 점은 아닐까. 그리고 지금 나는 거대한 세계에 뚫린 바늘구멍 정도의 틈새를 통해 처음으로 그 다른 층을 발견한 것은 아닐까.

나는 다시 장의 허망하기 짝이 없는 운동을 떠올렸다. 거기에서는, 그 다른 층에서는 운동이란 결코 성취되지 않으며, 그저 목적도 없이 무한히 거듭될 뿐인지도 모른다. 어쩌면, 운동의 성취를 기다릴 것도 없이 존재에 이를 수 있는 무언가 다른 방법이 있는지도 모른다. 아니면, 이미 그곳은…… 이렇게 생각에 생각이 꼬리를 무는 동안에, 나는 다시 홀연 또다른 회의懷疑에 빠져들었다. 그리고 이러한 사고가 너무나도 불쾌히 느껴졌다. —이 세계의 다른 층.—나는 나의 직감, 처음으로 나의 사고를 점령한 '이계'라는 기묘한 직감이 어쩌다 내 머릿속에 떠올랐는지 해괴하기 짝이 없었다. 내가 '이계'라고 간주한 것은 대체 무엇인가. 지옥인가. 연옥인가. 아니, 그런 것들은 결국 신의 손바닥 안에 있는 것이다. 내가 품었던 직감은 그런 것과는 완전히 다른, 처음부터 신의 창조의 바깥에 존재하는 듯한 세계였다. 우주의 가장 처음이신 통재자統宰者로부터 비롯된 보편적인 질서를 벗어나, 무언가 모르는 전혀 다른 질서의 휘하에 복종하고 있는 듯한, 어쩌면 처음부터 질서 자체를 알지 못하는 듯한 세계에 대한 것이었다. 이 어리석기 짝이 없는 공상으로부터, 나는 이 세계의 깊은 속, '다른 층'이라는 생각에 이르렀다. 개별적인 인因의 질서를 일탈한 결과, 어떠한 다른 인因에도 환원되는 일 없이 보편적인 인因의 질서로부터 떨어져 나와, 그것이 세계의 저 밑바닥 깊은 곳에 층을 이루어 침전되어 있는 모습을 상상했다. 그리고 지금 그에 대한 아무짝에도 쓸모없는 사색에 먹혀들려 하고 있었다. 그러나 이 세계가 전혀 다른 두 층으로 나뉘어져 있다는 따위의 생각 자체가, 처음부터 순전히 나의 자의恣意에 의한 것이었다. 세계는 창조된 순간부터 모든 것을 견고하게 매듭으로 엮었고, 궁극적으로 단지 신만을 목적으로 욕구하고 있음에 틀림없다. 그렇다면 두 층으로 확연히 갈라져 있는 것은 나의 인식 그 자체일 뿐이고, 뚫린 구멍이 어쩌고저쩌고 하는 것은 세계가 아니라 나의 눈동자 속에나 있는 것이 아닌가. 장은 꿰뚫린 세계의 표층이 아니라, 신께서 쏘아보내신 하나의 화살이며, 그 '이르지 못함을 보여주심으로써' 인간을 꿰뚫으려는 화살이 아닌가……

 혼자만의 생각에 골똘히 빠져 있는 내게 이야기를 계속하기가 어색했던지, 자크는 말머리를 돌려 자신이 들고 온 서책 한 권을 내보였다. 『이단 심문의 실무實務』라는 제목 아래 베르나르 기* 라는 저자명이 있었다.

―그때서야 나는 그가 이단 심문관이라는 것을 알게 되었다.

자크는 마니교를 포함한 그노시스 파**의 이단에 대한 나의 의견을 청하였다. 나는 잠시 망설이다가, 핵심이라고 할 부분을 겨우 손대는 정도로, 생각한 바를 두세 가지 말해주었다. 자크는 그에 만족하지 않았다. 다시 더욱 구체적인 질문을 해왔지만, 나는 거기에 대해서도 애매하게 응답했을 뿐이다.

그는 적이 실망한 듯이 한동안 침묵을 지켰다.

얼마 후, 자크는 책을 옆에 내려놓더니 마녀라고 불리는 자들에 대해 이야기하기 시작했다. 현재의 이단 심문은 난지 교의 해석에 관한 것뿐만이 아니라, 민중 속에 존재하면서 악마와 직접적으로 음일淫佚***한 관계를 맺고 신을 모독하는 의식을 집행

---

* Bernard Guy, 이단 심문의 강력한 옹호자로서, 많은 마녀 재판을 집행하여 악명을 떨친 도미니크 회 수도사.
** 2세기 그리스 로마 세계에서 활발했던 철학적 종교적 운동. 보통의 인식보다 높은 종류의 인식을 추구하며, 그것의 도움으로 종교적인 신비까지도 인식할 수 있다고 보았다.
*** 마음껏 음탕하게 놂.

하는 자들도 그 대상으로 한다는 것이었다. — 참고로 덧붙이자면, 교황 인노켄티우스 8세의 마녀에 관한 저 악명 높은 칙령이 공포된 것은 이로부터 이 년 후인 1484년 9월 5일의 일이었다.

"지난해부터 콘스탄트 교구에서는 대규모적인 마녀 이단 심문이 행해지고 있지요. 잡아들인 수많은 자들은 물론 처형되고 있지만, 아직도……"

자크는 여기에 덧붙여, 자신이 마녀라고 하는 자에 대한 지식을 얻기에 이른 경위를 풀어놓았다. 원래부터 이단 심문의 직무에 종사하였던 자크는, 몇 년 전에 도미니크 회 수도사 인스티트리스를 알현하면서 자신의 무지몽매함을 깨쳤다고 말했다. 그가 말하는 인스티토리스란, 아마도 후에 야코프 슈프렝거와 함께 『마녀의 망치』를 저술한 하인리히 크라머*이리라.

자크는, 마녀를 처형하는 행위의 정당성을 「출애굽기」의 '마술을 행하는 여인은 그대로 살려두어서는 안 되느니'라는 말을 인용하여 설명했다. 이는, 그후로도 모든 심문관들이 수도 없이 거듭 입에 올린 구절이었다. 나 역시 이단 문제에 관해서는

---

* Heinrich Kramer(?~1505), 독일 도미니크 수도회 수사. 신학자. 1474년 이래 독일 각지에서 이단 심문관으로 활동했으며 라틴명 인스티토리스로 알려진 인물이다.

상당한 관심을 가지고 있었지만, 자크가 말하는 마녀 이론을 전면적으로 받아들일 수는 없었다. 자크의 견해에는, 심문관들에게서 왕왕 볼 수 있는 어떤 편협성이 있었다. 고루함이 있었다. 대저 말[言語]이라는 것이 이성의 채찍질에 의해 단련된 근육과 같은 것이어야만 한다면, 자크의 그것은 감정에 의해 어떤 한 부분에만 쓸모없이 지방분이 덕지덕지 붙어버린 듯한, 심히 균형을 잃은 것이었다.

나는 공허한 대꾸로 그의 말에 박자를 맞춰주는 시늉을 하는 수밖에 별도리가 없었다.

이윽고 자크는 내 기색을 살피면서 말했다.

"……그런데, 형제가 어제 만났던 그자는 어떻던가요?"

나는 그 말에 문득 불쾌함을 느꼈다. 그래서 일부러 되물었다.

"그자라 하심은?"

물론 자크가 누구를 말하고 있는가는 알고 있었다.

"피에르 뒤페 말입니다. ……그자는……"

"그 사람이라면……"

나는 순간적으로 자크의 말을 자르며 무언가 말하려 했다. ─ 그러나 내 말은 이어지지 못했다.

"…… 그 사람은……"

그때 나는 깨달았다. 자크가 나를 만나러 일부러 숙사까지 찾아오고 이 언덕으로 이끌어낸 것도, 이곳에서 여태까지 많이도 늘어놓았던 말들도, 필경 모두가 '이 한 건'을 심문하기 위한 것이었구나, 하는. 그 일에 대해 내밀하게 조사를 진행하기 위한 것이었구나. 내게는 그것이 너무도 교활하게 느껴졌다. 허물없는 듯이 이 말 저 말 내뱉었던 것은 말하자면 내사內査에 저항감을 느끼지 않게 하기 위한 함정이었던 것이다.

나는 그의 질문을 받는 순간, 아마도 그의 말을 막으며 피에르에게 걸려 있는 혐의에 대해 무언가 변호할 작정이었으리라. 그러나 피에르에 대한 변호의 말이 튀어나오지 못하게 내 입을 제시하는 무언가가 있었다.

그것이 무엇인지는 알 수 없었다. 단지 내 머릿속에는 리옹 주교가 들려주었던, "물론 확실한 신앙을 지닌 자"라는 말만이 떠올랐다. 주교는 어째서 묻지도 않은 말을 일부러 그렇게 단정적으로 했던 것일까. 그것은, 내가 지금 자크에게 같은 말을 하고 싶어하는 것과 상통하는 심경에서가 아니었을까. 주교는 내게 그렇게 확실히 말하고, 그로써 스스로를 납득시키고자 했던 게 아닐까. 나와 주교와의 사이에 존재하는 격차는, 그 말을 내뱉기 직전에 나는 주저하고 있다는 점이었다.

한참 지난 후에야, 나는 억지로 입을 열었다. 나의 너무나 긴 침묵이, 내 손을 떠나 아무렇게나 해석되는 것은 싫었기 때문이었다.

"······그 사람에 대해서는, 저도 아직 알지 못합니다······"

이 말은 그러나, 나로서도 뜻밖에 거짓 없는 말이었다.

며칠 후, 피에르 뒤페와 약속한 날이 되어, 나는 그의 거처를 찾았다.

피에르는 이날도 백화 작업을 하고 있었지만, 나의 방문을 받자마자 일손을 놓고 책장 앞의 의자에 앉았다. 그가 권하는 대로 나도 그 곁에 자리잡았다. 찌르는 듯한 약품 냄새와, 고서가 내뿜는 마른 나뭇잎 냄새가 코끝을 스쳤다.

피에르는 여전히 과묵했다. 사람을 대하면 우선 웃음을 지어가며 상대의 기분을 좋게 해주려 애쓰는 도시인들의 행태와는 그는 처음부터 무연無緣한 인간이었다. 그가 서글서글하게 웃는 일 따위는 전혀 생각할 수도 없었다. 이날도 나와 대치하기라도 하듯이 냉랭한 모습이었지만, 그것은 보는 이의 뇌리에 불쾌가 싹틀 여지조차 주지 않을 만큼 늠렬凜烈하기 짝이 없는 모습이었다. 나는 다시금 그 모습이 너무도 당당하다는 생각을 하지 않을 수 없었다.

나는 잠시 마음을 가라앉히고, 지난번에 당황하여 어쩔 줄 모르는 채 요령 없이 중언부언했던 걸 반성하면서 연금술의 이론에 대해 아주 꼼꼼한 점까지 순서를 밟아 질문해나갔다. 피에르는 이야기에 들어가기에 앞서, 자네 토마스주의자인가, 라고 얼핏 물어보았다. 그리고는 자기 쪽에서 먼저 입을 여는 일 없이 그저 이따금 '그런가' 라며 고개를 끄덕이고는, 내가 질문한 것에만 짤막하게 응했다. '그런가' 라는 말은 피에르의 구벽口癖이었다. 내가 무언가를 물으면, 그는 우선 그 말부터 하고 나서 두세 번 고개를 위아래로 끄덕였다. 그리고 한참이 지난 후에야 이윽고 자신의 의견을 풀어놓았다. 그가 내뱉는 '그런가' 라는 말이, 내게는 한없이 웅숭깊게 느껴졌다. 그리고 그 말에 뒤이어지는 대답 한 마디 한 마디가 내게는 이 방에 들어와서야 비로소 처음으로 깨닫고 눈뜨게 된 것들이라는 느낌을 불러일으키는 것이었다.

나는 그와 이야기를 더해갈수록 많은 점에서 의견의 일치를 보았다. 그러나 한 가지 점에 관해서만은 끝내 이해할 수 없었다. 여기에서 그 복잡하고 꽤 까다로운 철학을 전부 논할 생각은 없다. 단지, 연금술의 이해를 위해서는 근본이 될 만한 문제이기 때문에 그 개략만은 기록해두고자 한다.

피에르는, 세상의 모든 금속의 내부로부터 황금의 실체적 형상이 생겨나리라는 가능성을 믿고 있었다. 이 설의 옳고 그름은 지금은 따지지 않겠다. 그러니까 모든 금속은, 자연 본성상 그 궁극에 이르러서는, 반드시 황금이라고 할 것들이었다. 피에르의 말에 따르면, 그렇다고 해서 개개의 금속 내부에 직접적으로 황금의 실체적 형상을 생성하게 하고, 나아가 질료를 곧 형상에까지 이르게 하는 일은 불가능하다. 왜냐하면 그 실체적 형상은, 성 토마스가 지적한 대로 '태양의 열에 의해, 광물적인 힘이 강하게 작용하는 특정한 장소에 있어서만 비로소 생성되는 것'이기 때문이다. 이것을 고려하지 않고 작업을 진행해보았자 얻을 수 있는 것은 그저 외적 부대성附帶性에 있어서만 금과 유사한, 뭔가 전혀 다른 것일 터라는 것이었다.

이를 해결하기 위해, 피에르는 현자의 돌이라는 것을 창출해낼 필요성을 역설했다.

현자의 돌에 대해 성 토마스가 언급하지 않았던 것을 비판하면서, 피에르는 수차에 걸쳐 거듭 이를 강조했다. 연금술 작업이란 이 현자의 돌을 그 종국의 목적으로 하는 것, 그 이상도 이하도 아니었다. 피에르가 이를 위해 취한 방법은 전통적인 유황-수은 이론이었다.

이 이론은, 아리스토텔레스의 4원소 이론이 아라비아를 경유하여 서구세계로 옮겨오는 과정에 기묘하게 재해석된 것이었다. 이에 의하면, 흙, 물, 공기, 불이라 했던 종래의 4원소는, 철학적 유황과 철학적 수은이라는 두 개의 원질原質로 환원되었다. 여기에서 말하는 유황이나 수은이란 물론 물질 그 자체가 아니라 이른바 원리이며, 흙과 불이 유황에, 물과 공기가 수은에 대응하는 형태로, 서로간에 상응할 수 없는 것으로서 대립하고 있다. 다시 그 각각에는 불휘발성과 휘발성, 가연성과 승화성, 그리고 연금술의 용어로 소위 남성과 여성이라 칭하는 반대의 성질이 부기附記되어 있다. 두 개의 원질을 각기 어떤 종의 물질로부터 추출하여 서로 결합시킴으로써, 레비스(石)라고 하는 현자의 돌의 직접적인 재료를 얻을 수 있는 것이다. 이 과정은 통상 '결혼'이라고 비유되곤 한다. 그리고 이 '결혼'을 통해 얻어진 레비스를 한 번 '살생'하고 '부패'시킨 후에 '부활'시킬 때, 레비스는 현자의 돌이라는 실체적 형상을 비로소 획득하는 것이라 하였다. 이러한 일을 몇 번이고 거듭하는 작업에 의해 참된 현자의 돌을 얻을 수 있다는 것이었다.

피에르는 그 '결혼'에 대해 언급하면서, '본질이 녹아 서로 어우러진다'는 기이한 말을 사용했다. 본질이 녹아 서로 어우러져서 이루어지는 새로운 본질은, 이전의 본질을 전혀 잃는 법 없이 모순된 채로 그 두 가지를 그대로 보전할 수 있다는 것이었다. 그리고 '죽음' 뒤에 이것이 참으로 이루어지게 되면, 갖가지 대립은 '하나 된' 물질의 내부에 해소된다. 그때, 이 '하나 된' 물질에는 '완벽한 존재 그 자체가 생생하게 그 모습을 드러낸다'는 것이었다.

피에르는 이 대목에 이르러 도회韜晦[*]에 가득 차서, 나는 이것을 얼마간은 스스로 보충해서 서술하고 있다. 애석하게도 나의 이해 부족으로 인하여, 그 이론을 잘못 전달하지나 않았는지 우려의 마음을 금할 수 없다. 그중에서도 특히 나로 하여금 새삼 주저하게 한 것은 최후의 부분에 대하여 덧붙인 서술이다.

피에르는, 현자의 돌에 드러나는 바를 끝까지 '존재'라고만 묘사하는 데 그쳐버렸다. 그러나 이로써 무엇을 의미하고 있는가는 명확했다. 연금술사는 이 현자의 돌을, 말하자면 '물질에

---

[*] 재능이나 학식을 숨겨 감추는 태도.

현현한 존재 그 자체'를 수중에 넣어 그것을 뜻하는 바대로 쓰고자 하는 것이었다.

이 '존재', 굳이 말하자면 '순수현실태純粹現實態'를 접함에 의해, 물질의 내부에 황금의 실체적 형상이 생기고, 질료는 곧바로 형상에 이르며, 모든 금속은 일시에 황금으로 변성變性하는 것이다. 단지 금속만이 아니다. 피에르의 말에 따르면, 무릇 월하月下 피조물계에 있는 모든 것이 그 질료가 형상과 일치하고, 그뿐만이 아니라 결여태缺如態로부터 소유태所有態로의 복귀까지도 가능하게 되는 것이다. 물론, 인간이라고 예외는 아니다. 눈먼 자는 그 눈동자에 빛을 밝히고, 귀먹은 자는 음을 가려 들으며, 나병은 치유된다. 현자의 돌을 두고 만능의 약이라 칭하는 것도 이런 연유에서이다.

―그렇다 하나, 이것이 멀쩡한 정신으로 설파하는 이론일 것일까.

나는 어느 정도는 피에르의 이론에 납득하면서도, 역시 그것은 절망적인 시도라고 생각지 않을 수 없었다. 이 절망은, 이론상의 오류를 근거로 한 것이라기보다는 오히려 행위 자체가 지니는 불경不敬에서 비롯되는 것이었다. 그것은 넘보아서는 안 되는 것을 넘보는, 정해진 운명을 뛰어넘어 그 너머의 것을 넘보는 행위였다. 나는 그와 이야기를 나누는 중에 몇 번이나 그 점에 대해 묻고자 했지만, 결국은 입을 열지 못하고 말았다. 나의 망설임은 이를테면 비할 바 없이 아름다운 한 폭의 사신상邪神像을 마주한 자의 망설임이었다. 사람들은 성모님이나 천사를 묘사한 그림에 대해서라면, 당장에 이러쿵저러쿵 평가를 내리고 결점을 집어낼 수도 있으리라. 천사의 날개는 그 깃털 하나하나까지가 더욱더 선명하고도 찬연하게 빛나야 하는데 저건 그 점이 좀 부족하지 않은가라든지, 성모님의 눈동자를 저렇게 궁상窮狀으로 묘사해서는 안 되지, 뭔가 좀더 자비심이 넘치면서도 풍요함은 잃지 않게끔 그려야 하는데, 하는 식으로 말이다. 훌륭한 평가가 되었든 치졸한 평가가 되었든 아무튼 무언가 한 마디쯤 쉽게 판단을 내릴 수 있을 터였다. 그러나 그 이상 더 잘 묘사할 수 없을 만큼 훌륭하게 묘사된 이교 신의 그림을 마주하였을 때, 사람들은 대체 무어라 평가할 수 있을까. 확실히 그것은 괴이하기 짝이 없는 것임에 틀림이 없으리라. 그렇다고 해서 그 자리에서 완벽하게 부정해버리기에는 무언가 석연치 않은 기분이 드는 것이다. 거기에는 분명히 무언가 정체를 알 수 없는, 저항하기 어려운 매력이 담겨 있기 때문이다. 그리하여 사람들은, 어떻게든 구체적으로 그 잘못을 지적해보려고 머리를 쥐어짜며 애를 써보는 것이리라. 그리고 어디서부터 손을 대어 지적해야 할 것인가, 허둥대고 말 것이었다. 왜냐하면 그 '괴이하기 짝이 없는 점'을 유보해둔 채로는 결국 아무 말도 할 수 없기 때문이다.

나는, 말을 잃고 말았다.

피에르는 표정 하나 바꾸지 않고 몸을 일으키더니, 천천히 연금로 쪽으로 향했다. 나는 그의 산맥 같은 등허리를 물끄러미 바라보면서 문득, 인간을 위해 신을 배반하고 불을 훔쳐내었다가 영겁의 고통을 견뎌내지 않으면 안 되는 운명을 맞게 되었다는 견인불발堅忍不拔*의 이교도 거인 프로메테우스를 떠올렸다.

한참 후에, 그러나 억지로 나는 입을 떼었다.

"당신이 말씀하시는 현자의 돌이란…… 거기에 나타나는 그 '존재'라는 건…… 그러니까……"

그때 나의 뇌리에 자크의 말이 번뜩 스쳤다.

'그자는 어떻던가요?'

— 나의 말은 이어지지 못했다. 나는, 아무 말도 듣지 못했다는 듯이 연금로 앞에 그대로 앉아 있는 피에르를 입을 다물고 지

---

* 굳게 참고 견디어 마음을 빼앗기지 아니함.

일식 121

켜보았다. 그리고 서서히 마음속에 불길하게 점령해들어오는 무언가를 느끼고 있었다. 그것은 망설이는 집착, 나 자신의 미집迷執에 대한 불쾌감이었다. 내가 피에르에게 말하고 싶었던 것은, 겨우 단 한 마디였다. 그러나 그 한 마디를 발설하기 위해서는 나는 거기에 얽히고설킨 몇 줄인지도 모르는, 망설이는 집착의 쇠사슬을 하나하나 모조리 풀어 끊고 잘라내지 않으면 안 되었다. 그 쇠사슬은 피에르의 인격에서 유래된 것인지도 모르고, 그 학설이 가지는 매력에서 유래된 것인지도 모른다. 그 둘 중의 무엇이 되었든, 나는 두려움과 우유부단 때문에 그 모든 것을 그 자리에서 즉시 처리하려는 결단을 내릴 수 없었던 것이다.

어쩌는 수 없이 나는 들고 왔던 몇 권의 책을 챙겨들고, 피에르에게 그만 돌아가겠노라고 말했다. 피에르는, 마치 나의 침묵을 속속들이 이해하고 있다는 듯이, 여전히 한결같은 침묵으로 내 말에 응답했다. 그의 곁을 지나 문으로 향하면서 나는 적요로운 실내에 울려퍼지는 나 자신의 후들거리는 발걸음 소리를 들었다. 그 흐릿한 울림에 나의 소심한 무기력을 느끼면서.

……숙사에 돌아갈 맘도 들지 않았다. 정신을 차리고 보니, 내 걸음은 어디랄 것도 없이 마을을 배회하고 있었다. 남자고

여자고 할 것 없이 마을 사람들 대부분이 밖에 나와 저마다 생업에 매달려 있었다. 생각해보면, 마을에 온 뒤 내가 조금이나마 의식적으로 이곳에 사는 이들의 생활 모습을 살펴보고자 한 것은 그때가 처음이었다.

저녁답이 내리면 정해놓기라도 한 듯 주막을 찾는 사내들이 지금은 모두 한결같이 무거운 얼굴로, 여위어 말라붙은 듯한 겨울밀을 마주하고 온종일 서서 노동을 하고 있었다. 그들은 내가 지나가는 것을 알면서도 아무 관심도 없다는 듯 일손을 바쁘게 움직이거나, 기껏해야 한심하다는 듯이 한숨을 내쉬며 설핏 냉소를 던지는 정도였다. 그들은 작년에 겪은 냉해의 기억 때문에 겁에 질려 있었다. 계절이 초여름에 이르렀건만, 날씨는 전혀 더워질 기미를 보이지 않았다. 실제로 겨울밀만이 아니라 거의 모든 작물에 병든 기색이 역력했다.

리옹에 머물던 동안 같은 방에서 지냈던 수도사가 말했었다. 시골에서는 차마 탁발은 못 하겠더라고. 왜냐고 물으니, 시골 사람들은 탁발에 나선 우리 수도사의 남루한 차림새에서 청빈을 보는 것이 아니라 게으름을 보려 들기 때문이라는 대답이었다.

"욕설 많이 들었지요. 그들은, 구걸을 하려거든 너희도 밭을 갈든지 파든지 아무튼 팔을 걷어붙이고 일을 하라는 거예요. 그들에게 욕 먹는 일이 싫은 게 아니에요. 단지, 그 사람들 말이 너무나 지당한 것 같아 괴로운 거지요. 사실, 작년엔 지독한 냉해 때문에 시골에서는 제대로 끼니 이을 것조차 없는 지경이었지요. 그런 시골 사람들에게 어떻게 애긍을 받겠습니까? 대체 우리가 언제부터 이렇게 되어버렸는지…… 이런 수도원 생활을 성 도미니크가 참으로 바랐던 것일까?"

―나는 탁발은 행하지 않았지만, 그의 심정은 충분히 이해할 것 같았다. 내가 지금 이 시골 사람들을 마주하며 느끼는 적지 않은 부끄러움도 어쩌면 그와 똑같은 양상의 무력감 때문일지도 모른다.

그들이 얼마나 빈곤한가는, 여기저기 기움질투성이의 더러운 겉옷만 봐도 쉽게 알 수 있었다. 마을 사람들은 너무도 오래 이어지는 대지의 불모에 애를 태우고 있었다. 그러나 증오가 직접 대지로 향하는 법은 없었다. 사람들이 불만을 터뜨리는 곳은 오히려 하늘이었다. 나는 몇 번인가, 마을 여인네들이 하늘을 향해 '힘알랭이 하나 없는' 운운의 욕을 퍼붓는 기묘한 광경을 보았었다. 대지는 그 희생자로서 오히려 동정을 사고 있는 것이었다. 그것은 남자들도 똑같았다. 밭둑에 선 그들이 하늘을 향해 던지는 시선에는 분명하게 경멸의 빛이 담겨 있었다. 그리고 그들이 그렇게 인정한, '불우한' 대지를 도닥거릴 때는 무언지 모를 농밀한 비밀이 감춰진 듯이 굴었다. 그러므로 그들의 노동은 어떤 형언할 수 없는 박력감으로 나를 때리는 것이었다. 마을 사람들에 대해 내가 품은 생각은 조금쯤은 질투와도 비슷한 것이었다.

여기에는 그들 사이에 빈부의 차가 거의 없고, 그런 탓에 노동을 거의 동등하게 공유하고 있다는 사실도 한몫을 차지하고 있었다. 이 마을의 토지는 대부분 주변 도시의 부유한 시민들이 매입해들인 모양이었다. 그래서 영주 한 개인에 의한 포괄적인 지배라는 걸 여기에서는 느낄 수 없었다. 이 마을에 대한 나의 인상이, 언제라도 기억의 거대한 강 속에서 우연히 얼굴을 내민 암초와도 같이 고립되어 있는 것은 어쩌면 그 때문인지도 모른다.

— 영주의 지배를 받지 않는 이 마을의 또하나의 지배자, 교구의 사제는 어떠한가. 나는 사실 그즈음 며칠 동안을 저 유스타스라 이름하는 사제에 대해 생각해왔다. 유스타스는 아닌 게 아니라 처음의 인상 그대로 참으로 진부하기 짝이 없는 전형적인 타락 사제에 지나지 않았다. 마을 사람들 누구도 그자를 믿지 않았고, 유스타스 또한 마을 사람들을 아무런 거리낌 없이 마음껏 모멸하고 있었다. 교회에는 오래전부터 두세 명의 여자

들이 드나들었고, 그들은 거기에서 종일 음일淫佚에 푹 빠져 있는 모양이었다. 그를 찾아갔던 날에 내가 마주쳤던 여자들도 어쩌면 그런 사람들이었는지도 모른다. 타종打鐘을 비롯한 공적인 일의 대부분은 부제가 대신 떠맡고 있다고 했다. 기욤의 아내에 관한 이야기는 말할 것도 없고, 그 밖에도 유스타스를 둘러싼 항간의 소문은 일일이 열거할 시간도 없을 정도였다. 곤드레만드레 취한 상태에서 한 번도 깨어나본 적이 없는 그를 두고, 마을에서는 "그렇게 노상 포도주를 대포로 들이켜대니, 분명히 유스타스의 피는 예수님의 피하고 똑같아졌을 거야"라는 둥 불경스러운 우스갯소리까지 퍼져 있었다. 참으로 유스타스의 타락은 진부하기 짝이 없었다. 그러나 나는 그 진부함이 도리어 의아하게 여겨졌다. 그것은 내가 그의 모습에서 어떤 쇠약함을 감지했기 때문이었다. 그리고 그 쇠약함은, 예전의 방자했던 생명력의 잔재와, 그의 장래에 다가올 소생의 예조豫兆를 암시하고 있었기 때문이었다. 명정酩酊은 절대로 떨어지지 않고 그에게 붙어 있었으나, 그렇다고 그를 광치狂痴로 이끌어갈 힘도 가지고 있지 못했다. 비밀스런 음일도, 그쪽에 완전히 미쳐버린 자의 떠들썩한 열광과는 사뭇 거리가 멀었다. 한마디 덧붙이자면, 처음에 내 마음을 끌었던 성당의 제단조차도 그것을 꾸민 자가 유스타스라는 말을 듣고 나서는 그 비속한 범용함만 눈에 띄어 더는 좋아할 수 없게 되었다는 것이다. 그렇다, 나는 그의 생활을 변호할 생각은 털끝만큼도 없다. 그럼에도 불구하고 내가 새삼 유스타스의 쇠약에 흥미를 가진 것은, 그것이 너무도 우리에게 익숙한 것인 듯이 여겨졌기 때문이었다. 그의 쇠약은, 단지 한 성직자가 신앙에 무지몽매한 민중의 생활로 추락해버렸다는 의미만을 가지는 것일까. 아무래도 그렇게는 생각할 수 없었다. 그것은 적어도 나에게는 '보다 극심한 타락에서 진부한 타락으로' 쇠약해지고 만 것처럼 보였다. 보다 더 정확히 묘사하자면, '본질적인 타락에서 주변적인 타락으로' 쇠약해져버린 것이다. 그리고 그것이 내게는, 극히 최근에 유스타스 개인에게 일어난 것이 아니라, 아주 이전부터 우리 모든 인간에게 일어나고 있는 것처럼만, 꼭 그렇게만 여겨졌던 것이다. 흡사 거꾸로 된 타죄墮罪*이기라도 한 것처럼…… 나는 이같은 나의 삿된 생각을 믿을 수가 없었다. 그 순간 나의 사고는 이성의 족쇄를 풀어버리고, 유스타스의 타락을 가장 경건한 수도원 생활을 하는 수도자의 모습과 연결시키려 했기 때문이었다.

---

* 죄에 빠지는 것.

다리를 건너는데, 한 여인이 인사말을 건네왔다. 이미 마을에는 내가 자크와 절친한 사이라는 소문이 널리 퍼져 있어, 나 역시 사람들이 자크에게 보내는 신뢰의 반의 반 정도는 짊을 나누어지지 않으면 안 되게 되어 있었다. 이 여인도 자크의 설교에 회심한 이들 중의 한 사람이었다.

여인은 내게 참회의 청문聽聞을 해주십사고 청하였다. 마을에서 나는 때와 장소를 가릴 것 없이 이따금 이러한 사람들을 만났다. 이것은 마을에 자크의 교의 방식이 침투한 결과였다. 자크는 마을 사람들에게 언제 어떠한 장소에서라도 스스로 범한 죄를 고백하도록 권고했던 것이다. 평소 하던 대로 나는 말없이 그 청을 허락하였고, 청문을 마치고는 복음 말씀을 두세 구절 들려주고 여인과 헤어졌다. 고백의 내용은 두서없는 것이었지만, 회개를 간절히 원하는 여인의 진지한 표정이 묘하게도 선명하게 내 마음에 울렸다.

그리고 나는 다시 피에르에 대한 생각에 몰입했다.

피에르에 대해 품게 된 근거 없는 단순한 존경심 때문에, 나는 저 두려운 이단을 판단해낼 눈을 잃고 만 것일까……

이러한 의념疑念에, 나는 가슴속에서 불어나기만 하는 미망迷妄을 몇 번이고 검토하고 또 검토했다. 그러나 아무리 생각해도 리옹 주교가 말했던 대로 피에르는 굳건한 신앙을 지니고 있었다. 그는 신의 창조의 위대하심을 인정하고, 이 세계의 역연歷然한 질서를 믿고 있었다. 그것은 다름아닌, 그가 궁구하고자 하는 자연학의 첫번째 전제였다. 피에르를 이단으로 보려는 의혹에 대해, 내가 분명코 그는 이단이노라고 단호한 긍정의 태도를 보이기를 주저하는 것은 처음부터 이 점 때문이었다. 또한 그가 굳건한 신앙을 지녔다는 걸 전제하고서야 논의가 비로소 가능할 터인 연금술의 이론에 적지 않은 매력을 느꼈기 때문이었고, 굳이 덧붙여 말하자면, 장이라는 벙어리 소년을 본 순간부터 나를 붙잡고 놓아주지 않는 '신의 창조의 전적인 인식'의 가능성을 거기에서 시사받은 듯이 느꼈기 때문이었다. 나를 고뇌하게 하는 그 문제의 해결이, 연금술의 회삽晦澁*한 숲 저 깊은 안쪽에야말로 감춰져 있는 것이 아닌가 하는 생각이 들었기 때문이었다.

그러나 단지 그것뿐만이 아니었다. 나는 그의 고고하고도 초직峭直**한 성품에 매료되었다. 그의 초연한 태도에 감탄하였다. 처음부터 피에르는 어떤 불가사의한 이교도적 분위기를 풍기고 있었다. 그것은 무엇인가. 단지 그가 하고자 하는 바가 특

---

* 어려워 그 뜻이 명료하지 않음.
** 성품이 굳고 곧음.

별한 것이기 때문인가. 내가 매료된 것은, 그의 오연함이었다. 그러나 내가 두려워하는 것 또한 그 오연함이었다. 그 오연함으로 하여, 그와 나 사이에 존재하는 어떤 근본적인 격차를 인지할 수 있기 때문이었다.

……숙사로 돌아가면서 나는 문득, 리옹 주교가 빌려주어서 여행길에 오르기 전에 읽은 『헤르메스 선집』의 한 구절을 떠올렸다.

"……그리하여 감히 말하노라. '지상의 인간은 언젠가는 반드시 죽을 신神이며, 천계의 신은 불사의 인간이노라'고."

나는 그 구절이 피에르와 어떤 관련이 있을지는 알지 못한다. 그러나 내가 피에르를 통해 얻은 경악은, 이 구절을 접한 이가 느낄 것과 그다지 다를 바가 없는 것이 아니었을까.

그날부터 나는 자주 피에르의 거처에 드나들게 되었다.

피에르는 나의 방문에 싫은 내색은 하지 않았다. 그렇다고 별다르게 환영하는 기색도 없이, 그저 책장에 줄줄이 꽂힌 수많은 서책을 마음껏 볼 수 있도록 내버려두었다. 장서 중에는 사본도 많이 있어, 필사筆寫는 대 알베르투스의 그것과 같이 단정하고도 섬세한 문자로 씌어 있었다. 무엇보다 내 흥미를 끈 것은 필사본의 각 페이지마다 여백에 빽빽이 써놓은 주석註釋이었다. 띄엄띄엄 기술해놓은 그 주석들은 자연학에 대한 피에르의 이해가 얼마나 깊고 정확한가를 보여주는 증거였다.

나는 그 주석을 통해 새로운 학문상의 발견을 하는 일도 있었다. ―그렇다 해도, 내 속에 자리잡은 미망迷妄은 조금도 풀릴 줄을 몰랐다.

나는 어떤 주박呪縛*에 들려 있었다. 이것을 설명하기는 너무도 어렵다. 억지로 말을 하자면, 주박이란 곧 피에르 뒤페 그 자체였다.

나는 피에르의 집을 찾아가 그 곁에 머물면서 서책을 들여다보는 동안에는, 그가 시도하고자 하는 작업이 의심의 여지 없이 정당한 것이라는 느낌을 금할 수 없었다. 그러나 막상 그 집을 떠나와 생각에 빠져들면, 내 마음속에는 차츰 그것에 의혹을 제기하려 드는 어떤 불안이 싹트는 것이었다. ―물론 그것은 이단에 대한 불안이었다.

---

* 주술의 속박. 주술의 올가미.

나는 피에르의 '합리적인 정신'을 믿어 의심치 않았다. 그가 기록해둔 바는 적어도 일반 자연학에 관한 한 언제나 명석했고, 연면連綿한 실험의 기록은 무엇보다 상세했으며, 그의 논고論攷에는 형안炯眼의 통찰이 담겨 있었다. 이는, 얼빠진 우설愚說로 말장난이나 치는, 파리의 수많은 학자연하는 자들과 섞여 지냈던 내게는 너무도 놀랄 만한 내용이었다. 그러나 신의 질서를 해석하고자 하는 이 냉정한 이성이 현자의 돌이라는 거대한 관념을 마주하자마자 온통 거기에 말려들고 녹듯이 빨려들어가 버리고 마는 것이었다. 그렇게 함몰되어버리는 불가사의를 나는 아무래도 이해할 수 없었다. 그걸 생각할 때마다 나는 온몸에 소름이 돋곤 했다. 왜냐하면, 어찌된 까닭인지 나도 모르게 나 역시 마음속에서 은밀히 그것을 실험해보고 있다는 것을 깨달았기 때문이었다.

이미 몇 번인가, 나는 현자의 돌의 생성 가능성을 논박할 이론의 구축을 시도해보았다. 그러나 끝내 그 구체적인 방법을 강구하는 데는 이르지 못했다. 아무리 마음을 집중시켜보아도, 나는 그 일에 착수하자마자 갑작스레 어떤 허망함에 붙들리고 마는 것이었다. 시험적으로 몇몇 이론을 세워는 보았지만, 조금 시간이 지나 그것을 검증해보면 여지없이 그 무력함에 실망하고 말았다. 처음부터 불가능한 시도인 듯이 느끼게 되는 것이었다. 과연 현자의 돌이 내가 생각하는 그대로의 것이라면, 나는 어떠한 말을 동원해서라도 이를 논박할 수 있으리라. 그럼에도 불구하고, 그것이 도통 마음대로 되지 않았다. 거기에서는, 말이 너무도 무력한 것이었다. 현자의 돌이라는 관념에 손을 대려는 나의 시도는, 마치 국자로 분화구에서 용암을 퍼올리려는 것처럼, 그 근처에 가까이 가는 것조차 불가능하고 가당치 않았다. 거기에 이르면 말이란 것은 송두리째 타버려 재가 되고 마는 것이었다.

나는 말수가 적어지지 않을 수 없었다. 할 수 있는 한 신중하게 말을 고르고, 학문상의 명확하지 않은 점도 번거로움을 마다하지 않고 스스로 책 속에서 답을 구했다. 나는 무엇보다도, 그와의 토론이 어느 순간 끝장날 것이 두려웠다. 그의 설이 이단인가 아닌가를 결정짓는 것이 두려웠다. 그 결정이야말로 곧 그와의 결별이었던 것이다. 나는 언제까지나 망설이고만 있었다. 열렬한 호교가護教家라는 내가, 저 성 도미니크 회 수도사라는 내가……

―하지만 이런 교류는 다른 한편으로 내게 그의 일상을 찬찬히 살필 수 있게 해주었다.

피에르 뒤페의 생활은 대단히 의식적으로 통제되는 것이었다. 아침에 일어나면 곧장 기도로부터 시작되어, 세수와 양치를 끝낸 후 한 오라기도 남김없이 수염을 밀고, 작업을 행하고, 정확하게 제시간에 낮 기도를 하고 오찬을 들고 다시 작업을 행하고, 이를 끝낸 다음 저녁을 들며, 문헌 연구에 정진한 후에 끝 기도를 하고, 짚을 채워넣은 초라한 침상에 옷을 입은 채 드러눕기까지, 거의 별의 운행과도 비교될 만큼 정확성을 유지하며 반복되고 있었다. 식사는 하루에 두 번, 오찬과 저녁만을 들었다. 밀이나 귀리로 만든 소박한 검은빵과 잠두蠶豆나 완두豌豆가 주된 음식이었다. 육류는 일절 들어 있지 않고 향신료도 쓰지 않았다. 이것은 모두 기욤이 사들여 조리해준 것이었다. 이 모든 일을 맡아 해주는 대신 기욤이 쏠쏠하게 부풀려 청구하는 비용을, 피에르는 한마디 따지는 법 없이 그대로 대주는 것 같았다.

나는 단 한 번 피에르와 오찬을 같이 한 적이 있었다. 무슨 일로 그렇게 식탁을 마주하게 되었는지는 기억나지 않는다. 그러나 기욤이 두 사람분의 접시를 준비하면서 별 해괴한 일도 다 보겠다는 듯한 얼굴로 쳐다보던 것이 인상에 남아 있다. 피에르는 식사시간에는 특별히 엄격하게 사람을 멀리해서, 누구도 같은 식탁에 자리하는 것을 허락하지 않았다. 기욤도 예외가 아니었던 것이다.

 작업을 하지 않을 때에도 피에르의 거동에는 전혀 변하는 바가 없었다. 특히 음식을 먹는다는 행위에 그는 대단히 중요한 의의를 부여하고 있는 것 같았다. 식전 기도의 경건함에서도, 식사중의 침묵을 통해서도 알 수 있었다. 식탁에서의 모든 동작은 대단히 천천히 시간을 들여 이루어지고, 소리 하나 내는 법 없이 진행되었다. 거기에는 길고 긴 단식을 끝낸 이가 마주한 최초의 식사를 입에 넣으려고 하는 순간과도 같은, 외경畏敬이라 부를 만한 고요함과 눈앞 음식과의 진지한 교류가 보였다. 생리적인 욕구는 엄격하게 관리되고 있었다. 그렇다고 그 욕구가 핍박받고 억압되는 것이 아니라, 의식적인 형태를 부여받아서 인간에게 적합하게 고양되었다고 해야 할 그런 엄격함이었다. 그 순간 음식은 피에르에게는 분명하게 외적이고 이질적인 것이면서도 몸 안에 들어가기 이전에 한 발 앞서 이미 동질성을 획득한 듯이 보이는 것이었다. 이것은 피에르가 연금로를 마주하고 있을 때에 가장 잘 관찰할 수 있는, 불가사의하리만치 충실감이 넘치는, 외계와의 일체성의 현현이었다.

 단 한 번 함께 하였던 이 오찬 다음에, 피에르가 평소와 달리 자기 스스로 말문을 열었던 것을 기억하고 있다. 어떻게 해서

금속의 질료 내부에 황금의 실체적 형상이 생성되는가 하는 문제에 관해서였다. 그 이야기를 세세하게 기억하지 못함을, 나는 참으로 애석하게 생각한다. 그러나 나에게 무엇보다 먼저 확실하게 떠오르는 것은, 피에르가 자신에 대해 이야기해준 한 일화였다. 내가 그의 과거에 대해 알게 된 거의 유일한 기회였다고 해도 좋으리라.

피에르는 젊은 시절, 현자의 돌에 대한 비밀을 알기 위해 여러 나라를 편력했노라고 말했다. 언젠가는 리옹 근교의 광산에서 감독직을 맡고 있었는데, 거기에서 지낸 기간은 겨우 몇 년에 불과했지만, 매일처럼 직접 들어가 확인해야 했던 갱도 안에서 연금술의 이론에 관계되는 몇 가지 중대한 발견을 했다고 한다. 물질에 있어서의 황금의 실체적 형상의 발생에 관한 확신을 얻은 것도 이때였노라고 말했다.

— 내가 들어 알게 된 것은 단지 이것뿐이었다. 그러나 이 일화로 인해, 나는 피에르에 대한 의문을 이후 모조리 여기에서 원인을 찾으려 하게 되었다. 이를테면, 아직도 확실히 알 수 없는 그의 생활비용 같은 것도 그중의 한 가지였다. 특히 이후 목도하게 되는 그의 불가사의한 행동에 대해서도, 나는 그것을 풀어보고자 이 일화에서 아리아드네Ariadne의 실*을 찾아보았던 것이다.

내가 피에르 뒤페를 방문한 때는 대부분 오전중이거나 점심 시간이 지나 해가 막 기웃할 무렵이었다. 황혼 녘에는 피에르가 집을 비우는 일이 많았기 때문이었다.

　그의 거처에 드나들기 시작한 처음 얼마 동안은, 나는 그 점에 별로 신경을 쓰지 않았었다. 찾아갔다가 그가 없으면 그저 우연이겠거니 생각했을 따름이었다. 그러나 얼마간 시간이 흐르면서 나는 점차 이를 이상하게 여기게 되었다. 엄격하게 자신의 생활을 규제하고 관리하는 피에르가 오직 이 외출만은 언제든 마음 내키는 대로 불규칙하게 행했기 때문이었다. 어느 날 저녁 무렵, 마침 내가 그를 처음 만났던 날과 똑같이, 나는 숲 안쪽에서 집으로 돌아오는 피에르를 만났다. 나는 놀라지 않을 수 없었다. 피에르의 얼굴에 예전에 본 적이 없을 정도의 초췌함이 여실히 드러나 있었던 것이다. 나는 순간적으로 나도 모르게, 어디

---

* 아리아드네는 그리스 신화에 나오는 크레타의 왕 미노스의 딸. 괴물을 퇴치하려는 테세우스에게 실을 주어 미궁迷宮 라비린토스에서 탈출하는 길을 찾는 방법을 일러주었다. 이로부터 어려운 문제를 푸는 방법을 비유하여 아리아드네의 실이라 한다.

몸이 불편하시냐는 질문을 던지고 말았다. 피에르는 질문에 응하지 않았다. 나는 다시, 숲에는 왜 들어갔느냐고 물었다. 내가 평소와는 달리 이렇듯 신중함이 결여된 질문을 연달아 던졌던 것은, 그때 이미 내 나름대로 그의 황혼 녘의 외출에 대해 두서없긴 하지만 무언가 짚이는 데가 있어, 평상심을 잃은 탓이었다. 그뿐만이 아니다. 이 숲에는 악마가 출몰한다는 소문이 있어서 마을 사람들은 절대로 근접하지 않는 곳이었다. 피에르가 그 소문을 알지 못할 리는 없었다. 다 알면서도 굳이 숲에 들어가지 않으면 안 되었던 이유를 나는 알고 싶었던 것이다.

그는 언제나처럼 얼굴색 하나 변하지 않고 침묵하더니, 한참 후에야 '제1질료를 위해서일세'라는 단 한 마디 대답을 던지고는, 나를 밖에 세워둔 채 문을 닫아버리고 말았다.

나는 얼마간은 그의 대답에 일단 수긍했다. 피에르가 말하는 제1질료란, 아리스토텔레스의 그것과는 약간 다른, 연금술에서 독특한 의미를 지니는 것이다. 피에르에게 이따금 듣던 것인데, 그는 이것이 널리 이르는 곳곳에 편재한다고 말했었다. 그러므로 나는 그가 숲에 들어간 것도 그의 말대로 그 탐구를 위한 것이리라고 생각했던 것이다.

그러나 나의 마음속에 이내 새로운 의심이 싹터올랐다. 그같은 이유는 외출 그 자체에 대한 설명은 되었지만, 생활의 규제에 엄격한 피에르가 아무런 계획도 없이 숲에 드나든다는 점에 대해서는 전혀 대답이 되지 않았기 때문이었다. 그것이 설혹 사실이라 하여도 반드시 저녁 무렵이 아니면 안 되는 이유를 이해할 수 없었고, 무엇보다도 지금 하고 있는 작업이 아직 끝나지 않은 상태에서 다음 단계의 제1질료를 구하고자 한다는 것은 아무래도 피에르에게는 어울리지 않는 행동으로 여겨졌던 것이다……

—그러던 어느 날, 마침내 나는 그 진상을 목도하게 되었다.

그날은 피에르를 찾아갈 작정이 없어, 나는 오후 시간을 숙사 방에서 빌려온 책을 읽으며 보냈다. 그러나 생각 밖으로 빠른 시간 안에 책을 다 읽어버려, 다시 한 권 빌려볼까 하고 해가 제법 기울었을 무렵 숙사를 뒤로하였다.

하늘에 흘러가는 벗겨진 나무껍질 같은 구름을 비추며, 작은 강의 수면水面이 저녁노을에 요요하게 빛나고 있었다. 해는 채 떨어지지 않았으나, 잔설殘雪 같은 달이 이미 하늘 귀퉁이에 걸려 있었다. 서쪽 하늘에는 그새 금성도 얼굴을 내밀었다.

다리 끝에 있는 기욤의 집 뜰에서는 장이 언제나처럼 예의 유희에 흠뻑 빠져 있었다. 그넷줄이 움직일 때마다 나무줄기가 삐

거덕삐거덕 천한 조소嘲笑를 던지고 있었다. 그 아래, 소년의 얼굴은 아무 소리도 내지 않으면서 커다랗게 벌어진 입 속의 어두운 구멍과 거기에서 튀어나온 기다란 혀로 가득 차 있었다. 소년의 등뒤로 무성한 가시나무가 보이고, 몇 그루 사과나무도 보였다. 그리고 아이 곁에 여인이 서 있다는 것을 그제서야 깨달았다. 여인은 발 아래 비둘기들에게 이따금 먹이를 던져주면서, 증오가 가득 담긴 냉담한 시선을 소년에게 퍼붓고 있었다. 여인은 마을 사람들이 말하는 대로, 미간이 넓은 아름다운 얼굴이었다. 그러나 어딘지 모르게 단정치 못한 아름다움이었다. 그것은 여인이 입고 있는, 발끝까지 내려오는 긴 옷에 넓게 파인 가슴팍이 내게는 육욕의 발로를 암시하는 것처럼 여겨졌기 때문인지도 모른다. 나는 여인의 누름한 입술에 시선을 던지며, 얼마 전에 꾸었던 꿈을 떠올렸다. 갑작스레 마음이 불편해졌다.

발걸음을 빨리하여 피에르의 집으로 가는 길을 서둘렀다. 피에르의 집이 가까워졌을 때였다. 막 집에서 나와 숲으로 향하는 피에르의 뒷모습이 보였다. 나는 그를 부르려다가 이내 그만두었다. 나는 잠시 망설이다가, 그가 알아차리지 못하게 뒤를 밟아보기로 작정했다. 이런 소행이 얼마나 수치스러운 짓인가는 스스로 잘 알고 있었지만, 나는 이미 그런 것을 생각할 겨를이 없었다. 그때 나를 몰아세운 것은, 나의 살 속을 피처럼 신속하게 휘도는 어떤 농밀한 예감이었다.

피에르는 집 뒤편을 통해 숲에 들어서더니, 이따금 주위를 살피며 남동쪽을 향해 걷기 시작했다. 나는 조금 거리를 두고 그의 뒤를 쫓았다. 많이 지나다녔던 탓인지, 발 밑으로는 한 줄기 행혜行蹊*가 트여 있었다. 피에르는 오른손에 밝힌 희미한 납촉蠟燭 불빛에 의지하여 그 길을 더듬어가는 것이었다.

숲은 이미 엷은 어둠에 싸여 있었다. 그가 나의 뒤밟음을 알아채지 못했던 것도 아마 그 때문이었으리라. 매미가 울고 새가 울었다. 그 울음소리가 울릴 때마다 주위의 정적이 한층 깊어졌다. 머리 위의, 빽빽하게 얽히고설킨 나뭇가지들에서 이따금 나뭇잎이며 벌레들이 떨어져내렸다. 벌인지 나방인지 모를 곤충이 방향 없이 날아들었다. 과연 이곳에서라면 악마가 그 모습을 드러낸다는 소문이 나도는 것도 무리는 아니라는 생각이 들었다. 동시에, 전에 이 숲을 보며 거대한 화염의 환영을 보았던

---

* 자주 다녀 생긴 산속의 좁은 길.

것이 떠올랐고, 별 두려움 없이 발을 들여놓은 것이 갑작스레 불안해졌다. 생각 탓인지 얼굴이 화염의 열기로 후끈해지는 듯한 느낌까지 들었다.

―요컨대 나는, 악마의 손으로 막 지펴지게 된 땔감인 셈인가. ……그때, 저만치 앞에서 피에르가 들고 가는 촛불의 가장자리가 마치 산산이 흩어져나는 듯 보였다. 내 입에서 나도 모르게 헉, 하는 소리가 새어나왔다. 불빛은 바람에 약간 뒤흔들렸을 뿐이었다.

나는 등줄기에 땀이 주르르 흐르는 것을 느꼈다. 바쁜 걸음 탓만은 아니었다. 등을 훑어내리는 땀에서 나는 무언가 악마적인 질質을 떠올렸다. 주르르 등줄기를 훑는 땀의 족적이, 마치 거무스레하고 예리한 손톱으로 긁어내리는 한 줄기 창상創傷처럼 느껴졌던 것이다.

숲이 내뿜는 기氣는 누군가가 오래전에 뱉어놓은 토사물과도 같이, 끔찍하리만큼 숨막히는 것이었다. 산천이 내뿜는 악기惡氣, 장기瘴氣*라고나 할까. 숨을 쉴 때마다, 몸 전체가 열을 내뿜는 악균에 오염되어가는 듯한 불쾌감이 나를 휘감았다.

---

* 축축하고 더운 땅에서 일어나는 독기.

……돌아갈까 생각했다. 그러나 그때마다 무어라 표현하기 힘든 불길한 힘에 떠밀려, 나는 무턱대고 앞으로 발걸음을 떼어놓지 않을 수가 없었다.

한참을 가자, 피에르가 시냇물을 건너는 소리가 들려왔다. 나중에 알게 된 사실이지만, 이 시내는 마을을 둘로 가르는 작은 강의 지류였고, 숲의 출구 부근에서 본류와 한 줄기를 이루는 것이었다. 나는 소리를 내지 않도록 주의하면서 그 시내를 건넜다. 물에 잠긴 것은 발목 정도에 지나지 않았지만, 이 계절의 것이라고는 믿을 수 없을 만치 차가운 물이 온몸을 고루 정화시켜주는 것 같았다.

안으로 들어갈수록 어둠은 짙어져갔다. 어느 만큼이나 왔는지 알 수 없었다. 뒤를 돌아보아도, 어둠 속에 격자처럼 꽉 짜여진 수목이 이어질 뿐이었다. 이윽고 피에르의 납촉 불빛은 석회암 벽 앞에서 멎었다. 아마도 마을로부터 동쪽 편 일대에 보였던 험준한 산맥의 중턱쯤에 해당되는 곳이리라. 피에르는, 그곳에서 몇 번이고 고개를 이리저리 돌려가면서 주위를 확인했다. 이윽고 그의 오른손이 높직이 올려졌다. 불빛에 드러난 것은, 암벽에 뚫린 동굴 입구였다. 찢어진 상처처럼, 좁고 길쭉한 마름모꼴로 열려 있는 동굴 입구는 겨우 사람 하나가 드나들 정도였다. 그 일대에 담쟁이넝쿨이 잔뜩 엉클어지면서 기어올라 동굴 주위를 빈틈없이 뒤덮고 있었다. 멀리서 바라다보이는 동굴 내부는 더욱 짙은 어둠에 갇혀, 얼핏 보기에 안으로 들어갈수록 동굴이 좁아지는 것 같았다.

피에르는 납촉을 기다란 새것으로 바꾸었다. 그리고 품속에서 나머지 납촉과 불쏘시개를 꺼내 확인하더니, 켜든 촛불을 앞으로 쳐들고 동굴 입구를 넘어섰다.

나는 몸을 감추고 있던 거목의 그늘에서 나와, 그가 가는 방향을 눈으로 쫓았다. 동굴 앞에서 내 걸음은 머뭇거렸다. 피에르를 뒤쫓으려는 마음에는 변함이 없었다. 그러나 동굴에 켜켜이 쌓인 어둠이 나로 하여금 선 자리에서 한 발도 뗄 수 없게 했다. 그건 두려움이었다. 단시 미시의 어둠에 대한 불안 때문만이 아니라, 그곳에 예비되어 있을 것만 같은 무언가 부드럽게 나를 유혹하는 듯한 힘, 어떤 그윽한 아름다움 같은 것을 향한 호기심이 몰고 오는 까닭 모를 두려움이었다. 거기에서 달아나려 할수록 한층 더 그 안으로 들어가고자 하는 욕망이 내 안에서 무서운 기세로 차올라오고 있었다.

나는 끝내 거기에 저항할 수 없었다.

저 멀리 점점 작아져가는 피에르의 불빛을 나는 왠지 그립게 느꼈다. 나는 정신없이 그 뒤를 밟았다. 그저 열심히 그의 발자취만을 밟았다. 아득한 어지러움 속에서, 어둠과 불꽃이 멀리 희미해져갔다가 다시 나를 감싸듯이 다가오고, 또다시 저 먼 아득한 곳으로 달아나려는 것을 , 나는 눈도 깜짝일 새 없이 지켜보았다. ……그리고 그 불빛을 향해 정신없이 앞으로 발걸음을 내디뎠던 것이다.

―조금 시간이 지나면서, 나의 의식은 얼마간 평정을 되찾았다.

동굴의 내부는 서늘한 습기에 젖어 있었다.

길고 구불구불한 좁은 통로를 지나자, 천장이 높고 길폭이 넓은 곳이 나왔다. 피에르의 모습을 놓치지는 않았다. 그것이 무엇보다 나에게 안도감을 주었다. 이미 입구는 아득히 멀어, 뒤돌아보아도 칠흑의 어둠뿐, 어떤 흔적도 보이지 않았다. 외계의 빛은 끊기어 전혀 닿지 않고, 동굴 안을 밝히는 것은 피에르가 들고 있는 희미한 촛불뿐이었다. 주변의 모습은 그 불빛이 아련하게 비춰내는 것만 겨우 파악할 수 있었다. 얼마간 더 걸어들어가자, 앞쪽에 얼어붙은 폭포와도 같은 암벽이 보였다. 꼭대기에서 단 한 번 크게 울부짖은 후 맹렬하게 한꺼번에 땅으로 흘러내린 듯한 형상의 암벽은 본래의 완만하게 누적된 형성의 시간을 단숨에 지우고, 순간적인 형상의 성취를 떠올리게 했다. 굉음은 흐름 속에 삼켜지고, 그 흐름은 다시 상아색을 띤 젖은 바위의 침묵에 봉인되어, 그 속에서 부르르 떨고 있는 듯했다. 이 암벽을 좌우로 똑같이 나누는 한가운데에는 어둠만이 존재할 뿐이었다. 어둡고 깊어 그 앞은 알 수 없었다. 내 발치에도 빛은 거의 미치지 않았다. 더욱이 융기한 석순石筍 때문에 발 아래의 기복이 급작스레 심해져서 나는 몇 번이고 땅에 두 손을 짚지 않으면 안 되었다.

이상한 일은, 나는 그때 밝은 빛을 바라는 마음이 급해 조심성 없이 피에르에게 상당히 가까이 다가가 있었고, 게다가 돌에 걸려 넘어질 때마다 동굴 안에 그 소리가 울려퍼진 것이 한두 번이 아니었음에도, 피에르가 끝내 뒤를 돌아보지 않았다는 점이다.

피에르가 뒤를 밟히고 있다는 것을 깨닫지 못했으리라고는 생각할 수 없었다. 그렇다면 그의 짐짓 모르는 체했던 행동은 대체 무엇을 의미했던 것일까.

역시 알지 못했던 것일까. 어쩌면 나처럼 피에르도 어떤 저항하기 어려운 힘에 끌려가듯이 앞으로, 더욱 깊은 곳으로 정신없이 나아가지 않을 수 없었던 것일까. ……그가 그렇게도 사람들의 눈을 경계해가며 이곳에 왔었다는 점을 생각하면, 뒤를 밟히고 있다는 것을 알아차리자마자 당장에 나를 떼어놓으려 했을 터였다. ─아니, 그렇게도 주의깊게 주위를 살폈었으니 분명 내가 뒤를 밟는 것쯤은 알고 있었다고 하는 것이 더 이치에 맞는 일이 아닐까. ……알고 있었을까. 알고 있으면서, 나를 마치 우연인 듯이 그곳으로 이끌어가기 위해 구태여 뒤돌아 말을 붙이지 않았던 것일까……

하지만 어느 쪽이 되었든, 내가 그곳으로 끌려들었다는 것은 분명한 사실이었다.

그곳까지 나는 앞뒤를 생각지 않고 그저 피에르가 가는 대로 걸음을 내디뎌왔지만, 그런 와중에서도 점차로 지하 깊은 곳으로 내려간다는 것만은 깨닫고 있었다. 길은 줄곧 아래를 향해 있었고, 중간중간에 갑자기 계단을 덜컥 내려디딘 듯 움푹 꺼진 곳이 몇 군데나 있었다. 나는 조금 숨이 찼다. 아까 지났던 넓은 통로에서 다시금 좁은 통로로 들어선 뒤로 벌써 상당히 오래 걸었다. 나지막한 천장에 맺혀 있던 물방울은 끊임없이 내 머리를 적시고, 지하천의 세류細流는 발밑을 적시고 있었다. 깊은 고요 속에 잠긴 동굴에, 돌에서 뚝뚝 떨어지는 물방울 소리가 고동 소리처럼 규칙적으로 울려퍼지고 있었다. 땀이 식으면서 한기가 느껴졌다. 피에르는 여전히 뒤돌아보지 않았다. 걸음새도 흔들림이 없었다. 이따금 꺼질 듯한 촛불 때문에 아주 잠깐씩 멈춰 서는 정도였다.

계속 발걸음을 옮기면서 나는 방금 전에 내가 선택한 갈림길을 떠올리고는, 문득 다리가 후들거리는 것을 금할 수 없었다. 나의 그 선택은, 피에르를 놓친 상태에서 특별한 표지標識도 없고 아무 근거도 없이 덮어놓고 고른 선택이었다. 이곳까지 그러한 갈림길이 몇 번이나 있었던지조차도 기억하지 못했다. 이러한 너무도 단순한 부주의는 후회해봤자 쓸모없는 짓이었지만, 그러나 이를 깨달은 순간, 나는 처음으로 이곳에서 살아 돌아갈 수 있을지 어떨지가 의심스러웠다.

……이윽고 지하천의 수량水量이 제법 많은 곳에 이르렀다. 점차로 길이 넓게 열렸다. 앞쪽에 희미한 빛이 보였다. 반딧불이 같은 벌레를 잡아 감싸든 손바닥에서 비쳐나오는 듯한 미약한 빛이었다. 나는 처음에는 피에르의 촛불이겠거니 생각했다. 그러나 어둠에 눈이 익을수록 아무래도 그렇지 않은 것 같았다.

빛은 애애曖曖하게 건너편을 감싸고 있었다.

길은 조금씩 완만하게 넓어지다가 갑작스레 크게 열렸다. 올려다보이는 천장은 여전히 어둠 속에 숨어 있었지만, 바닥으로부터 올라오는 희미한 빛을 받아, 거꾸로 매달린 무수한 종유석이 공중에 떠 있는 것이 보였다. 아래에는 물이 가득 차 있었고, 그 수면을 뚫고 천장의 종유석에 정확하게 응하여 석순이 자라고 있었다. 그중에는 천장에서 내려오는 종유석과 바닥에서 자라는 석순이 서로 만나 이미 하나의 기둥을 이룬 것도 있었다. 석순의 노약老若은 그 형태를 통해 추측할 수 있었다. 젊은 것일수록 가운데가 한줌에 쥐어질 듯이 가늘었다. 가장 오래된 종류는 가운데가 불룩하게 한덩어리의 작은 산처럼 이루어져 있었다. 그런가 하면, 석순은 수면 바닥에 가라앉은 채 위편의 종유석만이 거대하게 부푼 것도 있었다. —그 모든 것들이 괴괴하게, 거울같이 닦여진 수면 위에 환영처럼 비치고 있었다. 적석滴石*의 윤기나는 하얀 피부는 빛을 받아 황금빛으로 물들고, 거무스름한 그림자에 의해 기묘한 무늬의 골은 더욱더 짙게 보였다.

그 수많은 적석의 한가운데, 그 어떤 적석보다도 단연 커다란

---

* 물기가 뚝뚝 듣는 돌.

석순이 우뚝 솟아 있었다. 빛의 원천은 그곳인 듯했지만, 그러나 그 빛의 진짜 원천지는 피에르의 괴위魁偉*한 체구에 가려져 있었다. 나는 그의 등 뒤쪽에서 한동안 그 빛의 본원은 보지 못하고, 피에르의 그늘에서 벗어난, 발광發光하는 것의 주위에 있는 것들만을 살펴볼 수 있었다.

그때 내 눈에 들어온 것은 이러했다.

석순은 똑바로 위쪽으로 자라나 전체의 반의 반 정도를 남겨둔 지점에서 한번 잘록해졌다가 한층 큼직하게 불어나 그대로 완만하게 선단부를 맺고 있었다. 마주 대하고 있는 종유석도 거의 같은 형상이었다. 길이는 각각 사람의 세 배 정도나 될까. 두 개의 적석은 이제 곧 서로 닿아 녹아들어가려는 찰나의 장소에서, 겨우 손가락 두 개 정도가 들어갈 거리를 지키고 있었다. 그 간극間隙은 존재의 예감으로 번뜩이고 난숙爛熟하여, 존재 이상의 충실한 긴장감을 잉태하고 있었다.

석순을 지탱해주는 받침대는 녹아 흘러내린 촛농처럼 파문을 그리며 응고되어 있었고, 물 위로 조금 드러난 그 받침대의 표면은 석순의 뿌리로부터 수면에 이르기까지 장미꽃으로 뒤덮여 있

---

* 허우대가 큼직하고 하는 짓이 드레지다.

었다. 이 동굴에 들어온 이래 꽃 같은 건 본 적이 없었다. 그런데 장미꽃들이 그 한 곳에만 기묘하게 피어나 있었던 것이다. 꽃들은 모두 지금 막 피어나려는 찰나의 모습으로, 금방 떼어낸 살덩어리의 단면처럼 붉었다. 근방에는 그 향기가 복욱馥郁하게 퍼져, 곧이어 다가올 개화의 순간을 예고하고 있었다. 그리고 그 모든 것 위에, 빛이 면사포처럼 희미하게 드리워져 있었다……

―그것은 너무도 기묘한 빛이었다. 잠시 후 나는 겨우 정신을 수습하고 바로 곁의 바위에 몸을 단단히 기대었다. 빛을 발하는 것을 내 눈으로 확인하고자 한 때문이었다.

내 초점이 옆으로 움직임에 따라, 이윽고 빛의 근원이 적나라하게 눈에 들어왔다.

내가 지금부터 기술하는 것에 대해, 범위를 좀더 넓게 잡아보자면 이 동굴에 관한 모든 기술에 대해, 사람들이 이를 환각에 지나지 않는다고 비훼誹毀한다 해도 나는 감히 논박할 수 없으리라. 내가 분명히 '보았다'는 점에는 한치의 틀림도 없지만, 분명코 '환각을 본 것'에 지나지 않는다고 들이댄다면, 나는 결국 대꾸할 말을 잃을 수밖에 없으리라. 혹은, 마을 사람들이 말하던 대로 숲속에 악마가 있어 나 역시 그 악마의 술수에 홀렸던 것이라고 방참謗讒*한다면, 나는 순순히 그 말을 인정하고 주님 앞에 나 자신의 나약함을 참회한다 해도 괜찮으리라. 그 어떤 일을 당한다 해도, 내가 본 바의 것이 이 세계에 실재實在하였노라고 생각하는 것보다는 그것이 얼마나 기꺼운 것이랴.

거대한 석순 위에 팔이 보았다. 유방이 보였다. 고개 숙인 얼굴이 보였고, 허리춤 아래로는 양물陽物이 보였다. 아무것도 걸치지 않은 알몸에, 머리에 가시나무와 뱀이 단단하게 얽히고설켜 짜여진 관을 썼을 뿐이었다. 가시나무꽃은 발 아래의 장미처럼 채 피어나지 않은 채 붉은색으로 빛나고, 뱀은 머리를 한 바퀴 돌아 이마 위에서 스스로의 꼬리를 물고 있었다. 팔꿈치로부터 아래, 무릎으로부터 아래는 돌 속에 파묻혀 있었다. 등도 돌에 부착되어 있는 것 같았다. 자세히 들여다보니, 팔과 옆구리와의 틈새에, 두 다리 틈새에도 돌이 침투해 있었다. 음낭陰囊에 가려진 안쪽에는, 아마도 거기에 있을 음문陰門으로부터 들어가 육체를 뚫고 목덜미로 돌출된, 많은 장식이 새겨진 지팡이 같은 것이 보였다. 그 지팡이에도 가시나무와 뱀이 얽혀 있었는데, 두 마리의 뱀이 서로의 꼬리를 물고 있었다. 목덜미를 뚫고 나온 지팡이의 끝부분은, 그곳의 석순이 그대로 가늘고 예리하

---

* 헐뜯고 비방함.

게 된 듯, 창과 같은 형상을 하고 있었다. 이와는 반대로 음문에서 내려간 지팡이의 아래쪽에는 보다 복잡한 세공細工이 꾸며져 있었다. 끄트머리에 달걀만한 둥그런 공이 붙어 있었고, 그 공 위에 원과 마름모꼴을 조합한 문양이 보였다. 원의 내부에는, 세로로 길쭉한 타원형이 원의 윗점과 아랫점에 맞추어서 가득 차게 상감象嵌되어 있었고, 마름모꼴은 그 타원에 네 개의 정점이 맞닿게 상감되어 있었다. 마름모꼴의 내부 역시 좌우의 정점에 가까워질수록 살이 두툼해지듯이, 수평한 대각선이 단축된, 각이 진 마름모꼴로 가득 채워져 있었다. 이렇듯 복잡한 여러 개의 문양은 위아래의 두 점만을 공유하고 있었고, 이 두 점을 지팡이로부터 뻗어나온 한 개의 선이 관통하고 있었다.

육체는, 풍요로운 유방에서 가장 생생하게 엿볼 수 있는 우아한 아름다움과, 복부며 어깨에서 눈에 띄게 드러나는 견강堅强함을 둘 다 완벽하게 갖추고 있었다. 서로 상반되는 이 두 가지 성질의 너무도 아슬아슬하고 위태위태한 균열을, 바로 그 한 개의 지팡이가 통제하고 묶어 균형을 잡고 있는 듯한 모습이었다. 전신의 근육은 엄격하게 긴장미를 유지하고 있었다. 육체는 바로 지금 이 순간 돌을 벗고 태어나려는 듯했으며, 돌에 흡수되어 버리려는 찰나를 힘껏 견디고 있는 듯도 했다. 그러나 이러한 운동 지향성은 유방을 중심으로 하는 지방脂肪의 제지에 의해 진정되고 있었다. 분노하는 근육은 부드럽고 기름진 살덩어리, 지방의 포옹을 받고 행동으로 나서기 일보 직전에 멈춰 서 있었다. 지방은 무엇보다도 정밀靜謐과 정체停滯를 지향하기 때문이었다.

대립은, 그 얼굴 모습에도 여실히 드러나 있었다. 굳게 닫힌 눈꺼풀은 무서운 고통 때문인지, 달콤하게 잠들고 싶은 때문인지 판단하기 어려웠다. 미간에 희미한 그늘을 만들며 그어진 몇 줄기의 주름은, 우수와 쾌락 둘 다를 예감하게 했고, 그 수수께끼를 우뚝 솟은 콧등의 직선 뒤편에 맡긴 채 영원히 숨어버렸다. 눈 언저리는 주름 하나 없이 말끔하고, 턱의 곡선은 농익은 과일처럼 팽팽했다. 그 얼굴을 다 덮어씌우려는 듯한 머릿결은 떼지어 몰려드는 파충류와도 같았고, 항아리에서 흘러내리는 맑은 물과도 같았다.

―그리고, 이 모든 것이 황금빛을 애애하게 발산하고 있었다.

석상石像인가 하는 나의 생각은 금세 지워졌다. 이유는 알 수 없지만, 그것이 살아 있다는 것을 나는 확실하게 감지할 수 있었다. 그렇다면, 대체 저것은 무엇인가. 인간인가. 어쩌면 그럴지도 모른다. 그러나 인간이라면, 사내도 아니고 여인네도 아니고, 사내이기도 하고 여인네이기도 한 저것은. 이를 두고 인간이라고 할 수 있을 것인가. 나는 궁구窮究했다. 돌에 묶인 몸으로 존재하는 저것은, 항설에 들리는 연금술상의 인조인간(호문쿨루스)이 아닐까. 이 생각은 그래도 앞뒤가 맞는 그럴싸한 생각일지 모른다. 그러나 이렇게 생각하자 나의 억측은 발전해 나갔다. 어쩌면 저것이야말로 하늘로부터 떨어진 여명黎明의 아이〔兒〕라 불리는 명성明星, 신의 벽력霹靂을 두들겨맞은 타락천사, 바로 그것이 아닐까. ─ 그러나 이 생각도 확신이 서지 않았다. 그것이 보여주는 자태는, 악마라 하기에는 너무도 아름다웠다. 그렇다면 천사일까……

나는 어지러움을 느꼈다. 천사일까…… 그러나 그것이 발현하는 빛은 너무나 미약했다. 은총이라고 하기에는 너무도 어두웠다. 육체는 어딘지 불완전했고, 극심하게 대립하는 두 가지 성질로 인해 지금이라도 파열하려는 것을 힘껏 버티어 간신히 해체되는 것만은 면하고 있는 듯했다.

이 안드로규노스Androgynous*는, 젊음이라는 것이 가지는 어

---

* 플라톤의 저작 『향연(饗宴)』중에 상정된 인간의 원초적인 모습으로, 인간은 원래 두 성性이 한 몸에 결합되어 있었다 하며, 이 양성구유(兩性具有)의 전인(全人)을 가리켜 안드로규노스라 하였다. 이 안드로규노스가 제우스에 의해 각각 분리되었기 때문에, 인간은 서로 떨어진 반쪽을 그리워하게 되어 연애감정이 발생하게 되었다고 한다.

떤 명쾌함을 분명하게 지니고 있었다. 그러나 그 젊음 자체는 아마도 몇백 년 몇천 년이라는 광물적인, 느릿하기 짝이 없는 성장을 통해, 말하자면 '늙음'으로써 얻어진 것이리라. 그것에 드러난 명확함에는 벌써 이면裏面으로부터 노회한 회닉晦匿* 이 다가들고 있었기 때문이다. 회닉에 의한 난해함이란, 일종의 쇠모衰耗일 뿐이고, 쇠모란 곧 늙음이다. 젊음이란 본디 표면에 그치는 성질의 것이며, 그러므로 처음부터 이면이라는 것을 가지지 못한다. 젊음이 이면으로 깊어진다는 것은 말하자면 표면의 무한의 체적體積이며, 아무리 내부에 침투해도 도달하는 곳은 항상 표면에 있는 것과 같은 양상을 보이지 않으면 안 되는 것이다. 이 강력한 단순함은, 그러나 얼마나 아슬아슬한 것인가. 그것은 순수한 금속이 합금보다도 부서지기 쉬운 것과도 같다. ―그러나 지금 내 눈앞에 있는 안드로규노스의 육체는 그와는 반대로, 공들여 늙음을 거듭함에 의해 이루어진 젊음이었다. 그런 까닭에, 젊음이 본래 가지고 있을 터인 조락의 예감이 엿보이지 않았다. 늙어가는 것에 의해, 젊음 그 자체를 완성시킬 수 있었던 것이다. 늙음이 젊음을 앞서버려서, 이제 젊음의

---

* 그믐달이 광채를 거의 감추고 아주 조금만 내비춰주듯이, 재주를 감추고 어리석은 체함.

뒤를 이어 늙음은 오지 않는다. 저 젊음의 뒤에 오는 것은 오직 젊음 그 자체밖에는 없다. 늙어가는 것이야말로 육체를 완전한 젊음에 이르게 해주는 것이었다……

나는 눈을 돌려 피에르를 쳐다보았다.

물가에 선 채로 한참 동안 그것을 쳐다보고만 있던 피에르는, 앞으로 나아가기 시작했다. 수면에 비친 수많은 적석이 그의 발길에 산산이 부서지고 울금색鬱金色* 파편이 들불처럼 퍼져나갔다. 동굴 안이 그 파문의 그림자로 일제히 흔들렸다. 물은 낮게, 겨우 무릎 위 정도를 적셨을 뿐이었다.

중심의 석순에 이르자, 피에르는 장미꽃 다발을 발로 헤치고, 석인石人 앞에 섰다. 그는 석순에 파묻힌 무릎에서부터 숙여진 머리에 이르기까지 꼼꼼하게 들여다보았다.

나지막한 탄식이 울렸다. 그의 표정은 살필 수가 없었다. 이윽고 피에르는 떨리는 두 팔을 뻗더니, 손등으로 가만히 머릿결을 쓸어올리며 안드로규노스의 뺨을 어루만졌다. 그리고 얼굴 위에 두 엄지손가락만을 남기고, 양 손바닥으로 위턱과 아래턱의 선을 따라 천천히 훑고, 다른 손가락을 모두 턱 아래에 감추

---

* 울금은 생강과의 다년생 풀로, 아시아 열대 지방이 원산지. 뿌리 줄기가 크고, 짙은 노란색을 띤다.

었다. 이어서 엄지손가락이 콧날개를 떠나 입술 위를 쓰다듬고 턱 끝에서 멈추었다. 손은 다시 목을 지나, 어깨를 쓰다듬고, 유방의 곡선을 따라 더듬고, 허리를 흘러 남근에 이르렀다. 피에르는 그것을 손에 꼭 쥔 채로, 입술을 유방이 있는 가슴에 대었다. 그리고 그대로 몸을 숙여 남근에 입을 맞추고, 손으로는 음낭의 안쪽을 더듬어 여음女陰을 확인하더니, 손을 빼내 그곳에 닿았던 손가락에 입을 맞추었다.

─냉정하면서도 요염한 육체를 마주하고, 피에르는 경건하게 일련의 동작을 마쳤다. 바로 위 천장에 자리잡은 종유석에 매달려 있던 물방울이 석순을 타고 안드로규노스의 어깨에 툭 떨어졌다……

나는 저고리 깃이 땀에 젖는 것을 느꼈다. 신상 때문만이 아니라 동굴 안에 떠도는 이상한 열기 탓이기도 했다. 동굴 입구를 넘어서서 이곳에 이르기까지 한기에 몸을 떤 일은 있어도 덥다고 느낀 적은 없었다. 그런데 저 거대한 석순을 눈앞에 한 순간부터, 점차 온몸이 뜨거워짐을 느끼게 되었다. 그리고 어느 샌가 땀이 밸 정도의 열기를 느끼기에 이른 것이었다. 나는 바깥 공기가 그리웠다. 이 열기는, 기묘하리만치 그립기도 하고 숨이 막히기도 하는 그런 것이었다. ─그것은 살의 온기와도 흡사했다.

피에르는 석순으로부터 물러나와 다시 물가에 섰다. 그리고 품속에서 새 남촉을 꺼내어, 다 닳아버린 남촉의 불을 옮겨붙였다.

나는 무리하게 저고리 깃을 뒤로 젖히며, 멍하니 그 모습을 바라보고 있었다. 그 순간 나의 뇌리에 떠오른 것은, 자크가 들려준 마녀 의식이었다. 나는 편협하기 짝이 없는 자크의 이야기를 대부분 그냥 흘려들었지만, 밤의 향연으로 이루어진다는 독신瀆神의 의식에 대해서만은 생생히 기억하고 있었다. 너무도 이상한 이야기였던 까닭이었다. 그 불경스럽기 짝이 없는 내용을 상세히 말할 필요는 없으리라. 내가 말하고자 하는 것은, 그들이 의식의 첫 단계로서 악마의 둔부에 입을 맞추고, 그 행위로써 향연에 참가하는 것을 허락한다는 것이다. 물론 이 동굴 안에는, 나와 피에르, 그리고 저 안드로규노스 외에는 아무도 없었다. 이곳에서 향연이 열릴 듯한 기척이라곤 없었고, 가령 있다 해도 피에르가 그같은 어리석은 집회에 참가하리라고는 생각되지 않았다. 피에르는, 유방과 음양 두 개의 성기에 입을 맞추었다. 그러나 둔부에는 입을 대지 않았다. ……그럼에도 불구하고, 나는 피에르가 행한 바와 소위 마녀 의식 사이에 무언가 관련이 있다는 것을 깨닫고, 몸을 부르르 떨지 않을 수 없었다. 피에르는 그때 명백하게, 이 세상 그 어디에도 없는 무언가에 '참여하고 있는' 것처럼 내 눈에는 보였던 것이다.

피에르는 천천히 몸을 돌렸다.

어둠을 밝힌 가느다란 촛불의 그림자가 피에르의 초췌한 얼굴 위에서 흔들리고 있었다. 그는 피곤해 보였다. 그러나 그 피곤의 흔적에는, 재생의 강력한 예감이 흘러넘치고 있었다.

그는 내 곁을 지나 귀로에 올랐다. 나는 그곳에 더 머물렀다가 내 눈으로 직접 저 기묘한 것을 살펴보고 싶었다. 사내인지 여인네인지, 인간인지 동물인지, 악마인지 신의 사신인지 판단할 수 없는 '저것'을. 그러나 나는 단념했다. 무엇이 어찌되었든, 한시라도 빨리 밖으로 나가야 될 것 같았다. 이유는 알 수 없었다. 단지 아무런 이유도 없이, 나가는 것이 아주 조금이라도 늦어졌다가는 그곳에서 다시는 도망쳐나갈 수 없으리라는 두려움이 엄습했던 것이다.

이윽고 동굴 입구에 이르렀을 때에는, 사위는 이미 밤이었다. 어둠은 어느 틈엔가 땅속에서 기어나와 숲속에 그 거대한 몸뚱이를 구불구불 한껏 펼쳐두고 있었다. 나는 바위 그늘에 몸을 감추고, 피에르의 촛불 빛이 보이지 않게 될 때까지 기다렸다. 의식은 맑게 깨어 있었다. ─여기서 서둘러서는 일을 그르치리니. 숲에서라면 길을 잃는다 해도 그리 큰 고생 없이 출구를 찾을 수 있을 것이다. 피에르는 여기에서는 분명히 뒤를 돌아보며 주위를 살필 터. 그렇게 되면 틀림없이 나를 보게 되리라. ─그렇게 스스로를 경계하면서……

적요의 저 깊은 바닥에서, 나는 멀어져가는 불빛을 지켜보고 있었다.

한기가 등을 훑어내렸다.

머리 위에서는 궁개穹蓋*를 할퀴는 듯한 날짐승의 울음소리가 점점이 울려퍼졌다.

밤은, 무겁게, 뜨뜻미지근하게, 야수와도 같은 잠결의 숨을 토해내고 있었다.

마침 그날 즈음부터, 마을에는 기묘한 간헐열병間歇熱病이 돌기 시작했다. 그로부터 최초의 사망자가 발생한 것은, 성 요한

---

* 하늘의 덮개.

세례자 탄생 대축일 이틀 뒤의 일이었다. 그다음 날 다시 한 사람이 죽고, 이틀이 지나 이번에는 세 사람이 죽었다.

마을 사람들은, 이를 성 앙투안의 불의 병이라고들 말했다. 이름은 많이 들었으나 그때까지 그 역질이 어떠한 것인지 알지 못했던 나는, 마을 사람들이 붙인 병의 명칭이 옳은지 그른지 논할 수는 없었지만, 어떻든 마을을 습격한 열병은 항설에 오르내리는 그 병에 필적하는 기세로 순식간에 허다한 인간의 육체를 잠식해 들어갔다.

— 병은 육신과 더불어 정신에도 파급되었다. 냉해로 인해 이미 오래도록 빈곤에 허덕이고 있는 마을 사람들에게, 간헐열이 느닷없이 퍼지기 시작한 것이었다.

마을 곳곳에서 별 이유도 없는 싸움이 일어나고, 밤마다 벌어지는 술판은 광적인 양상을 보였으며, 염소부艶笑婦가 이 집 저 집의 침실을 번갈아가며 들락거렸다. 사람들은 일 년치의 포도주를 한꺼번에 바닥을 보고야 말겠다는 기세로 마셔댔다. 그 한편에서는 탐욕스럽다는 표현이 어울릴 광신狂信의 바람이 일어, 자크며 내가 있는 곳을 찾는 사람들의 발길이 끊이지 않았다. 이 모든 현상이, 첫번째 희생자가 나자마자 봇물이 터지듯이 성행하게 되었던 것이다.

마을 사람들은 저마다 예전에 창궐했던 페스트의 참혹함을 떠올리고, 그 기억에 두려워 파랗게 질려 있었다. 기억은 사람들의 불안을 파먹으며 일시에 비대해져가고 있었다. ─그러나 그들을 그렇듯 혼란에 빠지게 한 이유는 그 밖에도 또 있었다.

간헐열의 유행과 때를 같이하여, 마을에는 이상한 풍설이 유포되기 시작했다. 날마다 저녁놀이 물들기 시작하는 어스름 무렵이면 서쪽 하늘에 거인이 나타난다고 하는 소문이었다. 나는 그것을 실제로 보았다고 하는 사람들의 이야기를 조금씩 꿰맞추어 풍설의 전체적인 내용을 파악하기 이르렀다. 그들은 거인을 형용하기 위해 엄청나게 많은 말을 사용했다. 그 말들은 당장 믿을 만한 것은 못 되었지만, 거기에는 놀랄 만한 몇 가지 일치점이 있었다. 그중 하나는 마을 사람들이 집요하게 거인의 크기를 강조하는 것이었다. 그들이 말하는 바에 따르면, 고개를 왼편에서 오른편으로 한껏 돌려가며 쳐다보지 않고서는 그 거인의 다리 한쪽조차 제대로 다 가늠해볼 수 없고, 체모體毛는 수목樹木과 같고, 하반신만으로도 하늘을 가득 가려 허리로부터 위쪽은 아득히 구름 위에 숨어버린다는 것이었다. 또 한 가지는, 거인이 반드시 남여 이체男女二體로 출현하여, 언덕 저편에서 야수처럼 거칠게 교합交合한다는 것이었다. 그때 그것을 본

자는 반드시 태풍과도 같은 굉음을 듣는다 했다.

이 풍설이 아직 사람들에게 널리 퍼지기 전에, 나를 찾은 한 부인네는 이렇게 참회의 말로 표현했다.

"……저는 얼마나 끔찍스러운 것을 보고 말았는지요! 그것은 둘이서, 게다가…… 뒤에서 붙었답니다!"

나는 이를 내 눈으로 직접 확인할 수는 없었다. 그러나 그 풍설의 뒤를 잇는 이야기가 있는데, 그건 직접 체험했다. 거인의 출현에는 반드시 호우가 이어진다는 것이었다. 비는 일몰 후 곧바로 시작되어 하룻밤 내내 천둥 번개와 함께 쏟아지다가 새벽이 되기 직전에 급작스레 멎었다. 그리고 아침 해가 당당하게 일어서는 동쪽 하늘에 무지개가 아름답게 걸리는 것이었다.

나는 밤새 사색에 빠져들었다가 맞이하는 아침에 이따금 이 무지개를 보았다. 무지개는 찬연히 저 먼 건너편에 떠 있었다. 거대하고도 아름다운 빛이 넘치고 위용을 자랑하는, 부드럽고도 신성한 모습이었다. 내가 거기에서 본 것은, 참으로 대지에 있는 모든 육(肉)이라 하는 것과 신과의 사이에 주고받은 계약의 표지, 바로 그것이었다. 역질은 날이 갈수록 마을 어디랄 것도 없이 모조리 침범하고, 거인의 모습은 점점 더 많은 자들에게 목격되었으며, 호우는 강을 범람시켰다. 사람들은, 밤새 울부짖다 겨우 진정된 하늘을 불안과 불경스런 분노의 눈으로 올려다보았다. 그리고 바로 그때가 되어서야 그 신성의 무지개는 유장悠長한 모습으로 인간의 눈앞에 나타나는 것이었다. ─내가 얼마나 자주 그 모습에 전율했었던가! 우리가 뒤집어쓴 갖가지 악을 모조리 꿰뚫어 알고, 그러면서도 그 영원의 계약의 표지만을 보여주며, 거대한 침묵을 언제까지나 지키고 있는 그 힘에!

……어느 날 오후 나는 교회 근처에서 유스타스와 마주쳤다. 항상 그렇듯이, 그는 나태하고도 냉소적인 얼굴빛으로 내게 물었다.

"자네도, 마녀가 이러쿵저러쿵 하는 우스갯거리감도 안 되는 이야기를 마을 사람들에게 퍼뜨리러 나돌아다니는 겐가?"

나는 그 말의 의미를 알 수 없었다. 유스타스는 말을 이었다.

"자네도 요즘의 이상한 사건들을 마녀의 탓입네 뭐네 하면서 마을 사람들을 쑤석거리고 다니는가고 묻는 게야."

─내가 침묵으로 일관하자, 유스타스는 이 말 저 말 늘어놓았다. 그렇게 그가 늘어놓은 말들에서 나는 교회 주변에서 최근 벌어지는 일들을 알게 되었다. 며칠 전부터 교회에서는 빈번하게 자크가 강론을 행하고 있었다. 자크는, 냉해도, 역병의 만연

도, 호우도, 모든 것이 마녀의 요술妖術에 의한 것이라 단정했다. 사람들은 이를 믿어 의심치 않았다. 강론을 들으러 오는 사람들은 이제 예전의 몇 배나 되기에 이르렀다. 그들을 향해 자크는 끊임없이 말했다. 마을에는 분명히 마녀가 있다, 이 죄 깊은 자는 지금 당장 회개하고 자기 스스로 자신의 마녀됨을 밝혀야만 한다, 그렇지 아니하면 죄는 점점 더 깊어지고 이단의 죄에 더불어 고집의 죄까지 덧붙여지리라, 라고.

자크는 이를 위해 열흘간의 유예猶豫를 제시했다. 이것이 어제의 일인 모양이었다.

유스타스의 말에 나는 약간 놀라기는 했지만, 그의 전언을 의심하지는 않았다. 사실 그의 말은 거짓이 아니었다. 나는 전에 없이 다소간의 책임과도 같은 것을 느끼며 자크의 거처로 향했다. 내가 자크를 논박하고자 뜻을 굳힌 것은, 어쩌면 유스타스에게서 '주의 번견番犬놈들 Domini Canes'이라고 매도당했기 때문인지도 모른다. 그러나 한편으로, 마을 사람들의 일을 우려했던 것 또한 사실이었다. 특히 나는 피에르의 신변이 걱정이었다. 자크의 설교를 직접 듣지는 못했지만, 벌써부터 나는 적지 않은 마을 사람들이 피에르야말로 그 마녀라 하는 것이 아니고 무엇이겠는가, 라며 수군거리는 소리를 들어왔던 것이다.

 ……그러나 나의 시도는 성공을 거두지 못했다. 자크는 내 말에는 전혀 귀를 기울이지 않고, 판에 박은 듯이 똑같은 마녀에 대한 견해만을 거듭 밝힐 뿐이었다. 그의 논지는 이전보다 더욱더 이성을 잃은 불명확한 것이었다. 할 수 없이 일어서는 내게 그는 이렇게 덧붙였다.

 "형제도 이미 알고 있는 바라고 생각하지만, 그자와 더는 관계해서는 안 됩니다. ……나는 형제가 싫지는 않소, 내가 형제를 이단 심문에 부치지 않으면 안 되는 일일랑은 부디 피하고 싶을 따름이오."

 이 말에 내포된 위협하는 듯한 분위기에 나는 참으로 불쾌감을 느꼈다. 자크의 숙소에서 나오자마자, 나는 그의 말을 일부러 묵살하기라도 하듯이 피에르의 거처로 발길을 재촉했다.

 피에르는 평상시와 조금도 다름없이 연금술 작업에 몰두하고 있었다. 동굴에 갔던 날 이래, 내가 그를 찾은 것은 이날이 처음이었다. 나는 오랫동안 찾아오지 못했던 데 대해 적당히 변명을 둘러대며 안으로 들어섰다. 피에르는 아무 말이 없었다.

 안쪽 의자에 자리를 잡고, 나는 마음을 조금 진정시켰다. 그제야 나는 무엇 때문에 내가 이곳에 서둘러 왔는지를 생각했다.

문득 그 이유를 잊어버린 느낌이었다. 피에르에게 무언가를 말해주려고 온 것임에는 틀림이 없었다. 그러나 무엇을?……

나는 잠시 그를 살폈다. 참으로 그 모습에 평상시와 다른 점은 찾을 수 없었다. 그를 두고 수군대는 이단 혐의에 대해 피에르는 알고 있기나 한 것일까. 나는 자문하였다. 만일 아직 알지 못한다면, 그것을 내 입으로 구태여 일러준다 하여 무슨 의미가 있을 것인가 의심스러웠다.

그런 사실을 알게 되면, 피에르는 연금술 실험을 포기할 것인가. —아니, 그같은 일은 만에 하나라도 있을 리 없었다. 그렇다면 그에게 최소한 마을을 떠나 있으라고 권해야 할 것이 아닌가. 처음부터 그가 길고 긴 편력 끝에 우연히 이 땅에 발을 내리게 된 데 지나지 않는다면, 다시 여행을 떠나는 것이 그다지 힘든 결단을 요하는 것은 아니리라. ……그렇다 하나, 나는 대체 어떠한 이유를 대어 그에게 이를 권할 수 있을 것이랴. 만일 그가 반론한다면, 나는 무어라 대답할 작정인가. 왜 이 실험이 이단인가, 라고. ……명백히, 나는 이것이 이단이라는 예감을 벌써 오래전부터 품고 있었다. 지금도 그 의혹에 변함은 없었다. 그럼에도 불구하고 스스로의 입장도 생각하지 않고 나도 모르게 허둥지둥 이곳을 찾아온 것은, 내가 피에르를 그저 타기唾棄

해야만 할 이단자에 지나지 않는다고는 간주하지 않기 때문이리라. —그렇다면 나는 그에게 고하지 않으면 안 될 터였다. ……그러나 무엇을?……

나는 무의미한 침묵이 어색해서 쓸데없이 손가락을 꺾어가며, 무언가 복잡한 생각에 빠져 있는 듯한 시늉을 했다. 엄지손가락부터 시작하여 한 손가락씩 꺾을 때마다 조금 고개를 끄덕이다가, 새끼손가락에 이르러서는 고개를 갸웃하고, 다시 엄지손가락으로 돌아가는 식이었다. 그러고 나서 이번에는 책장 앞에 가서 대충 짚이는 것을 빼들고 페이지를 넘겼다. 피에르는 내게 아무것도 묻지 않았다.

……나는 그러한 두서없는 짓을 반복하며, 머릿속으로는 오로지 이야기의 실마리만을 찾고 있었다. 그러나 그 일에 대해 끝내 아무 말도 입 밖에 내지 못한 채, 두세 권의 책을 빌려도 되겠느냐는 양해의 말만을 겨우 내뱉기에 이르렀다. 피에르는 순순히 승낙해주었다. 그리고 조금 사이를 둔 후에 말했다.

"내 일신상에 무슨 일이 생기거든, 여기 있는 책들은 모두 자네 좋을 대로 해도 좋으이."

그날 나는 하릴없이 숙사의 내 방에서, 빌려온 서책을 들여다보고 있었다. 정오를 지나 오찬을 마칠 즈음, 한 젊은 여인네가 나를 찾아왔다. 여인은 너무나 빠른 말투로 중언부언하는데다 몹시 흥분하여 안절부절못하는 태도로 도무지 의미를 붙잡을 수 없는 이야기를 화살이라도 퍼붓듯이 내뱉었지만, 아무튼 이야기를 들어주기를 바라는 마음만은 간절한 듯하여 우선 의자를 권하고 귀를 기울였다. 여인은 여전히 마음을 가라앉히지 못했다. 이야기의 내용은 바로 좀전에 마을에서 일어난 일에 관한 것인 모양인데, 아무래도 무슨 말인지 알아들을 수가 없었다. 여인은, 소가 죽었노라고 했다가 갑작스레 마을의 다리가 어찌 됐다고 하는 둥 그저 떠오르는 대로 단편적인 이야기를 불쑥불쑥 내놓을 뿐이었다. 그러는 사이에 창밖이 소란스러워졌다. 나는 그것을 구태여 확인해보지 않았다. 요즘 늘 그렇듯이, 마을 사람들이 또 패싸움질을 하는 것이려니 생각했던 것이다.

그러나 그 순간, 여인이 갑작스레 잔뜩 겁에 질린 표정을 지었다. 나는 그 까닭을 물었다. 여인은 대답하지 않았다. 입을 함봉緘封해버린 것이었다.

문득 나는 불안해졌다. 이 여인이 혹 정신이 이상해진 것이 아닌가. 이런 생각을 한 것은 그저 퍼뜩 해본 망상이 아니었다. 이즈음 마을에는 정신이 이상해진 자가 드물지 않았던 것이다.

잠시 후 바깥의 소란이 조금 조용해지는 것 같았다. 나는 그것을 깨닫기는 했지만, 역시 밖을 내다보지는 않았다.

여인은 그사이에도 줄곧 나를 지켜보고 있었다. 어쩔 수 없어 나 역시 아무 말 없이 여인을 마주하고 있었다……

한참 그러고 있는데, 방문을 두드리는 자가 있었다. 누구인가 물었다. 숙사 주인이었다. 주인의 얼굴에도 혼란의 기색이 스며 있었다.

"무슨?"

"……자크 수도사님과 그 동행 되시는 분들이 지금 마녀를 붙잡아들이셨습니다요."

나는 나도 모르게 눈이 휘둥그레졌다.

"마녀를? ……그래서요?"

"예, 당장에 비엔에 데리고 가서 거기서 재판에 부친다던데요."

내가 그 말에 경악하면서 피에르의 신변을 걱정했던 것은 두말할 것도 없다. 그러나 그것을 확인하기 위해, 나는 조심스럽게 우회하여 말을 고르지 않으면 안 되었다.

"주인장께서는 그 사람을 보셨습니까?"

"자크 수사님 말입니까?"

"아니요, 마녀 말이오."

"예, 분명히."

"그게……"

"……"

그 순간 나는, 주인의 함구를 통해 즉시 판단을 내릴 수 있었다. 피에르임에 틀림이 없었다. 주인으로서는 내 앞에서 피에르의 이름을 입에 올리기가 두려웠던 것이리라. 그는 지금까지 나와 피에르와의 관련에 삿된 생각을 품고 있었으니까. ……그렇다 해도, 스스로 자백하라고 자크가 정해주었던 기간에는 아직 유예가 있을 터였다. 그러므로 무리하게 떠밀려 포박된 것일 리는 없었다. 그렇다면 피에르가 자진하여 죄를 인정했던 것일까? 무슨 죄를? 마을에 역병을 퍼뜨리고, 호우를 내리게 한 죄? ……어이가 없었다.

—그러나 기실, 그것은 기우였다. 붙잡힌 것은 피에르 뒤페가 아니었던 것이다.

내가 숙사 주인과 여인을 뒤에 남겨두고 급히 밖으로 나왔을 때에는, 이미 자크 일행은 사라지고 없었다. 별수 없이 나는 다시 방으로 돌아왔다. 두 사람은 무언가 수군수군 이야기를 나누고 있었다. 나는 그들에게, 갑자기 뛰쳐나간 데 대해 미안하다는 말을 하고 사건의 자세한 상황을 물었다.

그들이 말하는 바는 이러했다.

오늘 아침 이른 시간에, 마을 남쪽에 있는 농가 뜰에, 그 집에서 기르던 소 한 마리가 죽어 있었다. 그런데 우연히 그 범인을 목격한 소 주인은, 이게 꿈인가 생시인가 하고 제 눈을 의심했다. 그 도망치는 발길 빠르기가 너무도 심상치 않았고, 퍼뜩 보인 뒷모습은 분명히 알몸이었으며, 남겨진 발자국은 사내의 것이라고도 여인의 것이라고도 판명하기 어려웠기 때문이었다. 이 소문은 금세 마을 안에 퍼졌지만, 마을 사람 중에서 그럴싸하게 짚이는 자는 없었다. 아니, 그렇다기보다는 대부분 그 말을 믿지 않았다. 그날 따라 평소보다 이른 시간에 마을에 도착한 자크가 이 소문을 알게 된 것도 마침 그런 소동에 모두가 한창 웅성거리고 있을 무렵이었다. 마을 사람들은 곧장 소를 도살

한 범인을 찾아다녔지만, 종적은 전혀 알 수 없었다.

그러던 잠시 후에, 다리 한가운데에 이상한 모양새를 한 자가 서 있다는 이야기를 들은 마을 사람들은 일제히 그곳으로 몰려갔다. 여기에서부터 나는 나중에 많은 이들로부터 들어 알게 된 바를 덧붙여 서술하고자 한다. 다리 위에 있었던 것은, 소를 도살당한 이의 이야기와 한치도 틀림없는 모습이었다. 그 모습을 묘사하려 하자니, 나는 적잖이 곤란함을 느끼지 않을 수 없다. 왜냐하면 그것을 내게 들려준 마을 사람들의 말이 저마다 가지각색으로 달랐기 때문이다. 그들은 유방이 보였노라고 했다. 또 양물陽物이 있더라고도 했다. 여기까지는 모두가 일치했다. 그러나 그자가 사내인가 여인네인가, 혹은 그 피부색, 용모, 키 등에 이야기가 이르면, 모조리 서로 맞지 않는 의견들을 떠들어댔던 것이다.

다리에 자크가 나타난 것은 마을 사람들보다 조금 늦어서였다. 자크도 그 꼴에는 너무도 놀라서, 한동안 말조차 하지 못했다.

그러나 이윽고 마을 사람들의 동요를 알아차린 그는 망설이지도 않고 공언하고 말았다.

"저자야말로 마을에 재앙을 일으킨 마녀임에 틀림이 없나니!"
 자크는 동행했던 자들을 이끌고 다가가 그자를 결박했다……

 도무지 믿을 수 없는 그 광경을 지켜본 여인네는 그만 하늘이 무너지는 듯하여 공포에 부들부들 떨면서, 이유도 모르는 채 무턱대고 성직자를 찾아 왜인지도 모르는 참회를 해야만 한다는 생각에 사로잡혀 내가 있는 곳으로 달려온 것이었다.
 아무튼 붙잡힌 것이 피에르가 아니라는 것을 알고는 우선 걱정을 놓았지만, 이내 경악을 금할 수 없었다. 그 모습의 묘사에 얼마간 다른 점이 있다고는 하지만, 그것이 내가 동굴에서 본 안드로규노스라는 것을 즉시 추찰推察할 수 있었기 때문이었다.
 게다가 더욱 흥미 깊게 여겨졌던 것은, 숙사 주인이 말하는 마녀라 하는 자가 요즈음 자크가 거듭 말하던 그것과 기묘할 정도로 부합하고 있다는 점이었다. 주인은 안드로규노스에 대해, 그것이 숲속 깊은 곳에 살고 있고 혼잣몸의 여인네로서 마술을 능히 쓰는 자라고 하였다. 숙사 주인이 그렇게 말하는 데에는 아무런 근거가 없을 터였건만, 그의 이야기는 단정이라도 하는 투로 조금치도 의심할 여지가 없다는 식이었다. 또한, 손에는 '빗자루'를 들고 있었다고 했다. 추측건대, 공들인 장식이 보였던 그 기묘한 지팡이를 말하는 것이리라.

나는 이따금 박자를 맞춰가며 그 이야기를 듣고 있었다. 주인은 마녀가 처형되기만 하면 마을 사람 모두가 구원을 받을 터라며, 이단 심문에 대해 내게 자세히 물었다. 나는 심문 수속에 관해서는 상세히 알지 못하노라고 대답했다. 주인은 다시, 마녀는 확실히 죽일 수 있는 것이냐고 질문했다. 나는 여기에도 그저 알지 못하노라고 대답했을 뿐이었다. 주인은 여인네와 얼굴을 마주보며 이야기가 통하지 않는다는 투로 한숨을 내쉬었다.

이윽고 나는 두 사람을 남겨두고 다시 숙사를 나섰다. 내 발길이 우선 향한 곳은 예의 동굴이었다.

강을 따라 숲으로 들어간 지 오래 지나지 않아 그곳에 닿을 수 있었다. 동굴 입구는, 창칼에 찢긴 끔찍한 상처를 우선 덮어두듯이 어설프게 쌓아둔 돌더미에 막혀 있었다. 기이하다 할 것은, 그때 내가 그 점을 전혀 이상하게 여기지 않았다는 것이다. 두세 번 그 암벽을 더듬어보고는, 나는 피에르의 거처로 향했다.

피에르는, 나의 내방來訪을 미리 알고 있었던 것처럼 누구냐고 묻지도 않고 문을 열어주었다. 언제나처럼 고적한 방 안에 나의 거친 숨소리가 퍼졌다. 숨결은 짐승처럼 춤추었다.

"⋯⋯마녀가 붙잡혔답니다."

나는 이리저리 방 안을 서성이면서 피에르에게 말했다.

피에르는 얼굴을 들었다.

"그런가?"

"……알고 계셨습니까?"

"……아니."

"그러면, 어떤 자가 붙잡혔는가도?"

피에르는 그저 눈으로 대답했다. 그것은 평상시보다도 훨씬 더 냉엄한, 철석과도 같은 눈이었다. 순간 나의 뇌리에는 퍼뜩 한 가지 의혹이 싹텄다. 안드로규노스는 혼자 힘으로 돌의 속박에서 풀려난 것일까. 저 너무도 견고하게 붙잡혀 있던 돌의 속박으로부터? 어쩌면 그것은, 누군가의 손에 의해 이루어진 것은 아닐까. 마을에서 저 안드로규노스를 아는 이라고는 피에르와 나를 빼고는 아무도 없을 터였다. 그렇다면, 지금 그것이 내가 아니라고 한다면……

―피에르인가.

나는 부르르 몸을 떨며 그의 기색을 살폈다. 그의 얼굴에는 평상시와 다름없이 깊은 사색과 정밀, 거대한 꿈을 가진 이만이 담을 수 있는 오연함이 깃들어 있었다. 조금의 동요의 표지도 없었다. 마을 사람들은, 안드로규노스의 포박을 기꺼워했다.

일식 177

그들은 이로써 마을이 구원되리라 믿었던 것이다. 그러나 피에르는, 적어도 그러한 기꺼움을 품지는 않으리라. 그는 흡족한 것일까. 무엇 때문에? 자신의 보신保身을 위해서인가. 그렇지는 않다고, 나는 단언할 수 있는가. 마녀로서 붙잡히게 되면 피에르는 아마도 처형될 것이리라. 그렇다면 그가 지금까지 행해온 작업은 모조리 수포로 돌아갈 것이었다. 피에르는 그것을 예기하고 있었음에 틀림없었다. 그렇지 않다면, 그가 왜 서책들을 내게 양도하겠노라는 말을 했을 것인가.

그런 우려 때문에 피에르 뒤페는 안드로규노스를 풀어내주었던 것일까. 자크로 하여금 자신이 아니라 그자를 포박할 수 있도록? 자신이 고발당하는 것으로부터 벗어나기 위해?

그러나 이 모두가 나의 억측에 지나지 않았다. 안드로규노스의 포박은 피에르에게는 그저 '요행僥倖'에 지나지 않았는지도 모른다. 나는 다시 스스로에게 질문을 던졌다.

대체 피에르는 그래서 괜찮은 것일까.

그러나 동굴에서 나는 분명히 보았었다. 안드로규노스를 향한 피에르의 몸짓은 기이하게도 어떤 침투력을 지니고 있었다. 그것은 사랑과도 비슷했다. 그것은 언어의 가장 넓은 의미에서의 사랑, 주를 향한 숭고함과 창부들이 쓰는 하열下劣함을 둘 다

함께 품은 의미에서의 사랑이었다. 이 둘 중 어느 하나가 빠져도, 피에르가 안드로귀노스에게 보였던 사랑이라는 표현은 그 적절함을 잃을 것이리라. 그날 이래 나는 그 광경에 홀린 듯이 지냈다. 자나깨나 그것은 마음속을 떠돌고, 문득 정신을 차리면 나의 사고를 이성의 피안으로 휩쓸어가는 것이었다. 대저 이것은 사람이라고도 악마라고도 천사라고도 할 수 없는 자가, 나에게도 심상치 않은 의미를 지녔기 때문이리라. 그러니 피에르에게는 말해 무엇하랴. 그렇다면 피에르는 안드로귀노스가 포박된 것으로 인하여 비탄에 빠져 있다고 생각하는 것이 순리가 아닌가……

그러나 어느 쪽이 되었든, 피에르의 행동거지로부터 그것을 판단하는 것은 불가능했다. 그의 감정은 깊은 안쪽에 있었다. 견고하게 닫혀진, 그 준엄한 얼굴의 깊은 속에 있었다. 감정이라는 것이 육체의 안쪽에 감춰져버린다는 것은 얼마나 기묘한 역설인가.

─결국 나는 마녀에 대해 그 이상 묻지 못했다. 나는 어찌할 길 없어 시선을 돌렸다. 남쪽 창으로 희미하게 비쳐드는 사양斜陽에 일각수를 그린 그림이 붉은색으로 물들어 있었다. 수면은 반짝이고, 불길은 짙게 물들고, 그 새하얀 갈기는 번지는 불길처

럼 길게 뻗어 있었다. 그림 속에도 황혼이 찾아든 듯한 모습이었다.

나는 멍하니 그것을 바라보면서 허망한 사색에 나를 맡기고 싶은 기분이었다. 그림이 우리와 같은 시간을 향유한다는 것이, 그때 내게는 너무도 불가사의하게 여겨졌던 것이다. ─ 이 일각수가 나와 똑같이 어제보다도 오늘, 그리고 오늘보다도 내일 더 한층 죽음에 다가가는 것이라면. 저녁을 맞이할 때마다 그림 속에서 늙어가고, 이윽고는 죽어 부패하는 것이라면. 마을 사람들이 말하는 이른바 성 앙투안의 불의 병에 전염되어 오늘 밤에라도 죽음에 이르게 된다면…… 내가 내일 이곳에 왔을 때, 저것이 옆으로 쓰러져 물속에 몸을 담근 채, 요염함을 잃은 진주처럼 하얀 눈을 홉뜨고, 볼썽사납게 입을 벌리고, 비스듬히 기운 뿔은 허망하게 하늘을 가리키고 있다면, 그렇다면 나는 그만 질겁하고 말 것인가. 불길은 소진되고, 거뭇해진 살덩이에서 썩어가는 악취가 떠돌아, 거기에서 파리떼의 왱왱거리는 소리가 들려온다면, 그러하다면 나는 그것을 너무도 괴이한 일이라고 느낄 것인가…… 그러하나 일각수의 운동의 정지를 시간으로부터의 초탈이라 비유해본다면, 나는 의외로 그것을 기이하게 여기지 않을지도 모른다. 대체, 그림에 묘사된 일각수는 어째서 늙을 줄 모르는 것일까. ……물론 그 이유는 알고 있었다. 너무도 우매한 의문이라서 이유라고 하기에도 허풍스러울 정도이다. 그러나 내게는 그것이 너무도 불가사의하게만 여겨졌다. 왜 그런지 너무도 기묘하게만 여겨졌다. 액자 안에서 저녁 해는 분명히 빛을 발한다. 날마다 빠짐없이 빛난다. 그러나 일각수는 늙지 않는 것이다. ─이같은 두서없는 생각에 빠져 있으면서 나는 뜻밖에 불안하지는 않았다. 마음속은 여전히 침착을 되찾지 못했지만, 과도한 혼란이 그조차 마비시키고 있었던 것이다. 그것은 마치 불면이 불러들이는, 말로 형언할 수 없는 황홀과도 같았다.

이윽고 피에르에게 인사를 건네고, 나는 숙사로 돌아왔다. ─그날, 거인을 보았다는 사람은 아무도 없었다.

안드로규노스가 비엔에서 심문받고 있는 동안, 나는 여전히 마을에 머물고 있었다.

여비에는 아직 여유가 있었다. 앞을 다투듯이 마을 사람들이 죽어가는 상황에, 내가 그 역병에 두려움을 느끼지 않았다면 거짓이 되겠지만, 여하튼 마을을 떠나지 않고 그대로 머물렀다는 건 사실이었다. 그때 나는 무엇을 위해 계속 머물렀던가, 지금은 알 수 없다. 아마 당시에도 이유라 할 것은 딱히 짚이지 않았으리라. 나는 이따금 파리를 떠올렸고, 아직 가보지 못한 피렌체를 떠올렸다. 그러나 그러한 향수나 초조감마저도 나로 하여금 마을을 떠나게 하기에는 이르지 못했던 것이다.

나는 그즈음의 나날을 연금술에 대해 피에르가 적어넣은 주석들을 읽고 탐구하며 보냈다.

이 방대한 주석은 그때까지 그가 세상을 향해 밝히지 않고 감추어둔 것으로, 파리 대학풍의 '적당히 대범한 라틴어'로 연금술의 회삽한 용어를 꼼꼼히 새겨넣듯 기록한 것이었다. 그 문장은 자연학의 모든 분야를 파도처럼 모조리 삼켜버리는 특유의 힘이 넘치면서도, 곳곳에 치밀하고도 투철한 논리를 담고 있었다. 실제로 내가 품었던 얼마간의 의문들은 그로써 눈 녹듯 풀려버렸다. — 하지만 그 체계적인 이론을 이해하기에는, 나의 지식은 너무도 부족했다. 그저 마음 가는 대로 그 주석의 여기저기를 한번 읽어본 것일 뿐, 순서를 밟아 처음부터 읽고 이해해나가지는 못했던 것이다. 그날 이후, 나는 아무리 스스로를 고무하려 해도 끝내 사색에 몰두할 마음이 되지 못했다. 일체를 돌아보지 않고 학문상의 문제에만 의식을 집중하여 묶어두는 것이 나로서는 불가능했던 것이다.

안드로규노스의 포박捕縛 사건 이래, 거인의 모습을 보았다는 자는 전혀 없었지만 날씨는 여전히 풀리지 않았고, 만연하는 역병도 밤마다 퍼붓는 호우도 진정될 기미를 보이지 않았다. 그리고 다음 날 아침에는 어김없이 무지개가 떠오르는 것이었다. 마을 주막에서는 언제부터인가 술자리가 벌어지지 않았다. 사내들은 밤마다 쓸데없는 토론만을 일삼고 있었다. 기별이 와서 나도 두세 번 그 자리에 입회했으나, 내용은 언제나 똑같은 것이었다. 어떤 자들은, 재액災厄이 그치지 않는 것은 안드로규노스가 아직도 여전히 살아 있기 때문이라며 조속히 판결을 내려 처형해야 한다고 역설했다. 또다른 사람들은, 안드로규노스의 포박은 뭔가 잘못 짚은 것이고, 진짜 마녀가 아직도 마을에 머물러 있기 때문에 수해도 냉해도 가라앉지 않는 거라고 주장했다. 이는 은근히 피에르를 가리키는 것이었다.

그 논쟁은 결론이 날 리 없었지만, 날이 갈수록 전자의 의견이 대세를 이루어갔다. 실제로 안드로규노스가 붙잡혀간 날부터 거인이 나타나지 않았지 않느냐고, 그들은 말했다.

그러한 논의에, 나는 물론 어느 쪽에도 가담하지 않았지만,

그렇다고 뭔가 진리라 할 만한 것을 설파하여 그들을 중재하지도 못했다. 나는 그들의 몽매를 비난하는 것조차도 할 수 없었던 것이다. 병사자의 수가 점점 더 늘어가는 가운데, 어느샌가 장례는 공동매장으로 치러지고 있었다. 사람들은 다시금 예전의 페스트의 창궐을 떠올리고 있었다. 그 참담하기 짝이 없던 말로를 떠올리는 것이었다. 나는 그저 이를 방관하고 있는 데 지나지 않았다. 내가 한 일이라고는 헛되이 기도를 권하는 정도에 불과했다.

─사람들 사이에 마침내 종말적인 불안이 번져가기 시작했다. 그러나 이렇듯 조락해버린 마을에서, 자신이 하는 일에 아무런 변화도 보이지 않는 이가 있었다. 내가 아는 한 오직 두 사람, 피에르와 장이었다. 피에르는 모든 것을 알고 있으면서, 장은 아무것도 알지 못한 채. 그리고 이 두 사람 사이에서 기욤이 우왕좌왕하고 있었다. 기욤도 피에르에 대해서는 변함없이 충실함을 보이고 있었지만, 거기에 이전보다 더 불어난 비굴함이 배어 있었다.

기욤은 사건이 일어난 후 일의 추이가 궁금했던지 몇 번인가 주막을 찾았다. 그러나 그때마다 안에 들어서지도 못한 채, 번번이 심한 조롱과 매도罵倒의 세례를 받고 발길을 돌려야 했다.

이전에 보이던 온순함은 마을 사람들 사이에서 사라진 지 이미 오래였다. 모멸감은 그대로 잔혹한 말이 되어 침을 내뱉듯이 퍼부어지고, 뒤이어 조소가 뒤집어씌워졌다. 나는 기욤을 동정하지 않은 건 아니었다. 이즈음에는 나날의 끼니조차 궁해서, 피에르로부터 받는 얼마 안 되는 식비를 적당히 가로채서 겨우겨우 살림을 이어가는 모양이었다. 피에르는 그것을 묵인하고 있었다. 그러나 기욤이 피에르의 곁을 떠나지 않는 것이 그저 교활한 속셈 때문만이라고는 보이지 않았다. 적어도 피에르는 다른 마을 사람들처럼 기욤을 매정하고 무자비하게 다루지 않았던 것이다. 물론 후덕하게 대우하는 법도 없었지만. 나는 도리어 그 점이 아프게 느껴졌던 것이다……

그날은 성모 승천 대축일 전날이었다. 안드로귀노스를 포박한 날로부터 겨우 한 달 남짓이었다.

새벽녘 얕은 잠에서 깨어난 나는 옷자락에 들러붙은 지푸라기를 털며 밖으로 나섰다.

새벽빛은 그 어느 때보다 맑게 개어 있었다. 한동안 보지 않았던 무지개를 마주하고 나는 절로 탄식을 토했다. 질퍽거리는 발밑이 요요하게 빛나고 있었다. 시선을 돌리자, 썩은 겨울밀과 부서진 카루카가 뒹구는 황량한 마을 풍경이 보였다……

며칠 전, 심문을 위해 오래도록 사목의 자리를 비웠던 자크가 마을을 찾았다. 그를 맞는 마을 사람들은 예언자의 내방을 환영하는 듯한 모습들이었다. 자크는 그들을 향해 고했다. 마녀는 마침내 스스로의 죄를 고백했다고, 따라서 당장 화형에 처해질 것이라고. 형 집행 일시는 곧 다시 고지하겠으나, 장소는 아마도 마을 북서쪽의 들녘이 될 것이라고.

그리고 오늘이 처형의 날이었다.

포박으로부터 재판을 거쳐 처형에 이르기까지가 이렇듯 신속하게 진행되는 것은 드문 일이었다. 이는 과거의 기록을 두고 보아도, 또한 내가 나중에 알게 된 바에 비춰보아도 이례적인 일이었다. 이유는 상세히 밝혀지지 않았다. 그러나 거기에 마을 사람들의 집요한 탄원이 한몫을 했다는 것은 의심의 여지가 없으리라.

'마녀'를 향한 그들의 증오감은 겨울밀의 수확이 이미 절망적이라고 전해질 즈음부터 다시금 나날이 쌓여갔다. 그것은 마치 탁상 위의 먼지가 덩어리가 되어가듯 언제인지도 모르게 실체도 없이 부풀어 있었다. 사람들은 망설妄說을 지어내는 데 밤낮을 보냈다. 어떤 자는 알 턱도 없는 안드로규노스의 성장 과정의 내력을 늘어놓고, 다른 자는 거기에 안드로규노스의 양친에 관한 일화를 만들어 넣었다. 포박되기 오래전부터 빈번하게 마을을 찾아와서 가축류를 채어갔다는 자도 있었고, 강에 독을 풀었다는 자도 있었다.

그런가 하면, 피에르와의 관계를 말하는 이도 적지 않았다. 안드로규노스가 피에르를 찾아가는 것을 보았다는 자, 그것이 피에르의 마누라라고 말하는 자, 여식이라고 하는 자, 아들이라 하는 자. ……그러나 이러한 수많은 풍설에서도 나는 끝내 피에르가 숲에 출입하였노라는 말은 듣지 못했다. 나의 의념은 그 관련으로부터 출발하였지만, 사람들은 안드로규노스와 피에르 사이에 실재하는 관련을 알지 못하고, 각각을 개별적으로 의심하면서 망상 속에서 양자를 결합시켜버렸던 것이다. 마을 사람들은 첫 출발의 문제에서 벌써 어긋나 있었던 셈이다.

풍설은 하나로 고정되는 법 없이, 서로가 모순된 몇 개의 이야기들을 낳았다. 마을 사람들은 이를 괴이하게 생각지 않았다. 이야기가 어긋나면, 깊이 생각해볼 것도 없이 그저 또다른 이야기를 끌어와 때우는 정도였을 뿐이다.

그들을 보면서, 나는 유년기에 들었던 한 훈화를 떠올렸다. 그 내용은 이러했다. 신심이라고는 눈곱만큼도 없는 한 사내가 살았다. 그 사내는 악마의 사주를 받아, 흔들리지 않는 믿음 한

가지를 갖기에 이르렀다. 그것은 사람들의 신심 없음에 분개한 신께서 7일 후, 하늘로부터 황소 세 마리를 합쳐놓은 것만한 크기의 거대한 바윗돌을 40일 40야에 걸쳐 이 땅에 계속 퍼부으리라는 것이었다. 악마가 말했다. 그러므로 너는 오늘부터 그것을 견뎌낼 튼튼한 돌집을 짓지 않으면 안 된다, 그 돌집에는 너 한 사람만 들어갈 수 있으면 된다, 이미 시간도 없을뿐더러 본디 돌집이라는 것은 클수록 위험한 것이기 때문이다, 40일간의 식량은 날마다 내가 가져다주리라. 사내는 악마의 가르침대로 서둘러 작은 돌집을 짓고, 지붕 위에는 아무리 엄청난 바윗돌이 퍼부어도 부서지지 않도록 하기 위해 할 수 있는 한 많은 돌을 쌓았다. 그리하여 마침내 7일 후, 사내는 가슴을 두근거리며 작은 돌집 속에서 바윗돌이 퍼붓기를 기다렸다. 그러나 아무리 기다려도 바윗돌은 쏟아져내리지 않았다. 악마는 이 모습을 바라보면서 득의의 웃음을 비식 흘리고는, 땅속에서 아주 조금만 지면을 흔들었다. 사내는 자신이 쌓아올린 지붕의 돌에 깔려 죽고 말았다.

    나는 이 이야기가 뜻밖에도 많은 진실을 내포하고 있다는 것을 깨달았다. 마을 사람들은 바야흐로 지금 스스로의 머리 위에 축조한 망상에 깔리려 하고 있었던 것이다.

……자크가 안드로귀노스와 여러 명의 다른 심문과, 관헌에 몸담은 자들, 그리고 심문을 위해 소환되어 있던 유스타스와 함께 마을을 찾은 것은 정오가 조금 지난 무렵이었다.

　예고했던 대로 처형은 북서쪽 들녘에서 거행하기로 정해졌다. 형장의 한편엔 마을의 강이 지나고 있었다. 마녀는 재가 된 뒤에 즉시 거기로 흘려 보내질 것이었다. 이것은 아직도 붙잡히지 않은 채 잠복해 있다고 일컬어지는 다른 마녀들이 타고 남은 재를 모아들여 악용하려 함을 막기 위해서라 하였다. ─사족이 되겠으나 여기서 덧붙여두자면, 형장은 마을의 중심이 되는 다리를 끼고, 동굴과는 거의 대칭의 위치에 있었다. 이는 내가 후에 발견한 바였다.

　소식을 들은 마을 사람들이 일제히 형장으로 모여들었다. 그들은 화형대와 삼나무 형태로 쌓아올려진 다량의 장작더미를 둘러쌌다. 그들 중에 숙사 주인의 모습도 보였다. 기욤과 그의 아내의 모습도 있었다. 마을 사람들의 얼굴이 대부분 거기 있었다. 집에 남아 있는 이라고는 아마도 와병중인 사람 정도였으리라.

　마을 사람들은 끊임없이 서로 인사들을 나누고, 오늘의 처형을 좋아라 하며 대화들을 나누고 있었다. 한편에서 웃는 소리가 이는가 하면, 또 한쪽에서는 마녀에 대한 원망의 소리가 들려왔다. 측은하게 여기는 자는 아무도 없었다. '마녀'를 잡아들이기 이전에 보였던 마을 사람들간의 싸움질은 그림자도 없이 사라졌고, 지금은 사소한 분노도 원한도 모두 송두리째 마녀에게로 향하는 판이었다. 마녀와 대치함으로써 그들은 저마다 묘한 연대감을 지닐 수 있었다. 그 연대감은 그들이 예전에 한 번도 가져본 적이 없을 정도로 견고한 것이었다.

나는 그들의 모습을 한동안 바라보다가 고개를 들어 화형대를 올려다보고, 고개를 더 높이 들어 하늘을 올려다보았다. 구름 한 점 없었다. 바람도 불지 않았다. 냉해 탓에, 여름이건만 더위는 전혀 느껴지지 않았다. 생각 탓일까, 파리 소리가 어디 먼 곳에서인 듯 들려왔다. 멍하게 있다가는 하품에 기지개라도 켤 날씨였다. ―'편안하고 아늑한'이라고 형용하고 싶을, 그런 하늘이었다.

문득, 앞에서 지껄이는 한 사내의 말이 내 귀를 스쳤다.

"어이, 저기 좀 봐. ……피에르잖아. ……연금술사 피에르야."

나는 사내가 손가락질하는 쪽을 바라보았다. 시끄럽게 떠드는 사람들의 울타리 저 뒤쪽에서 짙은 검은색 두건을 쓴 피에르의 얼굴이 바라다보였다.

　곁의 사내는 고개를 끄덕였다.

　"음, 그렇군, 틀림없는 피에르야."

　"허 참, 별일이로군."

　"누가 아니래. 저 고집쟁이 영감도 역시 신경이 쓰였던 게로군."

　"그래, 맞어."

　그러자 또다른 사내가 끼어들었다.

　"그야 그렇겠지. 다음은 자기 차례니까 말이야."

　그때, 갑자기 사람들의 울타리가 흐트러지면서, 그 한 곳이 좌우로 좌악 벌어졌다. 길이 열렸다.

≪≫

　"……마녀다!"

　탄식인지 무언지 모를 중얼거림이 여기저기서 흘러나왔다.

　곁에는 형리가 붙어 있고, 뒤에는 자크가 따르고 있었다. 끌려나온 자는 사람들의 발아래에 난폭하게 내던져졌다. ─의심의 여지 없이, 저 땅 밑 동굴에서 보았던 안드로규노스였다.

나는 그 몸에 드러난 너무나 여실한 고문의 흔적에 경악했다. 안드로규노스는 얇은 천조각 한 장만을 겨우 허리에 두른 채 거대한 벌레처럼 땅바닥에서 꿈틀거리고 있었다. 몸을 일으키려 부르르 몸부림을 쳐보지만 그때마다 실패하여 땅에 다시 엎드리고 말았다. 사지는 모조리 탈구되어 기묘하게 뒤틀렸고, 두 발은 육괴肉塊처럼 짓물러 있었다. 발톱은 하나도 남아 있지 않았다. 머리털은 모두 깎이고, 장미와 제 꼬리를 물고 있던 뱀의 화관은 흔적조차 없었다. 울금색으로 반짝이던 피부는 무수하게 뚫린 바늘침의 상처로 그 하나하나마다 곪아 있었고, 찢어진 살은 마치 꽃잎처럼 그 속의 붉은빛을 드러내고 있었다.

그것은 살아 있는 시체였다. 나는 자크의 소위 '마녀가 죄를 고백했다'는 말을 믿을 수 없었다. 안드로규노스는 소리라고는 단 한 마디도 내지 못했다. 이 기묘한 생물에는 처음부터 영靈 같은 것이 깃들어 있지도 않았던 것이다. 그런 자가 어떻게 언어를 사용했다 하는 것인가. 어떻게 참회했다고 하는 것인가. 그것은 그저 육체밖에 가지고 있지 않았다. 육체밖에 가지지 않은 탓에, 오직 육체의 원리에 의해서만 살아갈 수 있는 것이었다. 그러므로 그 죽음은 생生과 무례할 정도로 친숙했다. 죽음 다음에야 찾아올 부란腐爛*은, 기다릴 것도 없이 순진무구하게 생을 찾았다. 그리고 생은 그것을 받아들였던 것이다.

한 사내가 돌을 던졌다. 이것을 신호로 삼기라도 하듯이, 마을 사람들이 일제히 돌을 주워 내던지기 시작했다.

욕설이 튀고 원망하는 말들이 날았다. 돌을 던져 앙갚음을 한 자는 거기에 만족하지 못하고 두 번 세 번 계속 집어던졌다. 발 아래에서 돌멩이를 찾지 못한 자는 손에 잡히는 대로 풀을 뜯어서라도 집어던졌다. 가지각색의 돌들이 그것의 살을 치고 주위에 떨어져, 금세 개미떼처럼 번져갔다.

이윽고 주먹만한 한 개의 돌이 안드로귀노스의 이마를 깼다.

돌들이 갑자기 멈추었다. 연민 때문이 아니었다. 그 찰나 처음으로 고개를 든 안드로귀노스의 얼굴에서 휘둥그레하게 홉뜨인 눈이 형형하게 번뜩였기 때문이었다. 오른쪽 눈동자는 비취와도 같은 녹색, 왼쪽 눈은 홍옥과도 같은 붉은색이었다. 마을 사람들은 그 기묘함에 놀라고 두려워 갑자기 몸이 굳어버린 듯이 멈춰 선 것이었다.

나는 돌은 던지지 않았다. 그러나 그 순간 느낀 전율은 마을 사람들의 그것과 조금도 다를 바가 없었으리라. 나 역시 그 눈

---

* 썩어 문드러짐.

동자를 본 것은 처음이었던 것이다. 그것은 어떤 침범하기 어려운 경질감硬質感을, 공들여 연마해낸 보석과도 같은 빛을 띠고 있었다. 보석이 그 순수함 탓에 끝내 그 속에 다른 아무것도 품지 않듯이, 안드로규노스의 두 눈은 그 무엇도 비추지 않고, 그 무엇도 들이지 않고, 인식하기를 불가사의하게 거절하며, 오직 인식되기만을 바라고 있었다. 사람들은 그것에 강한 두려움을 느꼈다. 그들은 백 개의 돌을 던졌으나, 되돌아온 단 한 개의 돌에 정복당한 셈이었다. 그리고 그것은 마을 사람들의 눈을 골고루 꿰뚫고 깊은 저 속에까지 이르러, 마치 꿀꺽 입 속으로 삼켜버린 화살촉처럼 육체의 내부로부터 통증을 느끼게 하기 시작했다. 그들의 속에 깊이 자리잡고 있던 생의 고통, 원초의 고통과 결합하며, 마치 그것이 아주 오래전부터 숙명적으로 자리잡고 있던 아픔이기라도 한 듯이. 그 고통은 원죄의 그것과도 흡사했다. 그들은 이제 '마녀'와 대치할 수 없었다. 고통은 지금에야 주어진 것이 아니었다. '다시 소생한 것'이었다.

그것은 나 또한 예외가 아니었다. 그러하나 우리로 하여금 참으로 절망을 느끼게 한 것은 오히려 다음 찰나가 아니었을까.

그 순간, 안드로규노스의 추괴醜怪한 육체로부터 그윽한 향기가 피어오른 것이다.

꽃다운 향기는 순식간에 사람들을 감싸안았다. 그것은 어떠한 꽃에도 비유할 수 없으리만치 고결하고 아늑하며 그립기까지 한 것이었다. 사람들은 당황하여 손 안의 돌을 떨구었다. 그토록 아름다운 향기는 세상에서 단 한 분, 성녀에게나 어울리는 것이라고 생각했기 때문이었다.

나는 순간적으로 소문으로 들었던 스히담의 리드비나 일화를 떠올렸다. 그녀의 구더기가 들끓는 육체에서 방향이 떠돌았고, 농즙膿汁에서도 토사물에서도 분변糞便에서까지도 그윽한 향기가 풍겨나왔다고 하는 것이었다. 대체 나는 리드비나가 참으로 성녀였는지 아니었는지는 모른다. 그러나 '있을 수 없는 일'이라는 것을 잘 알면서도, '주의 독자獨子 외에 스스로의 육체로써 인간의 죄를 대속代贖할 수 있는 자가 있다'면, 어쩌면 이 안드로귀노스의 부란한 육체야말로 우리들의 죄 깊음을 그대로 드러내는 현현체顯現體가 아닐까. 오래도록 우리들이 주시하기를 피해왔던, 가장 견디기 힘든 죄의 현현이 아닐까. ─ 나는 그렇게 의심하지 않을 수 없었다.

향기는 여전히 높아만 갔다. 그때까지 마을 사람들이 하는 짓을 지켜보고만 있던 자크의 기색이 갑자기 돌변했다. 그리고 부르르 떨리는 목소리로, 어서 마녀를 형틀에 묶으라고 형리에게 명령했다.

여러 명의 형리들이 화형대에 기대놓은 사다리에 올랐다. 화형대의 기둥은 숲에서 잘라온 것이었다. 짐승의 안구처럼 일곱 개의 커다란 마디가 있는 그슬린 흙색깔의 거목이었다. 그 무서운 우리만치 높은 화형대 기둥의 꼭대기에 십자가가 세워져 있었다. 기둥은 무슨 일이 벌어지려는지 곡절도 모르는 채 하늘을 가리키며 똑바로 뻗어 있었다. 나는, 잘려 넘어뜨려지고 가지가 꺾인 이 거목의 기둥에 이상하게도 여전히 생명이 깃들어 있음을 느꼈다. 그것은 마치, 조금 뒤에 이곳에서 포살炮殺*되려는 자와는 반대로, 생이 죽음의 한 점을 뛰어넘어 계속 죽어가는 물질로 남게 된 것이 즐거워 뛰노는 것 같았다.

안드로규노스는 그 기둥 윗부분에, 동쪽을 향하여 쇠사슬로 묶였다.

그의 발에 닿을 정도로 바로 아래까지, 장작더미가 새롭게 높이 쌓아 올려졌다.

— 형 집행 준비는 그로써 거의 끝이 났다.

자크는 사람들이 둘러선 안쪽에 들어가 강론을 시작했다. 그

---

* 그슬려 죽임. 중국 은나라 때의 형벌인 포락지형(炮烙之刑)에서 유래함.

리고 마을 사람들에게 이단 방축에 협력할 것을 맹세한다는 선서를 요구했다. 모두 그의 요구에 '아멘'이라고들 화답했다.

이윽고 자크는 판결문을 낭독하기 시작했다. 설교를 포함한 이런 절차는, 본래대로라면 마녀를 형틀에 내걸기 이전에 행해야 하는 것이었다. 그러나 복욱하게 퍼진 방향에 마을 사람들이 동요하는 모습을 보이자, 자크는 그 순서를 바꾸었던 것이다. 그것이 자신도 모르는 실수였는지 아니면 일부러 그리 했는지는 알 수 없었다. 그러나 어떻든 형틀에 묶인 마녀를 눈앞에 보자, 마을 사람들은 혼란의 와중에서도 다시 그것을 악으로서 인식하기 시작했다. 그들의 얼굴에는 다시 증오의 빛이 싹트게 되었던 것이다.

이단자에 대한 판결문은 긴 한 문장으로 시작되었다.

"우리는 이곳에서 명백히 마술의 행위로 간주할 수 있는 허다한 재액을 일으킨 자로서 기소된 피고에 대해, 마을 사람들의 증언, 증거, 나아가서는 본인의 자백을 모두 자세히 검토하고 판단한 결과, 피고는 유일의 창조주이신 신을 모독하고, 교회를 부정하고, 성서를 유린하고, 어리석은 이교의 사신을 신봉하여 악마와 음일한 계약을 맺었다 하는 점에 의견의 일치를 보았노라."

뒤이어 자크는 악마와의 계약 의식, 가축을 도살하기에 이른 비술의 방법, 질병을 만연시킨 술법 등에 관해 누누이 언급했다. 그리고 나아가서는 수간獸姦죄, 남성몽마男性夢魔*와의 교합 등등의 일에 대해서도 조금치도 망설임 없이 논하였다.

낭독이 이어질수록 자크의 어투는 더욱더 격렬해져갔다. 거기에 부추김을 받기라도 한 듯이 마을 사람들 사이에도 감정이 격앙되는 모습이 눈에 띄었다.

"……이러한 가증스러운, 그리고 서글프기 짝이 없는 언어도단의 대죄는 전능하시고 유일하신 신께 대하여 행해진 오예汚穢**일 따름이라. ……우리는 주 예수 그리스도와 성모마리아의 거룩하신 이름으로, 피고는 실로 배교자背敎者이며 수간자이고, 마술사이며 살해자, 악마 예배자이며 독신가瀆神家, 그리고 창조주께서 만들어주신 이 세계의 질서를 헛되이 교란시키고자 하는 마녀임에 틀림없음을 판결하여, 여기에 그를 확실하게 선고하노라. 이에 따라 우리는 피고를 국가의 합당한 재판권 집행인에 인도하기로 하노니, 집행인은 마땅히 피고에 대하여 산 채로 분형焚刑에 처함을 고할 것이나, 우리는 주의 자애하심을 믿으며 관대한 조처가 내려지기를 바라노라."

---

* 꿈속에 나타나는 마귀. 남성을 강조한 것은 '마녀'의 상대어로서 쓰인 듯함.
** 지저분하고 더러운 것.

판결이 내려지자 사람들 사이에서 갈채와도 같은 함성이 일었다. 반드시 산 채로 분형에 처해지기를 원하노라는 탄원이, 끓는 물에 수포가 부글부글 일어나듯이 여기저기에서 끓어올랐다.

마을 사람들의 의견은 아무런 제약 절차 없이 단숨에 받아들여졌다. 그러나 그런 형식적인 절차 이전에 이미 안드로규노스는 형틀 위에 높이 묶여 있었다. 이제는 그저 장작에 불이 던져지기를 기다리는 것만 남았을 뿐이었다.

마침내 명령이 떨어졌다. 몇 사람이나 되는 형리가 사방에서 불을 붙였다.

⚜

……새끼를 꼬아나가듯이 연기는 가느다란 몇 줄기의 선이 되어 조용히 기어오르기 시작했다. 바람은 없었다. 하늘은 맑게 개어 있었고, 연기의 그림자는 그 저편을 가리키며 미미하게 흔들렸다. 태양은 높이 솟아 있었다. 사람들의 그림자는, 그 저편을 가리키며 미미하게 흔들렸다. 태양은 높이 솟아 있었다. 사람들의 그림자는, 그 몸뚱이로부터 갑작스레 튀어나왔다는 듯이 발아래 조그마한 심지가 되어 머물러 있었다. 그 그림자에

서 정적이 서서히 몸을 일으켰다. 문득 날아오른 제비처럼, 무엇인가가 사람들의 입 끝에서 말을 채어갔다. 고함은 그친 지 오래였다. 기침 소리조차 들리지 않았다. 숨을 멈추고 사람들 사이의 틈새를 차곡차곡 메워가면서 딱딱하게 응고하는 침묵이, 이윽고 형틀 기둥을 둘러싼 사람들을 한덩어리로 견고하게 꽁꽁 묶고 있었다.

둘러선 사람들로 이루어진 울타리는, 그리기라도 한 것처럼 정확한 원을 이루고 있었다. 사람들은 그 눈에 보이지 않는 원의 선으로부터 한 걸음도 안으로 들어서지 않았고, 그렇다고 물러서지도 않았다. 몇 겹으로 겹쳐지면서 그 안쪽의 한 영역만은 절대로 침범할 수 없는 공간으로 짜맞추고 있었다.

이윽고 장작이 터지는 소리가 들리기 시작하고, 이어서 수액樹液이 끓어오르는 소리가 들려왔다. 연기의 양은 점점 불어났다. 다 꼬아올린 새끼줄이 조금씩 위쪽에서부터 풀리는 것 같았다. 안드로규노스가 내뿜는 향기는 나무 타는 냄새와 뒤섞여 묘하게 풍염한 향기로 바뀌어 주변을 떠돌고 있었다. 사과의 과육이 달콤하게 눌어붙는 듯한 냄새였다. 장작더미의 밑바닥 쪽은 붉은색으로 부풀었다. 작은 불길이 장작 틈새를 쥐새끼처럼 드나들었다.

사람들은 모두 숨을 삼켰다. 장작 중에는 아직 여린 것이 상당량 섞여 있어서, 그 때문에 불길이 훨훨 일어나기까지 시간이 걸리는 것 같았다. 백주 대낮에 타는 불길은 엷고, 그 열기는 모락모락 피어나는 연기를 누비며, 흘러 떨어지는 맑은 물의 베일처럼 맞은편에 선 사람의 모습을 아른아른 어룽져 보이게 했다. 누구도 입을 열려 하지 않았다. 모두가 입을 다물고 오직 지켜보고만 있었다. 흡사 그 주시하는 시선 때문에 장작이 타오르는 것만 같았다.

 이 침묵을, 유스타스의 기침 소리가 퍼뜩 흔들었다. 나는 흘깃 그를 보았다. 그의 취한 눈은 붉게 물들었고, 부르르 떨리는 입술에는 침이 번질거리고 있었다. 수형자를 한순간도 놓치지 않고 구경하고자 열중하는 모습에 있어서는, 유스타스 역시 다른 사람들과 똑같았다. 오히려 마을 사람들 이상으로 호기심이 가득 담긴 시선을 쏟고 있었다. 그의 오른쪽 곁에는 자크와 형리들이 서 있었다. 왼쪽에는, 내가 처음 이 마을에 왔을 때 교회에서 보았던 세 여인이 서 있었다.

 한참 지나자, 형틀 밑의 상태가 조금씩 변해갔다. 수액은 모두 증발해버려 끓는 소리는 들리지 않았고, 연기가 서로 옥신각신하며 뭉클뭉클 넘쳤다. 연기의 기둥이 만드는 그림자는 아까와는 달리 탁한 검은색을 띠고 있었다. 바람결이 조금씩 살랑일 때마다 산을 이룬 장작더미가 희미하게 홍조를 띠었다. 불길은 모르는 사이에 내부에서 통통하게 살이 쪄 있었다. 흡사 한 마리의 배불뚝이 생물이기나 한 것처럼. 불은 이따금 재빠르게 촉수를 뻗어 밖에 쌓인 장작을 자신의 뱃속에 집어넣으려 하였다. 그러나 그 시도는 대부분 성공을 거두지 못하고, 헛되이 몇 줄기 불길한 흔적을 남길 뿐이었다. 그러다 돌연 간질 발작을 일으키기라도 하듯이, 자그만 장작 두세 개를 튀어날리기도 했다.

불길은 느닷없이 기세를 올리고 있었다. 간헐적으로 울리던 장작의 파열음은 점차로 끊임없이 들려오고, 흩뿌리기 시작한 소나기가 땅을 두들기듯이 마침내 연속적으로 울려퍼졌다. 나뭇조각이 수없이 주위에 떨어져내렸다. 파열의 순간에 튀어 날아온 것이다.

사람들의 울타리 속으로 형틀을 타고 끓는 물이 부어지기라도 한 듯이, 바닥에서 열기가 올라왔다. 안드로규노스는 몸을 앞으로 숙인 채 이따금 몸을 비틀 뿐, 신음 소리조차 내지 않았다. 얼굴의 기색도 변함없었다. 열이 이미 우리 발치에까지 이르러 있으니, 그것을 느끼지 못할 리는 없으리라. 마을 사람들 모두 이마에 땀이 흐르고 있었다. ―왜일까. 안드로규노스는 왜 고통스러워하지 않는 것일까. 가혹한 고문 탓에 감각이 마비되어버린 것일까. 아니면 본디부터 고통이라는 것을 모르는 것일까……

마을 사람들도 이를 이상히 여긴 듯이, 미간을 찡그리며 번번이 고개를 갸웃거렸다. 여기에 이르러 침묵이 깨어졌다. 곁에 선 자와 수군수군 이야기를 나누는 자도 있었다. 특히 자크는 심히 애가 닳아 어쩔 줄 모르는 모습으로 몇 번이고 형리를 불러 무언가 지시를 내리고 물었다. 형리는 그때마다 커다랗게 부정하는 듯한 몸짓을 해 보였다. 주고받는 이야기의 내용은 알 수 없었지만, 형리의 곤혹스러운 얼굴을 통해 대충 짐작할 수 있었다. 무엇이 어찌된 셈인지, 형리로서도 알 수 없는 것이었다.

무심코 돌린 시선에, 뜻하지 않게 피에르의 모습이 들어왔다. 얼굴이 두건의 그늘에 숨어 있어 분명하게 기색을 살필 수는 없었지만, 얼핏 드러난 얼굴은 평상시와 다름없어 보였다. 어떠한 정념의 흔적도 보이지 않았다. 마을 사람들의 소란 속에, 오직 그 혼자만 외따로 떨어진 듯, 외투에 몸을 감싸고 말없이 형의 집행을 지켜보고 있었다.

점차 사람들의 동요가 생생하게 드러나기 시작했다. 얼굴에만이 아니었다. 무턱대고 몸을 마구 긁는 사람, 발을 비비는 사람, 그 엉뚱한 몸짓들에도 동요의 기색은 내비쳤다. 그들은 오직 '마녀'가 죽기만을 기원하고 있었다. 가능한 한 가장 무참한 죽음을 원하고 있었다. 그리고 그 한편에는, 그 소원을 분명 이룰 수 없으리라는 불안들을 품고 있었다. 처음 이 마녀를 본 순간부터 그들 모두가 깨닫고 있었다. 이것은 단지 심상치 않은 생물이라는 것을. 알고 있으면서도 억지를 쓰듯 그것을 마녀라고 단정해온 것이었다. 아니, 도리어 알고 있었기 때문에 더욱더 그렇게 믿으려 들었던 것이리라. 그러나 형장에 끌려나온 마녀의 모습을 보고 그들은 처음에 품었던 의념이 다시 나붓거리는 것을 느꼈다. 그리고 지금, 형틀 위의 그것을 목격하고 이미 그 의념을 더는 막을 수 없게 되었던 것이다.

불은 이윽고 수형자의 발아래까지 육박해들어갔다. 어느 틈엔가 장작더미의 산은 불길이 훨훨 흘러넘쳐 그 표면은 검붉은 담요처럼 덮고 있었다. 연기는 짙어졌다. 열기를 아지랑이처럼 어룽거리면서 쉴새없이 작은 불꽃이 튀어오르고 있었다. 숯이 된 장작 중에는 이미 백발이 눈튼 것도 있었다. 그러나 불의 기세는 조금도 줄어들지 않고 치열해져갈 뿐이었다.

　―이때 갑자기 안드로규노스의 몸이 크게 경련을 일으켰다.

마을 사람들은 눈을 부릅떴다. 높직한 형틀 위에서, 안드로규노스의 몸이 부르르 떠는 바람에 허리에 둘렀던 천조각이 떨어져 양물이 그대로 드러났던 것이다.

이와 거의 동시에 누군가가 외쳤다.

"저, 저기, 태양!"

모두가 하늘을 올려다보았다. 그리고 비로소 이변을 깨달았다. 조금 전까지 아무 일 없이 빛나고 있었던 태양이 천천히 검은 그림자에 침식되기 시작한 것이었다. 그것은 구름이 아니었다. 태양과 완전히 똑같은 형태를 가진 검은 그림자, 또하나의 검은 태양. ― 일식日蝕이었다.

사람들의 얼굴에 돌연 공포의 빛이 비쳤다. 이것이 재앙으로 비쳤던 것이다.

지상에서는 불길이 연이어 굉장한 소리를 내며 타올라 안드로규노스의 온몸을 삼켜들기 시작했다. 눈앞에 연기와 불티가 자욱이 날아오르고, 불꽃이 선명하게 빛을 뿜으며 춤추었다. 나는 나도 모르게 얼굴을 감쌌다. 사람들을 형틀에서 멀리 밀어내려는 듯이, 흘러넘친 열기가 거대한 물결처럼 밀려들었다. 조금씩 사람들의 둥근 울타리가 넓혀졌다. 나 역시 두세 걸음 물러나서야 겨우 얼굴을 들 수 있었다. 불길이 다시 아래로 진정되면서, 눈앞에 안드로규노스의 모습이 보였다. 수형자는 그 타버린 육체를 형틀 위에서 격렬하게 뒤흔들기 시작했다. 피부는 금속처럼 검은색으로 변하여 미약하게나마 요염함을 띠고 있었다. 사람들은 다시 가마솥이 끓듯 웅성거렸다. 불은 너무 익어버린 석류알처럼 검붉게 물들어, 안으로부터 팽창하는 힘에 저항하지 못하고 수없이 터져올랐다. 태양이 침식당하면서, 그 빛이 점차 시들어갔다. 흐르는 피처럼 붉은색으로 솟구쳐오른 불길은, 점차 짙어지는 한낮의 어둠 속에서 한층 더 환하게 떠올랐다.

태양은 점점 더 줄어들고, 하늘은 돌연한 어둠의 예감에 떨고 있었다. 북쪽으로부터 바람이 불기 시작하자, 남쪽에서도 똑같이 바람이 일었다. 두 방향에서 불어온 바람은 형장의 기둥에서 서로 부딪치며 화염을 이끌고 하늘 높이 솟아올랐다.

불의 기세는 한층 치열해졌다.

불은 끝내 수형자를 완전히 덮었다. 육체는 떨며 고뇌하고 있었다. 그러나 그 고통은 사나운 불길 때문인 것 같지 않았다. 그 열기 때문인 것 같지도 않았다. 오히려 그 고통은 무언가 초월의 계기를 예고하고 있었다. 굳이 말하자면 그것은 하늘을 향한, 저 건너편을 가리키는 것이었다.

안드로규노스는 갑자기 턱을 앞으로 내밀고 두 눈을 하늘로 향했다. 목줄기를 달리는 핏줄이 머리를 떨어뜨린 뱀처럼 비틀려 이마로부터 흐르는 한 줄기의 혈흔과 서로 엉켜 있었다.

형틀이 흔들렸다. 수형자의 얼굴에는 상승의 의지가 번뜩였고, 작열하는 육체는 새하얀 빛을 흩뿌리고 있었다.

굉음이 울려퍼졌다. 이어서 그 양물이 우뚝 일어서서, 홀로 기묘한 경련을 시작했다.

그 찰나, 다시 누군가의 절규에 이끌려 우리는 하늘을 우러러보았다. ―그 광경은 가위눌리는 악몽이라고 하는 수밖에 다른 어떤 말도 어울리지 않았다. 서편 하늘에 홀연 나타난 것은, 예전에 마을 사람들을 거의 발광에 이르게 했던 저 거인의 모습이었다.

나는 스스로의 눈을 의심했다. 어둠에 침몰하려는 한낮의 하늘에 희미하게 떠오른 거인은, 풍설에 들리던 그대로 남녀 두 몸으로 나타나, 짐승과도 같이 뒤로부터 교합하고 있었다. 그 거대함은, 도무지 잴 수 없을 정도였다. 땀을 줄줄 흘리며 번들거리는 사내의 체구는 파도처럼 몇 번이고 습격을 거듭했다. 여인은 그것을 받아 삼켰다. 그 격렬함은 하늘을 삐걱거리게 할 정도였다. 율동은 구름을 찢고 산야를 울렸다. 나는 그것을 귀로써 들은 것이 아니었다. 소리는, 육체의 깊은 곳에서, 그 가장 어두운 심연에서 울리고 있었다. 그리고 심장의 박동이 아무리 격앙된다 해도, 그 소리가 내려치는 한 박자 한 박자는 결단코 변함이 없는, 불길한 완만함으로 물결치듯이 계속 이어지는 것이었다.

세번째로 천둥 소리와도 같은 굉음이 일었다.

육肉의 쇠망치는 서로의 '개성'을 부수기라도 하려는 듯이, 다시 격하게 더욱 깊숙이 파고 들어갔다. 흡사 육체가 결합하기 위해서는 육체 그 자체를 초월하지 않으면 안 된다는 듯이, 육체를 같이 한 채 육체를 뚫고 육체의 건너편으로 도달하지 않으면 안 된다는 듯이.

사람들 사이에 착란이 일기 시작했다. 이미 실신한 자도 있었다. 무작정 십자를 긋는 자도 있었다. 거듭해서 처형의 중지를 호소하는 자도 있었다. 유스타스는 어찌해볼 도리가 없을 만큼 벌벌 떨면서, 게거품을 한 입 가득 물고 있었다. 그의 곁에서는 세 여인들이 각기 자신의 겉옷을 찢어발기고 드러난 유방을 쥐어뜯고 머리카락을 마구 헝클며 수없이 머리를 젓고 있었다.

태양은, 마침내 달 그림자에 완전히 들어가려 하고 있었다. 어둠 속에 비치는 형형한 불길은 여기에 이르러 수형자를 완전히 삼켜버리려고 더욱더 기세 좋게 타올랐다.

그저 망연히 서 있던 나는, 바로 그때 사람들 틈새를 가르며 원 안으로 뛰어나온 한 그림자를 깨달았다. 장이었다. 장은 내가 마을을 찾은 이래, 처음으로 그네에서 내려와 지상에 선 모습을 보여준 것이었다. 나는 너무도 놀랍고, 어떤 감동까지 느끼며 그 모습을 바라보았다. 소년의 얼굴에는 그 순간 분명하게 의사意思라 할 것이 드러나 있었던 것이다. 그것은 행위하고자 하는 의사였으며, 목적을 이루고자 하는 의사였다. 허무적인 유희는 끝나고, 운동은 한 곳을 가리키고 있었다. 여기에 이르러, 화살은 이윽고 맘껏 쏘아지려 하고 있었던 것이다. ……참으로 나는 감동하여 바라보았다. 그러나 그 감동은 결코 자애에 의한 것은 아니었다. 말하자면 나는 그 모습에서 구원받았음을 느꼈던 것이다.

―그러나 이렇게 생각하는 순간, 장의 빼끔하게 뚫린 입, 그 어둡고 작은 구멍에서, 무언가에 홀린 듯한 광적인 홍소가 살을 찢듯이 분출하였다.

안드로규노스는 사라져가는 태양처럼, 마지막으로 찬란하게 빛나며 모든 이들을 어지러움에 빠뜨렸다. 빛은 뿜어져나오며 동시에 유입되었다. 모순에 가득 찬 그 육체는 이제야말로 생생하게, 그 서로를 받아들여질 수 없는 각자의 질을 뚜렷하게 드러내고 확인하면서, 그것들을 먼지 한 알갱이만큼도 잃는 일 없이 하나로 결합하려 하고 있었다. 육체는 팽팽히 긴장하고, 퍼뜩 놀라 날아오르려는 찰나의 백조처럼 산뜻했다. 우뚝 일어선 양물은 더욱더 거세게 경련했다. 그것은 참으로, 힘껏 날아오르려고 애쓰며 두 날개를 파닥거려보지만 여전히 땅에 묶여 있어 몸부림치는 맹금猛禽과도 같았다.

태양은 마침내 달과 결합하였다. 그 순간, 우뚝한 양물이 힘차게 경련하며 그 검은 태양을 향해 정액精液을 쏘았다. 음문을 돌보지 않고 허공을 향해 내뿜어진 포말은, 불꽃을 받아 붉게 빛나며, 우리와 안드로규노스 사이에 번쩍이며 가로지르는 무지개를 이루었다. 정액은 계속해서 흘러넘쳤다. 육체는 그것을 헛되이 하지 않았다. 용솟음치며 쏟아진 희고 탁한 액체는, 양물을 타고 흘러 좌우로 나뉘어 음낭의 안쪽으로 들어가, 음문과 만나고 그 내부로 흘러들었다.

나는 불길 저편의 그 육체를 지켜보았다. '그리운' 그것을 지켜보았다. 우리를 떼어놓은 불길 너머로, 가능한 모든 방향에서 그것을 지켜보았다. 코로는 그윽한 냄새를 맡고, 귀로는 전부 태워버리려는 그 소리를 들었다. 그리고 미친 듯이 애무했다. 나는 거기에 '돌아가고자' 했다. 어느샌가 열기는 내게 침투해 들어와, 나는 바라보면서 바라보였고, 스스로 냄새를 내뿜었고, 피부가 소리를 내며 타오르는 것을 느꼈다. 살덩어리는 파열하여, 한층 더 확실하게 결합되었다. 나는 분형당하고 있었다. 그 고통에 헐떡거리고, 쾌락에 취해 있었다. 나는 수도자이며 또한 이단자였다. 남자이며 여자였다. 나는 안드로규노스이며, 안드로규노스는 나였다. 나는 붉게 번쩍이는 빛으로 가득 채워졌다. 불기둥이 되어 하늘 끝을 뚫고 올랐다. 빛은 골고루 세계를 비추어, 질료를 초월하여 형상을 현현시키고, 물질을 확실하게 '존재'하게 했다. 그 순간, 세계는 얼마나 아름답게 빛났던가, 얼마나 생생하게 반짝였던가! 앞으로 일어날 운동은 송두리째 이 순간에 일어나고, 과거의 운동은 이 순간에 무한히 반복되었다. 모든 것은 영원으로 예감되고, 일어나고, 회고懷古되었던 것이다. 영은 육을 떠나려 할수록 점점 더 깊이 육의 깊숙한 곳으로 들어갔다. 나의 영은 육과 함께 승천하고, 육은 영과 함께 땅 깊은 곳으로 내려갔다. 육은 영과 융합하였다. 나는 세계의 모든 것을 단 한 지점으로서 내려다보았고, 그것을 만졌다. 세계는 나와 너무도 익숙했다. 나는 세계를 포옹하고, 세계는 나를 감쌌다. 내계內界는 외계外界와 같은 육지가 되었다. 같은 바다가 되었다. 세계가 없어지며 내가 있고, 내가 없어지며 세계가 있고, 둘 다를 잃으며 둘 다가 존재하였다. 오로지 단 하나로 존재하였다! ……그리고, 나는 마침내 이르려 하고 있었다. ……무엇에? ……빛에, …………눈에 가득 차게 거대한, 이 빛에, ………………아득한 저편으로부터 뿜어져 나와, 이르는 곳곳에 그 원천이 있는 이 ……넘치는 ……빛에,
………………………………………………………… 빛,
………………………………………… 그것은, ……
……………………………………………………………
……………………………………………………………
……………………………………………………………

· · · · · · , , ·

· · · · · · · ·

·

─◈─

……시간이 얼마나 지났는지 알 수 없었다.

문득 정신이 들어 주위를 살펴보았다. 형틀 위에 안드로규노스의 모습은 보이지 않았다. 거인의 환영도 사라지고, 태양은 본래의 완전한 원 그대로 하늘 저편에 뚜렷하게 걸려 있었다.

사람들은 모두 망연자실한 모습으로 멍청히 서 있었다. 아직 실신 상태에서 깨어나지 못한 사람도 있었다. 자크와 그 동행한 사람들조차도 그저 입을 벌리고 타고 남은 형장의 기둥을 바라다볼 뿐이었다.

유스타스는 땅에 엎드려 격심한 구토를 거듭하고 있었다.

장의 모습은 사라지고 없었다. 어디를 둘러보아도 그 그림자조차 보이지 않았다. 나는 문득 처음부터 이곳에 장이 없었던 게 아닌가 스스로를 의심했다. 착란된 기억 속에 희미하게 남은 그 모습이, 멍한 환영처럼 여겨졌던 것이다. ……그 소년이 그네에서 내려와 형이 집행되는 것을 보려고 이곳에 발길을 옮겼었단 말인가. 벙어리의 입으로 소리를 내었단 말인가. ……그러나 그 이상 생각하지 않았다.

서서히 정신을 수습해가는 마을 사람들이 어찌할 바를 모르고 구원을 바라듯이 자크를 향해 눈길을 던졌다.

자크는 그 눈길에 쫓기듯이, 서둘러 본연의 모습으로 돌아와 말했다.

"형틀 아래를 조사해보시오. ……어쩌면 사슬이 풀려서 땅에 떨어져버렸을지도 모르오. ……마녀의 살은 한 조각까지도, 아니 털 한 올도 남겨두어서는 안 되는 것이오. ……어서!"

재촉을 받아 몇 사람의 형리가 아직 불기를 내뿜고 있는 장작더미에 다가갔다.

"……없습니다. 재뿐이에요."

형리는 뒤로 물러섰다. 이어서 자크가 스스로 그것을 검사하려고 나섰다. 그 순간, 군중 속에서 한 사내가 휘청거리는 발걸음으로 형틀을 향해 걸어나갔다. 마을 사람들은 멍한 눈을 들어 그를 보았다. 사내는 양 무릎을 땅에 대고, 맨손으로 재를 뒤적거리며 무언가를 찾아냈다. 그가 눈앞에 들어올린 것은 이 세상의 것이라고는 할 수 없는 묘한 빛을 발하는, 붉은빛이 도는 한 개의 금덩어리였다. 사람들이 다시 한번 불안으로 웅성거렸다. 그것은 지금 막 닦아 내놓은 듯이 완벽하게 반짝였다. 바로 조금 전에 재 속에서 꺼냈음에도 불구하고 조금의 티끌도 붙어 있지 않았다. 사내는 그것을 손안에 꼭 쥐더니, 품속에 집어넣으려 했다. 그때,

자크가 앞으로 나서 엄한 말투로 이를 제지했다. 그리고 외쳤다.

"이자를 체포하시오! 이자는 마을 사람에 의해 이미 고발되었소. ……여러분도 지금 이자가 무엇을 하려 했는지 목격했을 것이오. 이자는 '마녀의 재'를 가지고 금을 산출한다는 그 사악한 마술에 쓸 작정인 것이오. 신께서 창조해주신 이 세계의 질서를 어지럽히고, 마을에 재앙을 불러들이려 하는 것이오! ……자, 무엇을 하고 있는 거요, 어서 오랏줄로 묶으시오!"

사내는 난폭하게 손을 뒤로 비틀려 꽁꽁 묶인 채, 자크의 발아래로 끌려갔다. 저항은 하지 않았다. 얼굴에 약간 초췌의 흔적이 보였을 뿐이다.

마을 사람들은 다시 웅성거렸다. 자크는 사내의 두건을 벗겨 얼굴을 확인했다. 그리고 그 오른손에 감춰진 기묘한 물질을 잡아채 쳐들더니, 불결하기 짝이 없다는 듯이 양 손바닥으로 쥐어 짓눌렀다.

"그냥 재에 지나지 않아, ……그냥 재란 말이야……"

그의 손가락 틈새로 빛의 잔재와도 같은 금가루가 흘러내렸다. 자크는 형리를 불러, 그것을 재와 함께 강에 흘려보내라고 지시했다. 그때, 웅크리고 있던 유스타스가 홀연 일어서더니, 자신이 그 '재'를 처리하고 싶노라고 나섰다. 그러나 자크는 허락하지 않았다. 그리고 다시 한번 형리들에게 분명하게 처리하라는 확인을 하고, 주위를 휘둘러 흘겨보고는, 말없이 사내를 데리고 형장을 떠났다.

한순간에 벌어진 일이었다. 나는 마을 사람들 뒤편에 선 채로, 그저 말없이 그것을 지켜보고 있었다. 사내가 단 한 번만이라도 내 쪽을 돌아보아주기를 기대하면서.

……그러나 그것은 허무한 바람이었다.

그 사내, 연금술사 피에르 뒤페는 끝내 뒤돌아보지 않았다. 눈길 한 번 주지 않고, 내 눈앞에서 멀어지고 말았다.

⋘⋙

그날 저녁, 비는 내리지 않았다.

⋘⋙

다음 날, 나는 마을을 떠났다.

자크의 충고에 따른 것이었다. 피에르를 포박한 뒤에, 자크는 비밀리에 나를 찾아와 말했다. 형제는 내일 당장 이 마을을 떠나

주시오. 피에르 뒤페를 마녀로서 심문에 부치는 이상, 형제와 그 자의 관계가 적잖이 깊었던 것으로 짐작하건대, 반드시 형제의 신상에도 해가 미칠 것이오. 나는 형제의 신앙심을 의심하지 않지만, 마을 사람들 중 누군가가 형제를 고발할지도 모르오. 나는 형제가 재판에 회부되는 것은 원치 않소. 처음부터 형제의 여행이 피렌체에 가는 것을 목적으로 했었다면, 이 이상 이곳에 길게 머물러봤자 득 될 것도 없을 터이니 부디 내 말을 들어주기 바라오. —나는 그 말을 받아들였다.

다시 여행길에 오르면서 나는 피에르의 무고한 죄를 씻어주기 위한 어떠한 수단도 강구하지 않았다. 법정에 서서 그 의혹을 밝혀주는 것도, 혹은 내밀하게 자크에게 손을 써 조치의 경감을 얻어내보려고도 하지 않았다. 나는 그저 피에르가 했던 말을 떠올리고, 그의 집에서 장서들을 옮겨와, 품에 안고 도망치듯이 표연히 마을을 떠났던 것이다.

……내가 '무고한 죄를 씻어준다'고 했던가? 그러나 대체 그것이 내 힘이 당할 수나 있는 일이었을까.

마을에 머물던 동안, 결국 나는 피에르가 비술을 쓰는 이단자인지 아닌지 결론을 내리지 못했다. 만일 사람들이, 피에르가 마술로써 직접적으로 역병을 만연시켰고 호우를 내리게 했다고 한다면, 나는 그에 대해 얼마든지 논박할 수 있었으리라. 그 같은 일은 본디 피조물이 할 수 있는 바를 넘어선 것이기 때문이다. 그러나 본래 연금술을 시도하고자 하는 것 자체가 이단이며, 그 불손에 신께서 진노하시었고 그 징계로서 갖가지 재액을 내리셨다고 한다면, 나는 그만 입을 다물지 않을 수 없었으리라. 지금까지도 나는 그를 아니라고 단언할 수가 없는 것이다.

─그러하나, 마을을 떠날 때 나의 뇌리에 그같은 번민과 고뇌가 가득 차 있었다고 한다면, 그것은 거짓이다. 내가 이런 생각을 하게 된 것은 훨씬 뒤에 이르러서의 일이기 때문이다.

나는 무엇이 어찌되었든 마을을 벗어나고 싶었다. 무턱대고 아무런 이유도 없이, 그저 마을을 벗어나고 싶었다. 자크의 말은 다지 그 계기에 지나지 않았던 것이다.

그러면 어째서였을까. ─나는 그렇듯 스스로에게 묻지 않을 수 없다. 내가 소심한 겁쟁이였기 때문이었을까. 이단 심문에의 불신 때문이었을까. 피렌체에의 동경 때문이었을까. 피에르에 대한 나의 모순된 감정 때문이었을까. 아니면 그때 나를 점령하고 있던 어찌해볼 도리 없던 피로감 때문이었을까. ……나는 그 어떤 것이라고도 판단을 내릴 수가 없다. 그러나 아마도 그 하나하나의 이유 모두가 진실을 품고 있으리라. 나이가 들어갈수록 나는, 인간이 행하는 바 어떤 결과가 오직 한 가지의 원인에 반드시 귀착된다고 하는 단순한 낙관주의를 점점 더 믿을 수 없게 되었다. 하나의 결과가 나오는 것은, 우리가 생각하는 것보다도 훨씬 더 많은 미묘한 카오스(혼돈)에 의한 것이며, 대부분의 경우 우리가 찾아낸 원인이라는 것은, 유기적인 카오스로부터 조금 떼어온 한 조각에 지나지 않는 것이리라. 물론 그 크고 작음의 차이는 있겠지만.

나는 다시 여행길에 올라 별탈 없이 피렌체에 다다를 수 있었다. 나는 그곳에서, 아직 상재되지 않았던 피치노의 번역에 의한 플라톤 전집의 일부며, 피타고라스에 관한 그의 소론小論, 나아가 『헤르메스 선집』과 『가르디아 인의 신탁神託』과 같은 중요한 몇 권의 문헌을 입수했다. 더불어 피치노를 비롯한 플라톤 아카데미의 여러 학자들과도 만날 기회를 가질 수 있었다.

나는 플라톤 아카데미와 그 밖의 이교 철학자들에 관한 그들의 학설을 흥미 깊게 경청했다. 또한 그 몇 년 뒤에 파리를 방문하게 되는 피코 델라 미란돌라*의 경탄할 만한 주장에도 접할

---

* Giovanni Pico della Mirandola(1463~1494), 이탈리아의 인문학자. 플라톤주의 철학자. 피렌체에서 르네상스 시대의 뛰어난 플라톤주의 철학자인 마르실리오 피치노와 교유했다.

수 있었다. 그러나 그들의 어떤 논리에 대해서도, 결국 나는 피에르에게서 받은 정도의 감명을 얻는 데는 끝내 이르지 못했다.

귀로는 혼자가 아니었다. 남은 여비로 시종을 둘 고용하여, 엄청난 양의 문헌을 그들과 나누어 지고 왔다. 겨울을 피렌체에서 지냈기 때문에, 파리로 돌아오니 해가 바뀌어 봄이 되어 있었다.

대학에는 다행스럽게도 아직 나의 적籍이 남아 있었다.

파리에 돌아와 수개월이 흐른 뒤인 1483년 8월 30일, 당시의 프랑스 국왕 루이 11세가 서거하였다. 향년 60세였다. 다시 이듬해인 1484년 8월 12일, 이번에는 당시 교황이었던 식스투스 4세가 서거했다. 향년 70세였다. 세상 일에 소원하기만 한 내가 이 두 사람의 죽음을 확실히 기억하고 있는 것은, 당시 이 일이 나의 전반생前半生이라고도 할 것의 종말을 덧붙여 알리고 있는 듯이 여겨졌기 때문이다. 나는 지금도, 단순히 우연에 지나지 않을 두 사람의 연이은 죽음을 나 자신의 경우와 연결하여 회상하고자 하는, 사뭇 거역하기 힘든 유혹에 이끌리곤 한다. 그같은 감개에 빠지는 따위, 본디부터 내가 좋아하는 바는 아니었다. 그러나 여행을 거치는 동안 나의 내심에 어떤 본질적인 변화가 일어났다는 점은 사실이었다. 그것을 무어라 능숙하게 표현할 길은 없다. 그러나 구태여 말해보자면, 나는 그 여행에 의해 신앙이라는 것의 가장 심오한 곳에 감춰진 무언가에 아주 조금 접할 수 있었던 것이다. 그리고 그런 연유로, 내 마음속에는 처음으로 신에게로 통하는 한 줄기 아득한 길이 뚫리게 되었던 것이다.

……현재, 나는 한 지방의 본당에서 주임 사제직을 맡고 있다.

파리에서의 연구 생활을 거친 후, 1509년에 나는 히메네스 데 시스네로스*의 청을 받아 스페인의 알칼라 대학에 부임했다. 거기에서 거의 십 년 동안에 걸쳐 토마스주의의 강의를 행

---

* Francisco Jiménez de Cisneros(1436~1517), 스페인의 고위 성직자. 종교개혁가. 1507년 스페인의 추기경 겸 대심문관이 되었다. 1508년 알칼라에 대학교를 설립하고, 토마스주의 신학강좌와는 별도로 스코투스주의 신학강좌와 유명론 신학강좌를 개설했고 동양 언어강좌도 개설했다. 당시 많은 훌륭한 학자들을 알칼라 대학으로 초빙하였다.

하였고, 그 한편으로 성서의 원전 편찬을 위한 일에도 참여하였다. ……뒤돌아보면, 그곳에서 내가 얻은 것은 겨우 두 가지뿐이었다. 한 가지는 아주 작은 행복, 또 한 가지는 커다란 실망이다. ─아니, 후자 역시 '아주 작은'이라고 해야 할 것인가.

행복이란, 거기에서 상당량에 이르는 학문상의 저작著作을 할 수 있었다는 것이다. 이는 객원 교수로서 후대를 받으며 많은 자유스런 시간을 누릴 수 있었던 덕분이었다. 실망이란 무엇인가 하면, 애초부터 시대의 탓으로 인해 일어나는 불행을 자신이 처한 환경에 귀착시켜, 이로써 무언가 희망을 찾고자 하는 태도가 얼마나 어리석은가를 깨달았다는 것이다. 결국 알칼라에서의 생활도 내게는 파리에서의 그것과 아무런 다를 바가 없던 것이었다. 그리고 몇 년 전, 그 땅의 포교 정책에 혐오의 기분을 더는 감출 수 없을 즈음에 마침 때맞추어 나를 초청해주었던 히메네스가 타계했다. 나는 그것을 기회로 삼아, 스스로 상재한 몇 권의 저작을 싸들고 고국으로 돌아왔다. 그리고 이윽고 현재의 사제직을 얻었던 것이다.

얼마 전 볼일이 있어 로마에 가던 길에, 나와 나의 동행자는 비엔에 숙사를 잡고 거기에서 며칠을 보냈다.

그곳에서 만난 몇몇 사람들은, 최근의 이단 심문이 얼마나 열악한지 이구동성으로 비난하며 탄식했다. 그 이야기를 듣던 나는 그들이 손꼽는 이단 심문관의 이름 중에, 뜻밖에 귀에 익은 한 사람의 이름을 깨닫고 깜짝 놀랐다. 자크 미카엘리스였던 것이다. 나는 수도원으로 그를 방문했다. 이는, 참으로 오랫동안 끊겼던 인연을 다시 잇고자 하는 마음과 더불어, 피에르 뒤페의 그 뒤의 처우에 대해서도 알고 싶었기 때문이었다.

자크는 그 용모가 심하게 변하여, 언뜻 보면 그인지 알아볼 수 없을 정도였다. 그 마을을 떠난 이래, 장장 삼십여 년 이상을 만난 일이 없으므로 그것도 그리 이상할 것은 없는 일이겠지만, 그렇기는 해도 내가 보기에 그 초라한 얼굴에 드러난 것은 그저 노추老醜만은 아니었다. 예전에 형형하게 빛나던 두 눈은 빛을 잃고, 눈두덩에는 음울한 그림자가 끼어 있었다. 마치 너무 오래 쓴 검의 칼날이 그동안 베어낸 살의 기름때에 절어가듯이, 수없이 많은 죽음이 그의 얼굴을 스치고 지나가 그 흔적이 얼룩이 되어 배어버린 듯했다.

자크는 나를 알아보지 못했다. 더구나 마을 일도, 거기에서 처형되었던 '마녀'에 대해서도, 그리고 피에르 뒤페의 일도 모두 기억에 없노라고 했다. 나는 허언虛言이리라고 짐작했다. 피에르 뒤페라는 이름을 듣고, 그는 갑자기 얼굴빛이 바뀌며 잠시 입을 열지 못했던 것이다.

그가 동요하고 있다는 것은 의심의 여지가 없었다. 나는 똑같은 질문을 다시 한번 던졌다. 그러나 대답은 같았다. ─ 할 수 없이 나는 수도원을 뒤로하였다.

그러나 이날의 해후는 여기에서 끝나지 않았다.

수도원을 나와서 얼마간 번화가를 걸어가던 나는 뒤쪽에서 누군가 부르는 소리를 깨달았다. 돌아보니, 아주 조그만 사내가 발을 절뚝거리며 숨이 턱에 닿도록 나를 향해 뛰어왔다. 대장장이 기욤이었다. 나는 우연치고는 너무나 이상하다 할 이 재회가 기이하기 짝이 없었으나, 사정은 곧바로 밝혀졌다.

기욤은 이전과 변함없이 아침기 가득한 혀를 놀려 나와의 재회를 과장되게 기뻐하고, 몇 번이고 '아주 귀하신 분이 되셨네요'라고 거듭 말했다. 나는 그저 두세 번 고개를 끄덕이고는, 이곳 수도원에 있는 자크 미카엘리스라는 이가 예전 그 마을에서 사목 활동을 하던 바로 그 사람인가고 물었다. 기욤은 말이 떨어지기가 무섭게 대답했다.

"예, 바로 그렇습지요. 만나보지 않으셨던가요?"

나는 아니라고 시침을 뗐다. 그리고 나서 피에르에 대해 무언가 아는 바가 없느냐고 물었다. 기욤은 이 말에 요설을 풀어가며 대답했다.

"참, 니콜라 님도! 아직도 그 사기꾼 연금술사 일을 다 기억하고 계십니까요? 그자라면, 벌써 한참 전에 옥중에서 죽어버렸습지요. 자크 님께서 한참 취조하시던 중의 일이었다지요, 아마. 참말로, 니콜라 님께서도 잘 아시겠지만서도, 그자 때문에 우리 마을이 얼마나 큰일을 당했었습니까요. ……실은, 지금이니까 말씀입니다만, 그자를 마녀로 고발한 것은 바로 저였습지요. 그자가 저지른 갖가지 죄상은 제가 가장 잘 알고 있었으니깐요. 그 일로 자크 님의 돌보심을 받아, 제가 이렇게 그 재수없는 마을을 떠나 이 도회지에서 다시 대장간을 해가며 살 수 있게 되었습지요. 참말로 하나에서 열까지 자크 님 덕분입지요……"

―나는 그저, 그러냐고만 대답했다. 기욤은 이어서, 나를 꼭 자기 집으로 초대하여 식사를 대접하고 싶노라고 청했다. 그러나 나는 있지도 않은 볼일을 이유로 내세워 이를 물리치고, 어안이 벙벙한 듯한 그 사내 앞에서 그대로 몸을 돌렸다.

조금 걷다가 문득 장의 일이 떠올랐다. 거기에 대해 뭔가 묻고 싶어 뒤를 돌아보았을 때에는, 오가는 인파 속에 이미 기욤의 모습은 보이지 않았다.

─사흘간이나 줄곧 쏟아지던 비가 오늘 아침이 되어서야 겨우 멎었다. 오래도록 보지 못했던 태양이 동쪽 하늘에 막 피다 멈춘 꽃처럼 조용하게 반짝이고 있다. 빛은 창으로부터 들어와 책상 위를 비추고, 옆으로 누운 플라스크 바닥에 담긴 은화 한 닢 정도의 수은을 눈부시게 반짝이게 하고 있다.

나는 최근 연금술 실험을 시작했다. 오래도록 손대지 않았던 피에르의 책더미 끈을 풀고, 꼼꼼하게 검토하고, 그가 만든 순서를 밟아 매일 작업을 거듭하고 있다. 이제까지 나는 자연학 중에서도 연금술에 대해서만은 불문에 부쳐왔었다. 그러나 지금에 이르러 돌연 연금술에 뛰어들고자 하는 생각이 든 것은, 얼마 전에 자크와 기욤을 만나고 거기에서 피에르의 죽음을 확인한 것이 한몫을 했는지도 모른다. 아직 흑화 과정조차 성공하지 못했으니 확실한 말은 아무것도 할 수 없으나, 그런 중에도 뭔가 성과를 얻을 듯한 예감만은 품고 있다.

예전에 피에르는 거듭 말했었다. 연금술은 결국 작업이 모든 것이며, 설령 만 권의 책을 읽어낸다 해도 실제로 물질을 마주 접하지 않는다면 얻는 바가 없으리라고. 이는 피에르 자신의 신조였으며, 나에 대한 충고이기도 했다. 그 말의 의미를, 마침내 나는 지금에 이르러 이해하게 되었다.

  분명히 나는 작업을 행하면서, 문헌을 통해서는 알 수 없었던 많은 것을 배웠다. 게다가 그 기간이 겨우 한 달도 채 되지 않았다. 그러나 이는 작업이라는 행위가 가져다주는 것 중에서 아주 사소한 한 면에 지나지 않으리라. 나에게 보다 더 중요하다고 생각되는 것은, 연금술 작업에는 그것을 행하는 것 자체에 어떤 종류의 묘한 충실감이 있다는 점이다. 한줌밖에 안 되는 자그만 물질을 접할 때, 나 자신이 마치 이 피조물계의 모든 물질을, 이른바 세계 그 자체를 만지고 있는 듯한 착각을 느낀다. 이는 참으로 표현하기 힘든 착각이다. 인간은 광대한 초원에 홀로 섰을 때, 혹은 아득히 먼 곳까지 펼쳐진 옥빛 바다를 눈앞에 마주하였을 때, 어쩌면 이와 비슷한 감각을 품을지도 모른다. 그렇다 하나, 그러한 때에도 그가 만져볼 수 있는 것은, 결국 세계의 한 단편에 지나지 않을 터이다. 아니 어쩌면, 그는 그조차도 만져볼 수 없을지 모른다. 그러나 나는, 어둑신하고 조그만 방 안에 틀어박혀 작업을 행하고 있을 때, 그 한 찰나 찰나에 어떤 기묘한 확신을 가지고 세계의 모든 것과 직접 접하고 있다고 느낄 수 있는 것이다.

선인들이 연금술 작업에 이끌렸던 것은, 어쩌면 이 느낌 때문이 아니었을까. 적어도 내가 피에르와 연금로 사이에서 발견했던 친근감은, 돌아보자면 이 점이 그대로 드러났던 것이 아닌가 싶은 생각이 드는 것이다.

이와 거의 같은 양상의, 그리고 이보다도 훨씬 격렬한 감각을, 나는 내 인생에서 단 한 번 체험한 일이 있었다. 그것은 그날 있었던 '마녀'의 분형이었다.

내 가슴속에는 지금도 그 순간의 찬란함이 비치고 있다. 그 무어라 말할 수 없는 눈부심이 빛을 발하며 비치고 있는 것이다. 그러나 언제부터인가, 만물을 골고루 들어삼켜버렸던 그 거대하고도 선요鮮耀*한 빛 속에서, 나는 마치 금속의 표면에 녹이 슬기 시작한 듯한 극히 작은 하나의 얼룩을 깨닫게 되었다. 그리고 빛은, 그 한 점을 향하여 운동을 시작하고, 거기에서 저 건너편으로 기묘한 역류의 샘처럼 영원히 흘러나가며, 영원히 고갈되지 않는 것이다.

나는 그 한 점의 얼룩 저편에 번뜩이는 세계의 환영을 바라보는 때가 있다. 그것은 확실하게 육신과 물질로 축조되어, 우리

---

* 선명하게 빛남.

에게 너무도 친숙하고 또한 '현실적으로 존재하는' 세계이다.

그때의 빛을 우리가 끝내 바울로를 회심시킨 빛으로 간주하지 못하였던 것은, 단지 우리에게 주의 음성이 와 닿지 않았기 때문만은 아닐 것이다. 사실, 그 빛이 주에 의해 보내졌다는 근거는, 그것을 부정하는 허다한 근거에 비해 단 한 가지도 없다.

그러하나, 우리 기독자는 항상 어떤 예감 속에 살아가는 것이다. 그 탓에 이러한 구절을 떠올려보고, 나날의 생활에서 무언가 기적의 표징을 보고자 하는 바람을 금할 수 없는 것이다.

— 그러하니, 우리 어서 빨리 도달하고저……

그날 분형에 처해지는 안드로귀노스에게서, 박해받아 십자가에 내걸린 그리스도의 모습을 본 자는 없었던 것일까. 돌을 집어던진 후에, 눈앞에 골고다의 환상을 보고 갑자기 회오悔悟의 염念에 붙들렸던 자는 없었을까. 불길한 숲에서 잘라내온 그 형틀이 일순 십자十字로 빛나는 것을 본 자는 없었던 것일까. 수형자를 삼켰던 그 불길이 땅속까지 이르러, 아담의 죄까지도 정화시키려 하는 것을 본 자는 없었을까. ……그와 같은 탐색은 물론 허망하기 짝이 없는 것이리라. 어쩌면 용서받을 수 없는 생각인지도 모른다. 그러나 구태여 이를 위해 펜을 달린 것은, 내게는 분명히 저 안드로귀노스야말로 재림한 그리스도가 아닌가 생각했던 한 시기가 있었기 때문이다. ……그 생각은 나의 소심한 기질 속에 내던져지고 말았다. 그 뒤에는 그저 불가해한 생물의 모습만이 남겨져 있다.

대체 그 안드로규노스는 무엇인가. ─나는 할 수 있는 한, 나 자신의 체험을 그대로 기술함으로써 무언가 대답이라 할 만한 것을 뽑아낼 수 있지 않을까, 은근히 기대하는 바가 있었다. 그러나 끝내, 안드로규노스의 일관된 상을 조형하는 것은 불가능하였다. 어쩌면 내가 보다 강력하게 그것을 찾고자 의식하면서 펜을 달렸더라면, 그럴싸한 성과를 얻을 수 있었을까. 나는 그렇게는 생각지 않는다. 그러한 노력은 더욱 허망한 것이 되고 말았으리라. 그것이 지금까지도 내가 저 안드로규노스에 대해 기술하는 데는, 결국 그때그때마다 서로 모순되는 나의 인상을 모순된 채로 기록할 수밖에 없다고 생각하는 연유이다.

그리고 헛되이 이렇게 생각해보는 것이다. 바야흐로 분멸焚滅되려 하던 찰나, 분명하게 나는 그것과 일체가 되는 것을 느꼈었다. 그러나 돌아보면, 이는 단지 그 순간에만 한정된 것은 아니었는지도 모른다. 그 동굴 안에서 처음으로 그것을 눈앞에 보았을 때에도, 형장에 끌려왔을 때에도, 그리고 모두의 눈앞에서 그대로 노출되어버린 양물이 미처 날아오르지 못하고 허공을 가리킨 채 정액을 내뿜던 때조차도, 나는 역시 그와 하나가 되었던 것인지도 모른다.

대저, 안드로규노스는 나 자신이었는지도 모르는 것이다.

……글을 멈추고 펜을 놓기에 이르러, 나는 그늘지는 책상 한편에 쌓여 있는 서류에 눈을 주었다. 그 내용은 북쪽 지방에서 한창 일어나고 있는, 아우구스티누스 회의 한 수도사에 의해 시작된 이단 운동에 관한 보고서였다.

나는 한숨을 내쉬며 창밖을 바라보았다. 비 걷힌 대지가 휘황하게 햇빛을 되쏘아 눈이 부셨다.

—새가 울고 있었다.

문득 저 건너편을 바라다보니, 하늘에 무지개가 찬란하게 빛나고 있었다.

| 작가 인터뷰 |

장기권 (재일 문화평론가)

아쿠타가와 상이라 하면, 일본의 수많은 문학상 중에서도 최고의 권위로 알려져 있다. 2년 전, 재일교포 여성작가 유미리가 『가족 시네마』로 수상했던 일은 아직도 기억에 새롭다.

올해의 수상자는 아쿠타가와 상 사상 23년 만에 대학생이다. 명문 교토 대학 법학부에 재학중인 히라노 게이치로平野啓一郎. 일본 언론들은 "미시마 유키오의 재래再來"라는 파격적인 표현을 동원하여 그를 평가하고 있다.

120회를 맞는 긴 역사 동안, 대학 재학생이 수상한 예는 이번까지 네 번뿐이다. 기존의 수상자 세 사람 모두가 오늘날 일본

문단을 대표하는 지성들로서 굳건히 자리매김을 하고 있다. 이시하라 신타로石原愼太郎, 오에 겐자부로大江健三郎, 무라카미 류村上龍. 이름만 들어도 쟁쟁한 인물들이다. 그중 오에 겐자부로는 노벨문학상 수상자로서 잘 알려진 인물이다.

수상 결정으로부터 한 달 남짓 지난 2월 어느 날, 교토국제센터에서 히라노를 기다리면서 필자는 아쿠타가와 상 심사경위와 심사평 등이 수록되어 있는 『문예춘추』 3월호를 펼쳐들었다. 예년에 없이 강한 표현들이 유난히 많이 보이는 심사평에서, 이 작품에 거는 심사위원들의 기대를 짐작할 수 있었다. 일본의 원로 중진 소설가들인 심사위원 9인의 심사평을 간단히 줄여서 소개하면 이렇다.

작품 구성의 크기와 사고의 심오함이 낳은 인상 때문이었으리라. 나는 『일식』을 읽으면서, 천장 높은 건축물에 발을 들인 듯한 인상이었다. 이교 철학의 위협을 느끼는 15세기의 젊은 수도사가 신학과 철학의 총합을 목적으로 하는 이상, 이단 철학과의 접촉은 피할 수 없는 일이리라. 그 위험한 행위에 의한 긴장감과 스릴이 스토리를 전개하는 장중한 힘을 이루고 있다. 참으로 스케일이 큰 신선한 작품이다. ― 구로이 센지

요즘 소설들이 보여주는 분위기만 내는 정도의 비현실감이나 자폐나, 파괴충동, 그리고 종말의식 같은 단조로움에 나는 싫증이 난다. 그에 비해 소설의 정통에 서고자 하는 히라노의 『일식』을 나는 추천한다. 이 소설이 의식적인 문어체의 격조를 마지막까지 잃지 않고 지켜나간 것도 참으로 대단했고, 주인공의 영혼의 통합체험도 공감할 수 있었다. 생각해보면 소설 공간이란, 스쳐 지나는 잡다한 일상으로부터 '영혼의 현실'의 결정結晶을 만들어가는 연금로이며, 창조적 작가는 연금술사가 아닌가. 히라노라는 이 젊은 연금술사의 행로에 은총이 있기를 빈다. ─ 히노 게이조

기독교만이 아니라 종교는 육체와 영혼이라는 두 가지 국면에서 추구되지만, 이러한 이원론적인 택일로는 궁극의 초월성을 포착할 수 없다는 점을 이 작가는 알고 있다. 그 때문에 남녀의 육체를 상징적으로 결합시킨 존재를 화형에 처하는 광경에서, 일순 지고의 극치를 전개하여 보여주고 있다. 참으로 젊디젊은 야심과 힘이라 할 것이다. ─ 다쿠보 히데오

『일식』에는 기적과의 조우를 간절히 바라는 마음이 담겨 있다. 그것이 인간에게 있어 영원의 주제가 아닐까. 나는 이 작품에서 작가의 뜻, 정신, 기개志 높음을 보았다. 그리고 거기에 승부를 걸기로 했다. 부기하자면 지志란, '마음心이 향하는 곳'이지, 머리頭가 향하는 곳이 아니다. — 고노 다에코

미시마 유키오가 초기에 보였던 감미로운 매혹은 이 작품에는 없다. 오히려 그것이 억제되어 있다. 그러나 문학적인 감각에는 지지 않을 구축構築이 있다. 이 작품을 읽고 내가 느낀 소감은, 무모하다는 것이다. 그러나 아무튼 해버렸다. 나 같은 사람은 감탄 이전에, 내던져진 그 시도가 별로 유난떨 것도 없이 자연스럽게 맵시 있는 포물선을 그리는 것을, 아연 바라보았을 뿐이다. — 후루이 요시키치

히라노의『일식』은 대단한 평판을 얻고 있으나, 나는 이 작품에 여러 가지 기본적인 의문을 느끼지 않을 수 없다. 나 자신 심사를 위해 이 작품을 읽으면서 이해할 수 없는 한자가 상당수 있었다. 이 현대라는 시대에 소설을 읽으면서 일일이 사전을 펴봐야 한다는 것은 문학의 감상과 본질적으로 동떨어진 사태라

하지 않을 수 없다. 이 현학 취미라 할까, 오만한 의고문擬古文이라 할까, 과연 이런 방법을 쓰지 않으면 현대 문학은 소생할 수 없는 것일까. ─ 이시하라 신타로

 반대의견을 편 이시하라 심사위원의 말씀은 적절한 지적이라 할 수 있다. 그러나 이 작가의 해박함과 명석한 문장 구사 능력은 참으로 눈이 휘둥그레질 만하다. ─ 미우라 데츠오

 『일식』은 지적知的으로 구축된 재미있는 소설이다. 여기저기 대범한 점은 일종의 힘의 증명으로 바람직하게 보았다. 얼핏 고풍스러운 이 소설에 현대적 의미를 부여하자면, 도그마가 붕괴되고 이데올로기가 힘을 잃어 이교도의 철학을 필요로 한다는 점에서, 중세 말기와 현대는 참으로 비슷한 정황이다. 우리가 안드로규노스를 찾고 있는 것이다. ─ 이케자와 나츠키

 이 소설은 기성품의 범주로부터 튀어나와 손발을 쭉 뻗고 있다. 요즘의 신경병증적인 폐쇄된 작은 소설들을 냅다 걷어차버렸다. 이 젊은 작가가 내면에 감추고 있는 것은 지금 표출된 승부의 힘이 아니다. 장래에 커다란 기대감을 갖게 하는 강하고도

풍부한 힘이다. ― 미야모토 데루

 히라노는 유명작가라기보다는 길거리에서 흔히 마주칠 수 있는 평범한 대학생의 모습으로 다가왔다. 갈색으로 염색한 머리에 한쪽 귀에는 둥그런 귀걸이가! 일본 최고의 문학상에 어울리는 무게 있는 작가라는 느낌보다는, 어딘지 반항기조차 느껴지는 자유분방한 모습이었다. 갈색 머리는, 수상 소식이 전해질 무렵까지는 금발로 물들이고 있었다 한다.

 필자는 스스로의 감각이 구시대적이라고 생각해본 적은 없지만, 솔직히 갈색 머리에 귀걸이가 멋있어 보인다는 생각은 들지 않았다. 하지만 대화가 진행될수록 작가가 지닌 폭넓은 식견과 뚜렷한 자의식은 곳곳에서 베어나왔다. 두 시간이 남도록 시종일관 그가 보여준 의연한 태도와 작가적 진지함은, 귀걸이에서 느낀 선입관을 불식시키기에 충분했다.

 수상작 『일식』은 중세 유럽을 배경으로 기독교와 연금술, 마녀 사냥, 안드로규노스(兩性具有의 全人) 등이 등장하는 난해한 소설이다. 말미에 그려지고 있는, 태양과 인간이 교접하는 초월적 종교체험의 묘사는, 이 소설의 현학성을 대표적으로 나타내는 부분이다. 주제를 이해하는 것은 다음 문제이고, 끝까지 읽는 데도 상당한 지적 뒷받침이 요구되는 작품이다.

작품 전반에 흐르는 의고체 문장과 어려운 한자에 대해서는 발표 당시부터 끊임없는 논쟁이 이어졌다. 하지만 결국, '글의 표현이 쉬워진 반면 사고의 폭이 협소해지고 있는 현대 문학에 있어서, 잊혀져가는 문어체의 중후함을 일깨워준 작품'이라는 높은 평가를 받으며 수상작으로 결정되었다.

일본에서는 벌써 판매부수 40만부를 돌파하며 베스트셀러의 선두를 달리고 있다.

― 큰 상을 받게 된 것을 축하합니다. 일본 문단의 최고 권위라고 알려져 있는 아쿠타가와 상을 학생의 신분으로 그것도 첫 작품으로 수상하게 된 것은 정말 대단한 일이라고 생각합니다.

"저에게는 너무나 과분한 상입니다. 긴 여행을 떠나는 나그네가 아직 여로의 쓴맛을 맛보기도 전에 진수성찬부터 대접받은 격입니다. 먼 훗날 여행이 끝나갈 무렵에 이런 대접을 받는다면 지금보다는 더 떳떳하고 뿌듯할 텐데요. 한눈팔지 말고 작품활동에 더욱 정진하라는 뜻이라 여기고 겸허하게 받아들이고 있습니다."

뜻밖의 대답이었다. 수상 발표 직후 일본 언론은, "음, 좋군요. 이런 작품을 아쿠타가와 상이 인정했다는 것은, 아쿠타가와 상에게 의미가 있지 않겠습니까?"라는 다소 오연한 히라노의 소감에 '기자들도 압도되는 분위기였다'고 기자회견장 분위기를 전하고 있었기 때문이었다. 일본의 『주간 문춘』은 '자신의 작품에 대한 자신감, 언론에 영합하지 않는 태도는 축구계의 나카다 선수와 비슷한 타입이었다'고 전하고 있다.

― 요즈음 언론의 보도 분위기를 보면, 비단 문학계뿐만 아니라 일본 전체가 '히라노 열풍'에 휩싸인 듯한 느낌입니다. 수상 이후, 주위의 시선을 비롯해서 자신을 둘러싸고 있는 환경이 갑작스럽게 변했으리라 생각되는데, 법학도에서 유명 작가로 변신한 기분이 어떻습니까.

"한마디로 깜짝 놀라고 있는 상태입니다. 마치 하루아침에 지역과 시대를 초월해서 타임 슬립을 체험하고 있는 듯한……일종의 컬처 쇼크라고나 할까요. 나 자신은 변한 것도 없고 또 변하고 싶은 생각도 없는데, 주위가 내버려두질 않습니다. 요즘은 원고 청탁이나 인터뷰 요청이 쇄도하고 있는데다 개인적으로 졸업시험을 앞두고 있어서, 다음 작품을 구상할 시간적 여유가 없다는 것이 불만입니다. 시시콜콜한 이야기도 많이 들려웁니다. 머리 염색이 좀 그렇다느니, 이제 돈도 꽤 생겼을 테니 양복이라도 사 입고 다니라느니…… 하지만 아까 말씀하신 대로 일종의 열풍이라고 생각합니다. 머지않아 열도 내리고 바람도 자겠지요. 일종의 통과의례라고 생각하고 담담하게 받아들이고 있습니다. 오히려 열풍이 지나간 이후에 찾아올 무관심과 비판적 시각에 대비하여, 자신의 스타일이나 페이스를 흐트러뜨리지 않으려는 노력을 기울이고 있습니다. 개인적으로는 이번의 수상 소식이 저에게 가장 기뻤던 사건은 아닌 것 같습니다. 그보다는, 지난해에 난생처음으로 투고한 『일식』이 신조사新潮社로부터 높은 평가를 받고 문예지에 실리게 되었다는 연락을 받았을 때가 훨씬 흥분되었었지요."

— 그때의 이야기를 좀더 들려주시지요.
"당시 저로서는 『일식』이 얼마만큼의 작품적 가치가 있는지, 또는 나의 창작능력이 어느 정도인지에 대해서 판단할 수 있는 기준이 없었습니다. 그래서 일단 전문가에게 자문을 구하자는 소박한 생각에서 출판사의 편집장 앞으로 편지와 함께 원고를 보내게 되었지요. 그러고 나서 한 달쯤 지났을까요. 편집장으로부터 한번 만나고 싶다는 연락이 오고…… 교토까지 직접 찾아오셨더라고요. 문예지 『신조』에 실리게 됐다는 통보를 그 자리에서 받았습니다. 그때는 정말 날아갈 듯이 기뻤습니다. 앞으로도 그런 기쁨을 다시 맛보기는 어려울 거라는 생각이 들 정도입니다. 지금도 신조사의 편집장 마에다 씨에게 큰 은혜를 입었다고 생각하고 있습니다."

여기에서 잠깐 일본 언론이 전하는, 신조사의 편집장 마에다의 말을 들어보자.

"일 년 전에 히라노가 자신의 문학관을 담은 열여섯 장의 두툼한 편지를 보내왔습니다. 보들레르에서부터 니체, 종교학자 엘리아데까지 인용한 편지에서, '나는 예술지상주의자이며, 문학으로써 성聖스러움을 실현하고자 하는 목적을 갖고 있다. 신인상이라는 제도 자체에 의문을 갖고 있으므로, 무언가 다른 형식으로 이 작품을 발표하고 싶다'고 하더군요. 그 편지와 함께 보내온 것이 『일식』입니다. 읽고 나서 한동안 몸이 부르르 떨리는 듯한 전율을 느꼈습니다. 그를 만나러 곧바로 교토로 갔지요."

무명 신인이 투고한 작품이 일본의 대표적인 문예지 『신조』의 권두소설로 전재된 것도 파격적인 일이었다. "일본 문예지의 기나긴 역사상 최초의 일"이라는 것이 마에다 편집장의 말이다.

―『일식』을 쓰게 된 배경에 대해서 듣고 싶습니다.

"『일식』을 쓰기 전에도 두 편 정도 소설을 쓴 경험이 있었지만, 세상에 내놓을 목적으로 쓴 것은 『일식』이 처음이라 할 수 있습니다. 그래서인지 처음부터 힘을 많이 들인 작품이었어요. 게다가 소설의 시대적 공간적 배경이 중세 유럽이기 때문에, 구성 단계에서부터 상당히 세밀하게 준비를 했지요. 현대를 배경으로 하는 작품의 경우는, 예를 들어 의복이나 음식 따위에 관한 묘사가 충분하지 않더라도 아무도 비난하지 않겠지만, 무대가 중세 유럽인 경우에는 상황이 전혀 다릅니다. 자잘한 부분이나마 당시의 상황에 어긋난 묘사가 발견되면, 비록 픽션이라 하더라도 소위 전문가라는 사람들이 가만있지 않잖습니까. 소설의 본질적인 부분과는 거리가 먼 그런 시시콜콜한 내용으로 도마위에 오르고 싶진 않았어요. 그래서 약 육 개월 동안에 걸쳐 당시의 상황을 여러 각도로 분석하면서 참고가 되는 문헌을 읽어 나갔습니다. 앞서 말했듯이 의식주 따위와 관련된 기초적인 서적에서부터, 당시의 역사나 사상, 신학 등을 이해할 수 있는 전문 서적에 이르기까지 다양한 책들을 읽었지요. 오래전부터 중세 유럽에 대해서는 관심이 많았기 때문에, 기본적인 지식의 토대는 있었다고 할 수 있지만요. 그리고 나서 다시 육 개월 정도의 시간을 들여 글을 완성시켰습니다. 그러니까 준비 기간까지 합치면 작품이 나오기까지 일 년 정도가 소요된 셈이 되네요."

좀더 덧붙이자면, 히라노는 수상 직후 인터뷰에서 작품의 시대 배경에 대해 이렇게 말하고 있다. "그 시기는 아우구스티누스적인 전통의 기독교에 있어서, 육과 영이라든가, 신과 세계라든가가 무한히 접근했습니다. 20세기 이전에 단 한 번 있었던 예외의 시기였지요. 그것이 플라톤주의 수용과 종교개혁에 의해, 다시 신과 세계는 쫙 갈라져서, 육에 대한 영의 우위가 확립되어버립니다. 그 갈라지기 직전의 긴장된 시기가 『일식』의 시대 배경입니다."

― 걸작이 탄생한 이면에는 그런 믿듬없는 준비와 노력이 있었군요. 그런데 『일식』의 문제나 내용을 보고 회고懷古적 또는 현학衒學적 경향이 강하다는 비판도 있는데요…… 다시 말해 표현이 지나치게 난해하다는 지적인데, 이에 대해서는 어떻게 생각하십니까.

"저는 지금껏 글을 써오면서, 간단하게 표현할 수 있는 내용을 일부러 어렵게 쓴 기억은 없습니다. 반대로 적절한 표현이 있는데도 불구하고 다소 어려운 단어라는 이유로 애써 쉬운 표현을 찾거나 하지도 않습니다. 작가가 글을 쓰는 데 있어, 독자의 수준을 낮게 설정하고 이해하기 쉬운 표현을 골라가면서 쓰는 태도에 대해서는 근본적으로 의문을 가지고 있습니다. 예를 들어 일본에서는 일반적으로 모리 오가이의 문체가 어렵다고 얘기하지 않습니까? 그런데 저는 그의 작품들을 주로 고등학교 때 읽었는데, 이해하는 데 큰 문제가 없었어요. 물론 어려운 표현이 많이 등장하지만, 모르는 단어가 있으면 사전을 찾아가며 보면 되지 않겠어요? 소설이라고 해서 공부하면서 읽으면 안 된다는 법 있습니까? 설사 모리 오가이의 문체가 다소 어렵다는 점을 인정한다 하더라도, 그것이 그의 작품세계를 이해하는 데 있어 근본적인 장애가 되지는 않는다고 생각합니다. 오히려 표현을 쉽게 하겠다는 의도로 잡다한 설명을 늘어놓았다면, 그의 작품들은 지금의 무게를 유지하지 못했을지도 모르지요. 그리고 저의 작풍作風을 보고 회고조懷古調라고 하는 비판이 있는데, 이는 『일식』의 작품적 배경을 이해하지 못하는 데서 비롯된 의견이라고 생각합니다. 결론부터 말씀드리자면, 저는 회고적 취미에 대해서는 혐오감을 느낄 정도로 부정적입니다."

―그럴 거라는 생각이 듭니다. 갈색 머리와 귀걸이가 작가의

반회고적 성향을 대변하고 있잖아요!

"하하하! 오늘도 한마디 듣고 말았군요. 이제 유명해졌으니까 귀걸이 좀 그만 하고 다니라는 말을 주위에서 많이 합니다. 다시 작풍에 관한 이야기를 계속하자면, 앞서 말씀드렸듯이 『일식』의 경우는 중세 유럽의 수도사가 주인공이기 때문에, 작품의 효과를 높이는 측면에서 다소 고전적인 문체를 도입한 것이지요. 그리고 당시의 유럽 분위기는, 스콜라 철학적인 고전주의와 르네상스적 인문주의가 부딪치던 시기라고 할 수 있는데, 이를 문체와 관련지어 표현하자면 문어체에서 구어체로 이전되는 과도기라고 할 수 있을 겁니다. 그러한 갈등적 상황을, 가능한 한 그 시대를 현대로 설정하여 표현하고 싶었습니다."

— 화제를 가벼운 쪽으로 돌려볼까요. 저는 작가의 어린 시절, 다시 말해 작가로서 성장하기까지의 배경에 관심이 많은데…… 어렸을 때부터 독서를 좋아하셨나요? 예를 들어 문학소년이라고 불렸다든지……

"초등학교 시절을 돌이켜보면, 흔히 말하는 문학소년과는 조금 거리가 멀었던 것 같습니다. 예를 들어 일본에서는 초등학교의 방학 숙제 등을 통해서, 나쓰메 소세키의 『도련님』이라든지 모리 오가이의 『다카세부네高瀨舟』 같은 소설을 누구나 읽게 되지요. 일종의 권장도서 또는 모델작품이라고나 할까요. 저도 그런 정도의 독서 수준이었다고 생각됩니다. 그 시절에는 문학작품보다는 오히려 그림이나 음악에 더 많은 관심이 있었어요. 어느 정도 의식적으로 문학작품을 읽기 시작한 것은 중학생이 되고 나서부터입니다. 나아가 줄거리뿐만 아니라 구성이나 문체를 주의하면서 읽을 수 있게 된 것은, 고등학교에 들어간 이후라고 할 수 있을 겁니다."

— 흔히 고전문학 또는 명작이라고 불리는 작품들이 있지요. 예를 들어 톨스토이나 도스토옙스키, 또는 카프카나 토마스 만 등의 작품을 말할 수 있는데, 그런 세계는 섭렵을 하셨나요? 그리고 주로 언제쯤 그런 작품을 접하게 되었습니까?

"물론 중고등학교 시절에 어느 정도 접한 것은 사실이지만, 본격적으로 읽기 시작한 것은 대학생이 되고 나서라고 할 수 있습니다. 어린 시절에 대충 본 적이 있는 작품들을 다시 의식적으로 탐독했다고 할까요. 어렸을 때 명작을 다 독파했다고 하는 사람을 가끔 볼 수 있는데, 저는 그러한 어린 시절의 독서가 얼마만큼 깊이 있는 이해를 동반했을까에 대해서는 약간의 의문을 가지고 있습니다. 예를 들어 초등학생이 『죄와 벌』을 읽었다고 하더라도 과연 그 세계를 어디까지 이해할 수 있을까요? 제 경우에는 어린 시절에 읽은 책들이 그다지 많지도 않은데다 매우 편향되어 있었던 것 같습니다. 그래서 대학교에 들어간 이후 의식적으로 고전에 대한 독서에 중점을 두고, 읽는 분야와 폭을 넓혀갔지요. 다시 말해 고등학교 때까지는 특별한 목적 없이 그냥 좋아하는 책들을 닥치는 대로 읽는 식이었습니다. 그러다 대학생이 되고 나서 제 독서 스타일에 대한 약간의 반성을 하게 되었지요. 그때부터, 그동안 등한시했던 분야로까지 독서의 폭을 넓히고 고전에 대한 지식이나 교양 등을 염두에 두면서 읽기 시작했습니다."

— 고등학생 때까지는 비교적 편향된 독서를 했다고 하셨는데요, 주로 어떤 분야였습니까?

"중학교 시절이라고 기억합니다만, 미시마 유키오의 『금각사』를 읽고 나서 말로 표현할 수 없을 정도의 충격을 받았습니다. 그때부터 미시마의 작품을 줄기차게 읽어나갔지요. 아시다시피 미시마는 대단한 독서광이었는데, 그래서인지 그의 작품 속에는 평소에 자신이 좋아하는 작가나 작품에 대한 이야기가 많이 등장하는 편입니다. 예를 들면, 토마스 만이나 오스카 와일드에 관한 언급이 많지요. 그렇게 미시마의 작품에 등장하는 작가들을 찾아 읽는 식으로 독서를 했던 기억이 납니다. 굳이 시대를 한정짓는다면 19세기 프랑스 문학이 주요 대상이었다고 할 수 있을 것 같군요. 저의 작품세계의 배경에 미시마 유키오나 19세기 프랑스 문학이 깔려 있다고까지는 할 수 없지만, 하나의 중요한 계기나 열쇠가 됐다고는 할 수 있을 겁니다."

— 작가가 되겠다는 구체적인 목표의식이 싹튼 것은 언제쯤이었나요?

"나 자신의 글을 써보고 싶다는 생각은 늘 있었지만, 작가가 되겠다는 결심은 좀처럼 할 수가 없었습니다. 되고 싶다는 것과 된다는 것이 다르듯이, 바람은 있었지만 실력이나 자질이 미치지 못한다는 생각이 앞섰지요. 그래서 이것저것 습작을 하면서도 마음은 항상 흔들리고 있었다는 것이 솔직한 표현일 겁니다. 최근에 들어서, 그러니까 『일식』을 쓰기 시작할 무렵에 이르러서야 목표의식이 생기기 시작했어요. 물론 지금은 평생 작가의 길을 걷겠다는 생각입니다."

─ 작가의 가족적 배경에 관하여 들어볼까요. 가족 구성은 어떻게 됩니까?

"저는 아이치 현 출신인 아버지와 후쿠오카 출신인 어머니 사이에서 태어났습니다. 두 분은 학창 시절에 도쿄에서 만나, 결혼 후에는 아이치 현에서 생활을 했습니다. 저도 아이치 현에서 태어났지요. 그런데 제가 한 살 때에 아버지가 세상을 떠났습니다. 그후 생활이 점점 어려워지게 되어, 하는 수 없이 어머니는 두 아이(누나와 저)를 데리고 후쿠오카의 친정으로 돌아가 생활하게 되었지요. 그 당시의 기억이 제게는 남아 있지 않지만, 어머니가 물심양면으로 고생이 많았으리라는 것은 미루어 짐작이 갑니다. 그래서 제 마음속에 자리잡고 있는 고향이나 가족의 이미지는 자연히 외가가 배경이 됩니다. 현재 저희 가족은 외할머니와 어머니, 그리고 누나와 저, 이렇게 네 식구입니다."

─ 어렸을 때부터 편모 슬하에서 어려운 시절을 보내셨군요. 경제적으로도 힘들었을 것 같은데, 생활은 어땠습니까?

"의외로 그렇게 어려웠던 기억은 별로 없습니다. 외할아버지가 치과의사이셨기 때문에 외가 자체가 비교적 윤택한 집안이었고, 게다가 어머니도 남의 신세를 지기 싫어하시는 성격이라 이것저것 열심히 일을 하셨지요. 사회적으로도 칠팔십년대의 일본은 가장 풍요로운 시대였다고 할 수 있고요. 그러니까 어린 시절의 체험이나 가족관계, 또는 생활 등이 저 자신의 가치관이나 작품세계에 어떠한 영향을 미치고 있는지에 대해서는 저 역시 관심이 있지만, 지금으로서는 이렇다 할 인과관계가 느껴지지는 않습니다."

— 교토 대학 법학부에 재학중인 것으로 미루어볼 때, 어렸을 때부터 우등생이었을 거라고 추측이 되는데요……

"본의 아니게 자랑을 늘어놓는 격이 되어 쑥스럽습니다만, 객관적으로 볼 때 항상 성적이 좋은 편이었습니다. 그러다보니까 초등학교 시절부터 고등학교를 마칠 때까지 거의 빠짐없이 반장을 도맡아 했지요. 기본적으로 저는 조용한 걸 좋아하는데다 숫기도 없는 편이라 반장이나 급장 따위는 그다지 어울리는 성격이 아니지만, 지나고 보니까 어떤 면에서는 도움이 된 것도 같습니다."

— 집안이나 주위에서 배고픈 소설가보다는 법관이나 관료가 되라는 등의 압력은 없습니까? 그리고 본인의 본심은 어떤

지요? 혹시 문학이 아닌 다른 세계를 동경한다든지……

"지금의 심정부터 미리 말씀드리자면, 그런 방면으로 진출하고 싶은 생각은 전혀 없습니다. 그리고 집안에서도 저의 직업이나 장래에 대해서 간섭하거나 압력을 가하는 사람은 지금까지 없었습니다. 비교적 자유롭고 개방적인 분위기라고 할 수 있겠지요. 대학에 들어갈 무렵부터 법관이나 관료 등의 직업에는 비교적 관심이 덜했지만, 실무적인 일을 해보고 싶다는 욕구는 꽤 강한 편이었습니다. 예를 들어 회사원이나 은행원 같은…… 아직도 그러한 욕구가 조금은 남아 있는 것 같습니다. 조금은 건방진 표현이지만, 평범한 삶에 대한 그리움 같은 것이 늘 마음 한구석에 자리잡고 있는 느낌입니다. 자신이 걸을 수 없는 길에 대한 동경이라고나 할까요! 여기저기로 취직을 해서 떠나는 친구들을 보면서 일종의 소외감이 느껴질 때도 있습니다. 하지만 이런 심정은 문학을 하는 이상 언제까지고 제 마음속에 남아 있겠지요. 플로베르 같은, 제가 보기에는 평범한 세계와는 완전히 담을 쌓은 듯한 예술가마저도, 만년에 공원을 거닐다가 어느 단란한 부르주아 가족을 보면서 부러워했다는 일화를 읽은 기억이 떠오르는군요. 누구나 자신이 맛보지 못한 삶에 대해서는 동경을 갖는 법이지요. 중학교 땐가 토마스 만의 작품 중에 「광대」라고 하는 짤막한 단편을 읽은 적이 있습니다. 저의 청소년기 이후의 정신세계는 바로 그런 상태라고 할 수 있겠네요. 그렇게 철저한 예술적 기질을 타고나지도 못했으면서, 문학과 예술의 늪에 빠져 허우적거리며 자기 고집만 늘어가는…… 하지만 저같이 완전한 '끼'를 타고나지 못한 평범한 소설가에게는, 그렇게 예술과 현실 사이에서 흔들리며 살아가는 모습이 더 인간적으로 느껴지지 않을까 싶습니다만……"

― 다시 작가의 작품세계와 관련된 내용으로 돌아갈까요? 수상 소감을 말하는 자리에서, 루마니아 출신의 종교학자 미르치아 엘리아데에 관해 언급한 걸로 기억하는데요. 그에 대해 특별한 관심이 있으신가요? 그리고 달리 영향을 받은 인물이 있다면……?

"저는 엘리아데를 20세기를 대표할 만한, 진실로 위대한 '지식인'이라고 생각하고 있습니다. 헌팅턴의 『문명의 충돌』과 같은 주장이 이렇게까지 주목받고 있는 현실을 생각하면, 사람들이 엘리아데에 대해 좀더 관심을 기울여도 좋지 않을까 생각합니. 그의 학설을 모든 면에서 전적으로 지지하는 것은 아니지만, 제가 글을 쓰는 데 있어서 하나의 지표가 되는 인물임에는 틀림없습니다. 그 이유는 크게 두 가지로 함축할 수 있을 것 같군요. 첫째는, 단순한 이유라고 할 수 있는데, 글을 너무나 재미있게 쓴다는 것입니다. 그 재미를 지탱하는 바탕에는 저절로 고개가 숙여질 정도의 방대한 양의 지식과, 그러한 지식을 자유롭게 구사할 수 있는 뛰어난 문장력이 깔려 있습니다. 둘째 이유는, 철학 종교학 민속학 문학 미학 등을 망라한 인류의 총체적인 문화, 다시 말해 인간 그 자체를 이해할 수 있는 하나의 거대한 시점을 제시해주고 있다는 점이지요. 아무튼 엘리아데는 저의 사고나 작풍에 적지 않은 영향을 끼쳤고, 앞으로도 그 영향력이 완전히 사라지는 일은 없으리라 생각합니다. 그 외에, 일본 작가로는 모리 오가이와 미시마 유키오를 들 수 있겠군요. 모리 오가이의 문체는 『일식』을 집필하는 과정에서도 많은 참고가 됐습니다. 그의 문체를 감각적으로 익히기 위해서 작품집을 녹음한 낭독 테이프를 반복해서 듣기도 했지요. 그리고 미시마 유키오는 한마디로 말해 작가적 기질이 비슷하다고 할까요. 어린 시절에 그의 소설을 읽고 독서에 재미를 붙였다고 해도 과언이 아닙니다. 어쩌면 제가 작가가 되기로 결심하는 데 있어서 가장 직접적인 동기부여가 된 인물이 아닐까 싶습니다."

―지금까지 나눈 이야기를 종합해서 생각해보면 앞으로 펼쳐질 작품세계를 어느 정도 예측할 수 있을 것 같습니다만, 작가가 특별히 관심을 갖는 영역, 또는 앞으로 써보고 싶은 세계가 있다면 말씀해주십시오.

"저의 기본적인 관심은, 인간에 관한 보편적 본질적인 문제에 있습니다. 그러한 태도에는 필연적으로 현대에 대한 관심이 요구됩니다. 여기서 말하는 현대란, 지금 우리가 살아가는 이 시대만을 의미하는 것이 아닙니다. 예를 들어 『일식』과 같이 과거가 무대가 되는 소설을 다시 쓰게 되더라도, 그 시대나 지역을 배경으로 하는 '현대적인' 소설을 쓰고 싶다는 뜻이지요. 저는 추상주의에 대해서는 그다지 매력을 느끼지 않습니다. 많은 작가들이 시도하는 주인공의 추상성보다는, 등장인물의 지역성이나 구체성에 더 많은 관심을 기울이고 싶습니다. 예수 그리스도나 석가모니와 같은 신화적 인물조차도, 보편적 존재로서의 그들이 지닌 구체성이 훨씬 큰 의의를 갖는다고 봅니다. 지금으로서는 중세로부터 현대에 이르기까지의 유럽과 일본이 제가 다룰 수 있는 세계의 한계라 할 수 있지만, 그 안에만도 헤아릴 수 없을 만큼의 구체적인 사건과 인물이 존재하기 때문에, 기본적으로 소재는 무한하다고 생각합니다. 그리고 앞으로도 얼마든지 새로운 영역을 개척해나갈 수 있으리라 믿습니다. 또 그래야만 되겠지요.

『일식』이 앞으로의 제 창작활동에 있어서 일종의 입구와 같은 역할이 되었다고 봅니다. 입구, 즉 문이라는 것은 그 안에 존재하고 있는 것들의 가치에 의해서만 그 의미가 부여되듯이, 앞으로 제가 얼마나 좋은 작품을 써나가느냐에 따라『일식』의 의미, 나아가서는 이번 수상의 의미가 평가되리라 믿습니다. 앞으로도 더욱 열심히 창작활동에 정진해나갈 생각입니다."

— 끝으로 한국의 독자들을 위해 한마디 들려주시지요.

"외국인과의 인터뷰는 오늘이 처음입니다만, 이국적인 느낌이나 일종의 거리감 같은 것이 전혀 느껴지지 않는군요. 물론 언어의 장애 없이 대화를 나눈 탓이 크겠지만, 정서적으로도 아주 가깝다는 느낌이 듭니다. 죄송하게도 한국에 대한 지식은 많지 않지만, 한국과 한국 사람들에 대한 이미지는 오늘의 느낌만큼이나 좋은 편입니다. 그것은 제가 자란 규슈 지방이 한국과 아주 가깝다는 것과도 관련이 있는 것 같습니다.

한국의 독자들이 저의 작품에 어떤 평가를 내려주실지 자못 기대가 큽니다. 아무쪼록 어려운 내용이더라도 끝까지 읽고 나서 판단해주시길 바랍니다.

　언젠가 기회가 주어지면 꼭 한 번 한국에 가보고 싶습니다.

　끝으로, 미진한 저의 작품을 읽어주신 한국의 독자 여러분과 출판의 기회를 제공해주신 문학동네에 감사드립니다."

| **옮긴이의 말** |

 만 스물세 살, 짐짓 성난 듯이 항상 얼굴 근육에 힘을 주고 다니는 앳된 사람. 머리를 갈색으로 물들이고 한쪽 귀에 동그란 은빛 귀걸이를 단 청년, 어디서 얼핏 만나면, 세상은 여전히 모르는 일투성이이고, 도대체 받아들일 수 없는 불만투성이이고, 그래서 그 설익은 반항기를 채 다 못 풀어 분명 진지하게 앉아 공부하기에는 혈기가 용서를 못 할 청년이라고 생각하기 딱 좋았을 교토 대학 법학부(이 말이 풍기는 위압감이란 우리의 으리으리한 서울대학교 법대생이 풍기는 그것과 똑같다) 대학생 히라노 게이치로. 이 젊은이의 글이 지금 일본을 한바탕 뒤흔들

고 있다.

유서 깊은 문예지 『신조』에, '나는 예술지상주의자이며, 문학으로써 성聖스러움을 실현하고자 한다'는 문학론과 더불어 '신인상이라는 형식은 거부하며, 그저 읽어주기를 바란다'라는, 당돌한 내용의 편지와 함께 투고한 일개 신인의 작품이 단번에 권두소설로 전재全載되어버렸다. 그리고 이 잡지 편집장의 혜안이 보기 좋게 적중하여, 『일식』은 120회 아쿠타가와 상을 수상하였다.

대학 재학생에게 이 상이 수여된 것은 이시하라 신타로, 오에 겐자부로, 그리고 『한없이 투명에 가까운 블루』의 무라카미 류 이래 23년 만의 일이었다. 이게 웬 특종감이냐 하고 일제히 맹공격을 펼치는 매스컴에 대해, 이 만만치 않은 신인은 밀려드는 인터뷰며 각종 취재에 옥석을 가려가며 적극적으로 당당하게 자신의 문학론을 펼치고 있다. 1975년 6월생, 수많은 매스미디어 정보와 함께 자란 새로운 세대인 이 작가는 자칫 매스컴의 열광이 빚어낼 진실의 호도糊塗에 먹혀들지 않도록 충분히 견제하면서, 도리어 그 매스컴을 적절히 운용하여 자신이 할 말만을 똑똑하게 밝히고 있는 것이다.

그가 문학을 포함하여 모든 정보 통신망을 조정해가며 하고

자 하는 말은, 다름아닌 '예술지상주의자의 성스러운 문학' 이다. 문학의 와해 운운하는 지금 이 시점에 예술지상주의라고? 게다가 성스러운 문학이라니, 그의 야심에 거듭 놀라지 않을 수 없었다. 그의 말대로 이 작품에는 완전성을 간절히 추구하는 정신이 가득 차 있다. 소설이라는 장르가 생긴 이래 모두가 추구해 마지않던 야심찬 주제에 우회하는 법 없이 정면으로 도전하고, 야무지게 성공을 거둔 것이다.

그의 예술지상주의는 철저한 계산이 뒤따르는 '신新 예술지상주의' 이다. 히라노는 근본적으로 순수한 정신을 몹시도 소중히 여기는 이다. 그러나 21세기에 계산 없는 순수함이란 난센스다. 결국 그는 철저히 계산하고 탐구한다. 순수함을 위하여, 그는 작품의 무대가 되는 시대를 고르고, 언어까지도 그 작품에만 한정되는 언어를 창조해낸다. 그는 플롯을 세밀한 밑그림으로 그린 후에 작품을 시작하고, 디테일을 디자인하고 직접 데생해가며 몇날 며칠을 두고 들여다본 뒤에, 그 그림에 적절한 묘사를 집요하게 찾아내는 '작업' 을 한다. 누구도 모방할 수 없는 지성, 철저한 구성, 경이로운 상상력, 전율을 느끼게 하는 묘사라는 평가의 이면에 그의 그러한 완벽주의가 깔려 있다.

히라노를 두고 '제2의 미시마 유키오三島由紀夫' 라고 한다.

작가 본인이 그의 작품에서 많은 감명을 받았다고 밝힌데다 일찌감치 꽃핀 조숙한 재능, 그리고 『금각사』의 불길과 비슷한 불길이 이 작품 곳곳에서 훨훨 타오르고 있기 때문이다. 이 작품을 읽고, 우리 독자들은 어떤 반응을 보일 것인가. 과연 이곳 매스컴의 표현대로 제2의 미시마 유키오라는 느낌을 받을 수 있을까. 그러나 미시마 유키오가 주홍빛으로 타오르는 불길이었다면, 히라노는 어쩐 까닭인지 그가 아무리 붉은 금빛으로 타오르는 불길을 묘사하고 있어도 내게는 막무가내로 시종 파랗게 타오르는 불길로만 여겨졌다. 그의 논리가 너무도 진지하여 가슴으로 받아들이기 힘들었기 때문이리라. 정확한 지성에 의해 한치의 오차도 없이 정해진 각도대로 분산되는 푸른빛의 스펙트럼!

이 작품의 무대가 된 시대와 그 정신 사조에 대해 나는 감히 논할 수 없다. 작가의 서양 중세 사상에 대한 박식함은 내가 논할 만한 선을 뛰어넘고 있다. 단지, 그가 참으로 절묘한 시점을 포착하였다는 점만은 말할 수 있겠다.

서양 중세는 기독교 신학을 중심으로 발달하였고, 그 가운데 9세기에 시작되어 17세기까지 이어졌던 스콜라 철학은 그 대표적 사상이다. 스콜라 철학에서는 신학에 봉사하기 위하여 여러 가지 철학적 시도가 이루어졌다. 기독교의 신을 알지 못했던 그리스 철학자들, 그중에서도 특히 아리스토텔레스의 철학을 신학에 채용하여 종교를 이성적으로 변증하고자 한 것이 스콜라 철학의 시작이었다. 토마스 아퀴나스는 아리스토텔레스의 이론을 이성적으로 도입한 대표적 기독교 철학자였다.

이 작품은 초로에 접어든 한 성직자가 16세기 초반의 시점에 서서, 1482년 자신이 젊은 수도사였던 시절에 겪은 비밀스런 기억에 대해 회상하는 형식이다. 따라서 작품에는, 15세기 후반에서부터 16세기 초반까지 중세의 사상적 흐름이 고스란히 담겨 있다. 초기 스콜라 철학은 변질되어 토마스 아퀴나스의 이론이 점점 배척되고, 새로이 플라톤의 이론을 신학에 도입하고자 하는 흐름이 득세하는 가운데, 젊은 수도사인 주인공은 여전히 토마스 이론을 신봉하며 새로운 흐름을 경멸하는, 이른바 시대와 야합하지 않는 인물이다. 여기에 기독교 철학과는 전혀 다른 비주류적 사상으로서 이단의 종교 철학들, 마니교와 이슬람교, 연금술 등이 함께 얽혀든다. 대체로 한 시대의 사상적 흐름이란 간단히 몇 줄기로 분할되는 것이 아니리라. 수많은 본류와 지류들이 뒤얽히며, 그 모든 것들이 각각 진실과 허위를 함께 담고 있는 것이다. 주인공은 도미니크 회의 수도사로서, 주류를 이룬 정통 기독교 사상의 범주에 들어 있으나, 자신이 속한 사상에 끊임없이 의문을 제기하며, 비주류의 이단 종교 안에 분명히 존재하는 진실과 접하고자 한다. 그런 그가 한 연금술사를 만나고, 영과 육의 일치라는 비밀스런 기적을 경험하는 것이다.

 서양 중세 사상에 과문한 주제에 많은 말을 늘어놓았으나, 한마디로 요약하자면, 그러한 사상적 흐름의 한 분기점이 되는 것이 바로 작가가 의도적으로 꼭 집어낸 한 시대, 바로 1482년 전후라는 것이다. 작가는, 이 절묘한 지점을 육체와 영혼, 신과 인간이라는 모든 이원론적인 구별이 무한히 접근하였던, 20세기 이전 서양사에 단 한 번 있었던 예외의 시기라고 하였다.

 이 작품을 서양의 독자가 읽는다면 어떤 느낌을 받을까에 대해, 프랑스에 유학한 선배와 잠시 토론하였다. 이원론적 대립이라는 구조에 익숙한 서양인에게 있어 이 대립은 평범한 주제일 수도 있었다. 그러나 이 명석한 작가가 추출해낸 연도$_{年度}$는, 처음부터 모든 것이 통합되어 있던 동양적 시점에 의한 것이라는 데 우리는 서로 동의했다. 이 작가의 야심을 통해 보면, 그 시점을 선택하여 하나의 서사 구조를 창조해냄으로써 전 서양 사상을 한 번에 뛰어넘어버린 것이 아닌가. 이단자라는 의심을 끝내 벗어버릴 수 없었던 연금술사가 뽑아올린 안드로규노스, 그를 분형에 처하여 얻어낸 귀한 금金, 모든 것을 이원론으로 재단하는 이단 심문관의 손아귀에서 금분을 흩뿌리며 으스러진 그 현자의 돌이야말로 통합이며, 전적인 것, 나아가 서양에 의해 강물에 흩어져버린 동양이 아닌가, 또한, 그 덧없이 사라져버린 것이야말로 작가가 말하고자 한, 성스러움을 향한 간절한 염원이 아닌가라고.

 번역하기에 무척 어려운 작품이었다. 작가는 이 글을 위하여, 어미語尾는 현대어이고 그 밖의 명사와 부사 형용사 등은 메이지明治 초기의 한자어인 독특한 문체를 창조해냈다. 이 작품을 비판하는 이들이 첫번째로 꼽는 점이 이 문체에 관한 것이었다. 문장이 어렵다, 현학 취미다, 라는 비판이었다. 그러나 이 비판을 그대로 뒤집어 찬사가 되기도 하였다. 마지막까지 격조 높은 유장悠長함을 잃지 않고 끈기 있게 언어를 재창조해나간 저력은 이 글을 곱씹어볼수록 새록새록 느껴지는 것이다. 이 문체는 『일식』만을 위한 필연적인 선택이었다. 중국에 원류를 두고 우리나라를 통해 받아들인 한자어들이 그대로 통용되는 한편, 산업혁명과 근대 사상을 수용하면서 하나 둘 생기기 시작하는 근대어가 서로 경쟁하던 시절의 언어이다. 중세를 무대로 하였으니 문체도 그에 맞추어 그 시절에 라틴어와 인문주의적 언어가 격돌하던 것처럼, 한문투의 문어체가 현대문의 구어체로 넘어가는 메이지 시절의 언어를 반드시 선택할 수밖에 없었노라는 것이다. 참, 대단하기도 하지, 한 작품 한 작품마다 꼭 그 작품에 어울리는 문체를 눈에 퍼뜩 뜨이게 만들어나가겠다니, 이 야심이 과연 당할 것인가.

　소설이 끝날 때까지 부사와 형용사는 읽기조차 어려운 것이었지만, 그러나 번역이 초반을 넘어서면서부터 명사에 관해서는 우리 옛 한자어를 다시금 만난 듯하여 오히려 친숙한 느낌을 받았다. 그가 선택한 한자어란 다름아닌 우리가 잊어버린 옛 한자어이기도 한 것이다. 옥편을 뒤져가며 그가 선택한 단어들을 하나하나 확인해가는 동안, 과연 바로 그 자리에 꼭 필요한 한자어라는 감탄을 하지 않을 수 없었다. 옥편에 길게 풀어놓은 현대적 설명을 모조리 다 쓸어담은 채 단 두세 자로 꽁꽁 뭉쳐놓은 그 응축감이란! 한 손에 국어사전을 또 한 손에 옥편을 들고, 한 지성적 젊은 작가가 고르고 골라낸 한자어들을 꼼꼼히 찾아가며 읽는다면 분명 이 책을 읽는 재미와 이해의 폭은 한층 넓어질 것이다. 단지, 내 능력의 한계와 더불어, 한문적 전통의 목을 졸라서 한글의 위대함을 살린다는 어마어마한 정책을 펴고 있는 우리 문장계에 그 문체를 그대로 살려서 전할 수 없음이 두고두고 아쉬울 뿐이었다.

　번역을 하는 동안 떠올랐던 한 가지 영상. ―한 청년이 어렸을 때부터 갖고 놀던 레고를 상자째 꺼내놓고 차곡차곡 쌓고 있다. 그는 기초를 튼튼히 만들고, 한 층 한 층 신중하게 쌓아간다. 참으로 진지하게, 그리고 계획적으로 쌓아올려진 레고는 마침내 모든 이들을 깜짝 놀라게 할 만큼 높고 높은 탑이 되었다. 그는 면적으로는 좁으나 무시무시할 만큼 높은 그 탑 위에 올라섰다.

　레고 세대. ―나로서는 상당한 의미를 부여하고 싶은 말이다. 삶이 유희인 세대, 삶의 진실조차 유희인 세대, 그들의 사상은 땅속(추위니 배고픔이니 질병이니 하는 삶의 원초적 고통)을 파들어가지 않는다. 땅 위(문화적 고통, 문화적 고통이라고 이름은 붙였으나 나는 이를 실감하기 어렵다)로 높다랗게 쌓아올린다. 그 탑 위에 올라가 그들은 뜻밖에도 아주 먼 곳까지 바라다본다.

　히라노 게이치로, 나는 그의 이름을 입에 올려본다. 그의 다음 작품『달 —月物語』은 더욱더 완성도가 높다는 평가이다. 그가 자신이 쌓은 높은 곳에 올라가, 이래저래 계산은 해가면서도 결국은 순수하기 이를 데 없는 푸른 지성으로, 얼마나 먼 곳까지 바라보았는지 참으로 기대가 크다.

나에게 한국어를 배우는 여덟 명의 제자들(앞으로 한국문학을 일본에 소개해줄 유망주들)은 이번에 큰 스승이 되어주었다. 아사노淺野治子님, 미야시로宮城 수녀님, 박숙희 선생님, 그리고 격의 없는 토론과 원고를 읽고 중요한 지적을 해준 김순희 선생님을 만나게 된 것은 이 책을 번역하며 얻은 큰 행운이었다.

1999년 3월
나고야名古屋에서
양윤옥

지은이 **히라노 게이치로**
1975년 6월 22일 아이치 현 출생. 명문 교토 대학 법학부에 재학중이던 1998년 문예지 『신조』에 권두소설로 전재된 장편소설 『일식』으로 제120회 아쿠타가와 상을 수상하며 데뷔했다. 장편소설 『달』 『장송』 『얼굴 없는 나체들』 『결괴』 『던』 『형태뿐인 사랑』, 소설집 『센티멘털』 『방울져 떨어지는 시계들의 파문』 『당신이, 없었다, 당신』, 그 외 『문명의 우울』 『책을 읽는 방법』 『소설 읽는 방법』 등이 있다.

옮긴이 **양윤옥**
일본문학 전문번역가. 옮긴 책으로 『여자 없는 남자들』 『중국행 슬로보트』 『장송』 『센티멘털』 『소설 읽는 방법』 『가면의 고백』 『납장미』 『철도원』 『칼에 지다』 『장미 도둑』 『나미야 잡화점의 기적』 『붉은 손가락』 『남쪽으로 튀어!』 『유성의 인연』 등이 있다. 『일식』으로 2005년 일본 고단샤가 수여하는 노마문예번역상을 수상했다.

문학동네 세계문학
일식

1판 1쇄 1999년 4월 8일 | 1판 17쇄 2007년 5월 17일
2판 1쇄 2009년 6월 1일 | 2판 5쇄 2023년 6월 26일

지은이 히라노 게이치로 | 옮긴이 양윤옥
책임편집 양수현 | 디자인 김은희 이경린 유현아
서식선 박지영 형소진 최은진 오서영
마케팅 정민호 김도윤 한민아 이민경 안남영 김수현 왕지경 황승현 김혜원
브랜딩 함유지 함근아 박민재 김희숙 고보미 정승민
제작 강신은 김동욱 임현식 | 제작처 영신사

펴낸곳 (주)문학동네 | 펴낸이 김소영
출판등록 1993년 10월 22일 제2003-000045호
주소 10881 경기도 파주시 회동길 210
전자우편 editor@munhak.com | 대표전화 031)955-8888 | 팩스 031)955-8855
문의전화 031)955-1927(마케팅) 031)955-2684(편집)
문학동네카페 http://cafe.naver.com/mhdn
인스타그램 @munhakdongne | 트위터 @munhakdongne
북클럽문학동네 http://bookclubmunhak.com

ISBN 978-89-546-0813-8 03830

잘못된 책은 구입하신 서점에서 교환해드립니다.
기타 교환 문의: 031)955-2661, 3580

www.munhak.com